AF893726

BESTSELLER

Robert Harris es uno de los escritores ingleses más respetados y elogiados, su nombre es sinónimo de best seller de gran calidad y sus libros se traducen a treinta y siete lenguas. Entre ellos destacan los thrillers *Patria*, *Enigma*, *El poder en la sombra* y *El índice del miedo*, así como las novelas históricas *V2*, *Múnich*, *Pompeya* y la trilogía de Cicerón –*Imperium*, *Conspiración* y *Dictator*– sobre los últimos y turbulentos años de la República romana.
Harris es miembro de la Royal Society of Literature. Vive en West Berkshire con su esposa, Gill Hornby.

Para más información, visite la página web del autor:
www.robert-harris.com

ROBERT HARRIS

V2

Traducción de

Matuca Fernández de Villavicencio

DEBOLS!LLO

Papel certificado por el Forest Stewardship Council®

MIXTO
Papel | Apoyando la silvicultura responsable
FSC® C117695

Penguin Random House Grupo Editorial

Título original: *V2*

Primera edición en Debolsillo: septiembre de 2025

© 2020, Canal K
Publicado por primera vez en el Reino Unido por Hutchinson en 2020
© 2024, 2025, Penguin Random House Grupo Editorial, S. A. U.
Travessera de Gràcia, 47-49. 08021 Barcelona
© 2024, Matuca Fernández de Villavicencio, por la traducción
Diseño de la cubierta: Adaptación de la cubierta original
de Glenn O'Neill / Penguin Random House Grupo Editorial
Imagen de la cubierta: © Ullsteinbild / Topfoto; © Getty Images; © Colin Thomas

Penguin Random House Grupo Editorial apoya la protección de la propiedad intelectual. La propiedad intelectual estimula la creatividad, defiende la diversidad en el ámbito de las ideas y el conocimiento, promueve la libre expresión y favorece una cultura viva. Gracias por comprar una edición autorizada de este libro y por respetar las leyes de propiedad intelectual al no reproducir ni distribuir ninguna parte de esta obra por ningún medio sin permiso. Al hacerlo está respaldando a los autores y permitiendo que PRHGE continúe publicando libros para todos los lectores. Ninguna parte de este libro puede ser utilizada o reproducida con el propósito de entrenar tecnologías o sistemas de inteligencia artificial. PRHGE se reserva expresamente la reproducción, la extracción y el uso de esta obra y de cualquiera de sus elementos para fines de minería de textos y datos y el uso a medios de lectura mecánica u otros medios que resulten adecuados (art. 67.3 del Real Decreto Ley 24/2021). Diríjase a CEDRO (Centro Español de Derechos Reprográficos, http://www.cedro.org) si necesita reproducir algún fragmento de esta obra.
En caso de necesidad, contacte con: seguridadproductos@penguinrandomhouse.com

Printed in Spain – Impreso en España

ISBN: 978-84-663-8207-6
Depósito legal: B-12.021-2025

Compuesto en Fotoletra, S. A.
Impreso en Liberdúplex
Sant Llorenç d'Hortons (Barcelona)

P382076

A Sonny Mehta
1942-2019

1

Una mañana de sábado de finales de noviembre de 1944, en una nave ferroviaria de la localidad costera holandesa de Scheveningen, tres misiles balísticos de casi quince metros de largo cada uno descansaban en sus respectivas cunas de acero cual mimados pacientes de una clínica privada, con sus tapas de inspección abiertas, conectados a monitores y atendidos por técnicos ataviados con el informe mono de mezclilla gris del ejército alemán.

Ese invierno —el sexto de la guerra— estaba siendo especialmente duro. El frío parecía emanar del suelo de hormigón, atravesar las suelas incluso de las botas más pesadas y penetrar en la carne hasta alcanzar el hueso. Uno de los hombres se alejó de su mesa de trabajo y pateó el piso para intentar activar la circulación sanguínea. Era el único que no llevaba uniforme. Su traje azul marino de antes de la guerra con la hilera de lápices en el bolsillo superior y su gastada corbata a cuadros desvelaban su condición de civil. Un maestro de Matemáticas, quizá habrías dicho si te hubieran pedido que adivinaras su profesión, o un joven profesor universitario de una asignatura de ciencias. Tan solo si hubieses reparado en el aceite bajo sus uñas mordidas habrías pensado quizá «Ah, sí, un ingeniero».

Podía oír el mar del Norte situado a apenas cien metros,

el constante vaivén de las olas rompiendo en la playa, el graznido de las gaviotas zarandeadas por el viento. Su mente estaba llena de recuerdos, de demasiados recuerdos, en realidad; le habría gustado ponerse sus protectores auditivos para silenciarlos. Pero con ellos habría llamado aún más la atención y, además, habría tenido que quitárselos a cada momento, pues constantemente le estaban haciendo preguntas sobre una cosa u otra: la unidad de propulsión, la presurización en el depósito de alcohol, el cableado eléctrico que cambiaba el cohete de alimentación de tierra a alimentación interna.

Regresó al trabajo.

Eran cerca de las diez y media cuando, al fondo de la nave, una de las grandes puertas de acero retrocedió sobre sus rodillos y los soldados más próximos a ella se cuadraron. El coronel Walter Huber, comandante del regimiento de artillería, entró en medio de una ráfaga de lluvia helada. Lo acompañaba otro hombre envuelto en un gabán negro de cuero con la insignia plateada de las SS en la solapa.

—¡Graf! —gritó el coronel.

«No mires —fue el impulso inmediato de Graf—. Coge la soldadora, inclínate sobre la mesa, haz ver que estás ocupado».

Pero era imposible escapar de Huber. Su voz retumbó como si estuviera en un desfile.

—¡De modo que es aquí donde se esconde! Traigo conmigo a alguien que desea conocerlo. —Sus botas de caña alta crujían mientras cruzaba el taller a grandes zancadas—. Le presento al Sturmscharführer Biwack, de la Oficina de Liderazgo Nacionalsocialista. Biwack —dijo haciendo señas al desconocido para que se acercara—, le presento al doctor Rudi Graf, del Centro de Investigación del Ejército de Peenemünde. Es nuestro agente de enlace técnico.

Biwack hizo el saludo hitleriano y Graf le devolvió el gesto con recelo. Había oído hablar de esos NSFO, pero no había conocido a ninguno: comisarios del Partido Nazi incorporados recientemente al cuerpo militar bajo las órdenes del Führer de fomentar el espíritu de lucha. Auténticos fanáticos de combatir hasta morir. Cuanto peor se ponían las cosas, más eran.

El hombre de las SS miró a Graf de arriba abajo. Aparentaba unos cuarenta años y su actitud no era hostil. Incluso sonrió.

—¿Así que usted es uno de los genios que nos harán ganar la guerra?

—Lo dudo.

Huber se apresuró a intervenir.

—Graf sabe todo lo que hay que saber sobre el cohete. Él lo pondrá al día. —Se volvió hacia Graf—. Desde ahora el Sturmscharführer Biwack forma parte de mi personal. Posee autorización plena para acceder a la información. Puede contárselo todo. —Consultó la hora. Graf notaba que estaba deseando largarse. Huber era un prusiano de la vieja escuela, un oficial de artillería de la Gran Guerra, exactamente la clase que había estado bajo sospecha tras la tentativa del ejército de asesinar a Hitler. Lo último que deseaba era un espía nazi escuchando por el ojo de su cerradura—. Uno de los pelotones de Seidel tiene programado un lanzamiento dentro de treinta minutos. ¿Por qué no lo acompaña a verlo? —Un raudo asentimiento de aliento—. ¡Excelente! —Y se marchó.

Biwack se encogió de hombros y dirigió una mueca a Graf. «Esos veteranos, ¿eh? Qué le vamos a hacer». Señaló la mesa de trabajo.

—¿En qué está trabajando?

—En un transformador de la unidad de control. No les gusta este frío.

—¿A quién le gusta? —Biwack puso los brazos en jarras y paseó la mirada por la nave hasta detenerla en uno de los cohetes. Vergeltungswaffe Zwei era su nombre oficial. Arma de Represalia 2. El V2—. Dios mío, qué belleza. Había oído hablar de ellos, por supuesto, pero no había visto ninguno. Me encantaría presenciar ese lanzamiento. ¿Le importa?

—Claro que no. —Graf descolgó su sombrero, su bufanda

y su chubasquero de la hilera de ganchos que había junto a la puerta.

La lluvia racheaba desde el mar y discurría por las bocacalles entre los hoteles abandonados. El muelle había ardido el año previo. Sus estacas de hierro renegrido sobresalían entre las crestas blancas de las olas como los mástiles de un barco naufragado. La playa estaba sembrada de alambradas de espino y trampas para tanques. Fuera de la estación de tren, unos pocos carteles turísticos de antes de la guerra mostraban a dos elegantes mujeres con bañador a rayas y sombrero campana pasándose una pelota. La población local había sido expulsada. En la calle solo había soldados y los únicos vehículos que podían verse eran los camiones militares y dos de los remolcadores que empleaban para trasladar los cohetes.

Mientras caminaban, Graf le explicó el funcionamiento. Los V2 llegaban en tren desde la fábrica de Alemania y al abrigo de la oscuridad para evitar los aviones enemigos. Veinte misiles por envío, dos o tres envíos a la semana, todos destinados a la campaña contra Londres. Igual número se disparaba sobre Amberes, pero estos se lanzaban desde Alemania. Las SS tenían su propia operación en marcha en Hellendoorn. Las baterías de La Haya tenían orden de lanzar los cohetes durante los siguientes cinco días desde su llegada.

—¿Por qué tanta prisa?

—Porque cuanto más tiempo estén expuestos a la humedad y al frío, más fallos desarrollarán.

—¿Hay muchos fallos? —Biwack anotaba las respuestas de Graf en una libreta.

—Sí, muchos. ¡Demasiados!

—¿Por qué?

—La tecnología es revolucionaria, lo que quiere decir que estamos perfeccionándola constantemente. Ya hemos realizado más de sesenta mil modificaciones en el prototipo. —Quería añadir que lo verdaderamente sorprendente no era que fallaran tantos misiles, sino que fueran tantos los que no despegaran siquiera, pero se lo repensó. No le gustaba el aspecto de esa libreta—. ¿Por qué escribe tanto, si no es mucho preguntar? ¿Está redactando un informe?

—En absoluto. Solo quiero asegurarme de que lo entiendo. ¿Lleva mucho tiempo trabajando con cohetes?

—Dieciséis años.

—¡Dieciséis años! Nadie lo diría por su aspecto. ¿Qué edad tiene?

—Treinta y dos.

—La misma que el profesor Von Braun. Estuvieron juntos en el campo de pruebas de Kummersdorf, creo.

Graf le lanzó una mirada de soslayo. De modo que había estado indagando no solo sobre él, sino también sobre Von Braun. Sintió una punzada de inquietud.

—Así es.

Biwack rio.

—¡Ustedes, los tipos de los cohetes, son todos tan jóvenes!

Habían dejado atrás las calles del pueblo para adentrarse en la espesura de los aledaños. Scheveningen estaba rodeado de bosques y lagos. Debió de ser bonito antes de la guerra, pensó Graf. Detrás de ellos, un conductor aporreó la bocina para que se apartaran de la carretera. Instantes después, un transportador pasó rugiendo por su lado acarreando un V2 en su cuna hidráulica: las aletas primero, pegadas a la cabina, luego el cuerpo y, por último, asomando por el extremo del remolque, el cono con su ojiva de una tonelada. De cerca los seguían camiones cisterna camuflados. Graf se rodeó la boca con las manos y, conforme pasaban, fue gritando en el oído de Biwack:

—Ese es el metanol…, el oxígeno líquido…, el peróxido de hidrógeno… Viene todo en los mismos trenes que los misiles. Cargamos el combustible en la base de lanzamiento.

Cuando el último vehículo de apoyo hubo desaparecido tras la curva, reemprendieron la marcha. Biwack preguntó:

—¿No le preocupan los bombarderos enemigos?

—Claro que sí, día y noche. Por fortuna, todavía no nos han encontrado.

Graf examinó el cielo. De acuerdo con los meteorólogos de la Wehrmacht, un frente tormentoso estaba pasando sobre el norte de Europa ese fin de semana. Las nubes, pesadas y grises, rezumaban lluvia. La RAF no volaría en tales condiciones.

Al rato, los detuvieron en un puesto de control. Una barrera cruzaba la carretera junto a una garita. Graf contempló el bosque. Un soldado acompañado de un gran pastor alemán con correa estaba cruzando la húmeda vegetación. El perro orinó y lo miró. Uno de los guardias de las SS se cargó la metralleta al hombro y levantó la mano.

Por muchos lanzamientos a los que Graf hubiera asistido, parecía que a los centinelas les divertía actuar como si no lo hubieran visto antes. Se sacó la cartera del bolsillo interior, la abrió y extrajo su documento de identidad. Una fotografía pequeña resbaló con él y cayó sobre el asfalto. Antes de que Graf pudiera reaccionar, Biwack se agachó para recogerla. Contempló la foto y sonrió.

—¿Es su esposa?

—No. —A Graf no le gustó verla en manos del hombre de las SS—. Era mi novia.

—¿Era? —Biwack adoptó la expresión compasiva de un director de pompas fúnebres—. Lo siento. —Le tendió la foto. Graf la devolvió con cuidado a la cartera. Notó que Biwack estaba esperando una explicación, pero se negó a dársela. La barrera se levantó.

La carretera, con sus farolas ornamentales, se extendía rebosante de árboles a ambos lados. En otros tiempos lugar para paseos a pie y en bicicleta, ahora estaba cubierto en lo alto por redes de camuflaje. Al principio parecía vacío, pero conforme se adentraban se hizo patente que a lo largo de los senderos que se desplegaban a derecha e izquierda, el bosque ocultaba el meollo del regimiento: tiendas de almacenamiento, carpas para ensayos, multitud de vehículos, una docena de misiles envueltos en lonas impermeables y escondidos bajo los árboles. Los gritos y el zumbido de generadores y de motores revolucionados horadaban el aire húmedo. Biwack había dejado de hacer preguntas y, llevado por el entusiasmo, avanzaba a grandes zancadas. De repente, la tierra a su izquierda se desplomó y entre las ramas fulguró un lago gris como el peltre con una isla y una caseta para botes. Tras doblar una curva, Graf alzó la mano para indicar que debían detenerse.

Doscientos metros más adelante, en mitad de la carretera, difícil de distinguir al principio debido al camuflaje con tiras verdes y marrones, un V2 descansaba erecto sobre su plataforma de lanzamiento, solitario salvo por un mástil de acero al que estaba conectado por un cable eléctrico. Nada se movía alrededor del cohete. Del depósito de oxígeno líquido salía un fino chorro de vapor que se condensaba como el aliento en el aire neblinoso. Era como si se hubiesen topado con un animal inmenso y magnífico en medio del bosque.

Bajando instintivamente la voz, Biwack dijo:

—¿Podemos acercarnos?

—Esta es la distancia máxima de seguridad —señaló Graf—. ¿Ve que los vehículos de apoyo se han retirado? Eso significa que el equipo de despegue ya está en las trincheras. —Sacó del bolsillo de su chubasquero los protectores auditivos—. Debería ponérselos.

—¿Y usted?

—Estaré bien.

Biwack los rechazó con un gesto de la mano.

—En ese caso, yo también.

Sonó una bocina. Sobresaltada, un ave de caza —toda una superviviente, pensó Graf, porque a los soldados les gustaba dispararles para suplementar sus raciones— emergió trabajosamente del sotobosque y emprendió un vuelo torpe. Su ronco graznido de pánico mientras aleteaba ruidosamente por la carretera recordaba al tono de la bocina.

Graf dijo:

—El cohete pesa cuatro toneladas sin el combustible y doce y media una vez lleno. En el encendido, la alimentación del combustible es por gravedad. Eso produce ocho toneladas de empuje, todavía más ligero que el cohete.

Una voz habló por un altavoz.

—Diez..., nueve..., ocho...

De la base del cohete habían empezado a brotar chispas que brillaban cual luciérnagas en el tiempo plomizo. Súbitamente se fusionaron en un chorro de candentes llamas anaranjadas. Hojas, ramas, escombros y tierra se elevaron en el aire y atravesaron el claro. Graf se volvió hacia Biwack y gritó:

—Ahora actúa la turbobomba, el empuje va de veinticinco a... tres..., dos..., ¡uno!

Un rugido atronador ahogó sus últimas palabras. Graf se tapó las orejas con las manos. El cable umbilical cayó. Una mezcla de alcohol y oxígeno líquido, introducida a presión por la turbobomba en la cámara de combustión y quemada a una velocidad de una tonelada cada siete segundos, produjo —según afirmaban en Peenemünde— el sonido más fuerte provocado por el hombre en la tierra. Todo su cuerpo pareció temblar con las vibraciones. Un aire caliente le abofeteó el rostro. Los árboles próximos refulgieron con el resplandor.

Como un corredor colocado en su taco de salida una milésima de segundo después de sonar la pistola, el V2 pareció atascarse antes de salir disparado hacia arriba subido a un chorro de fuego de quince metros. Un estruendo fragoroso bajó del cielo y atravesó el bosque. Graf echó el cuello hacia atrás para seguirlo, contando mentalmente, rezando para que no explotara. Un segundo... dos segundos... tres segundos... A los cuatro segundos exactos de vuelo, un conmutador temporizado se activó en uno de los compartimentos de control y el V2, a seiscientos metros ya del suelo, procedió a inclinarse hacia un ángulo de cuarenta y siete grados. Graf siempre lamentaba la necesidad de esa maniobra. En sus sueños, el cohete se elevaba verticalmente hacia las estrellas. Echó una última mirada a su estela de gas colorado antes de perderse entre las nubes bajas en su ruta hacia Londres.

Bajó las manos. El silencio había regresado al bosque. Lo único que quedaba del V2 era un zumbido lejano que no tardó en apagarse también. Ya solo se oía el trino de los pájaros y el golpeteo de la lluvia en los árboles. El pelotón de despegue había empezado a salir de las trincheras y estaba caminando hacia la plataforma de lanzamiento. Dos hombres vestidos con trajes de asbesto se movían rígidamente, como submarinistas en aguas profundas.

Biwack apartó despacio las manos de sus oídos. Tenía la cara roja, los ojos extrañamente brillantes. Por primera vez durante esa mañana el oficial de la Oficina de Liderazgo Nacionalsocialista parecía haberse quedado sin habla.

2

Sesenta y cinco segundos después del despegue, a una altitud de treinta y siete kilómetros y una velocidad de cuatro mil kilómetros por hora, un acelerómetro a bordo simultáneamente cortó el suministro de combustible del motor del V2 y activó un interruptor que armaba el fusible de la ojiva. El cohete sin alimentación era ahora balístico y seguía la misma curva parabólica que una piedra lanzada desde una catapulta. La velocidad seguía aumentando. El curso estaba establecido en un rumbo de doscientos sesenta grados oeste-sur-oeste. Su objetivo era la estación de Charing Cross, en teoría el centro exacto de Londres; un impacto dentro de un radio de ocho kilómetros sería considerado un éxito.

Aproximadamente a esa misma hora, una mujer de veinticuatro años llamada Kay Caton-Walsh —su nombre de pila era Angelica, pero todo el mundo la llamaba Kay, por Caton— salió del cuarto de baño de un piso de Warwick Court, una calle estrecha y tranquila perpendicular a Chancery Lane, en el barrio de Holborn, más o menos a un kilómetro y medio de Charing Cross. Iba envuelta con la pequeña toalla rosa que se había traído del campo y portaba un neceser que contenía jabón, cepillo de dientes, pasta de dientes y su perfume favorito, L'Heure Bleue de Guerlain, el cual se había aplicado generosamente debajo de las orejas y en la parte interna de las muñecas.

Saboreó la sensación de la moqueta bajo sus pies descalzos —no recordaba la última vez que había experimentado ese pequeño lujo— y caminó por el pasillo hasta el dormitorio. Un hombre con bigote la observó desde la cama con los párpados entornados mientras fumaba un cigarrillo. Ella guardó el neceser en la maleta y dejó caer la toalla.

—¡Dios, qué maravilla! —El hombre sonrió, se incorporó sobre la almohada y apartó el edredón—. Ven aquí.

Por un momento, Kay se sintió tentada, hasta que recordó la aspereza de su mentón antes de afeitarse y que recién despertado siempre sabía a tabaco y a alcohol rancio. Además, prefería retrasar el placer, pues en el sexo, según su experiencia, intervenían tanto la mente como el cuerpo. Todavía tenían por delante toda la tarde, y la noche, y quizá —pues esa podría ser la última vez durante un tiempo— la mañana siguiente. Le devolvió la sonrisa y negó con la cabeza.

—He de ir a comprar leche.

Mientras él se dejaba caer con frustración sobre la almohada, ella recogió del suelo su ropa interior: rosa melocotón recién estrenada, comprada especialmente para lo que los ingleses, a su manera peculiar, llamaban «un fin de semana sucio». «¿Por qué utilizamos esa expresión? —se preguntó—. Mira que somos raros». Echó un vistazo por la ventana. Situada entre Lincoln's Inn y Gray's Inn, Warwick Court estaba tomada principalmente por despachos de abogados; un lugar extraño para vivir, en su opinión. Era una mañana tranquila de sábado. Había parado de llover. Lucía un débil sol de invierno. Podía oír el tráfico de Chancery Lane. Recordaba que había una tienda de comestibles en la esquina de enfrente. Iría allí. Empezó a vestirse.

Ciento cincuenta kilómetros al este, el V2 había alcanzado su altitud máxima de noventa y tres kilómetros —la linde de la atmósfera terrestre— y estaba viajando a una velocidad de cinco mil seiscientos kilómetros por hora bajo un hemisferio de estrellas cuando la gravedad, al fin, empezó a reclamarlo. La ojiva se inclinó lentamente y empezó a caer hacia el mar del Norte. Pese a las sacudidas de los vientos de costado y las turbulencias del aire durante la reentrada, un par de giroscopios instalados sobre una plataforma justo debajo de la ojiva detectaban las desviaciones de su curso o trayectoria y las corregía enviando mensajes eléctricos a los cuatro timones de las aletas. Justo en el instante en que Kay estaba ajustándose la segunda media, el V2 cruzó la costa inglesa cinco kilómetros al norte de Southend-on-Sea, y mientras ella se metía el vestido por la cabeza, pasó sobre Basildon y Dagenham. A las 11.12 de la mañana, cuatro minutos y cincuenta y un segundos después del despegue, viajando a casi tres veces la velocidad del sonido, demasiado rápido para ser divisado desde el suelo, el cohete se precipitó sobre Warwick Court.

Un objeto viajando a velocidad supersónica comprime la atmósfera. En la fracción infinitesimal de un segundo antes de que la punta de la ojiva tocara el tejado del edificio victoriano, y antes de que el proyectil de cuatro toneladas atravesara las cinco plantas, Kay percibió —por encima de todo pensamiento y mucho más allá de toda capacidad de articularlo— un cambio en la presión del aire, el presentimiento de una amenaza. A renglón seguido, los dos contactos metálicos del fusible del misil, protegidos por un capuchón de sílice, colisionaron entre sí por la fuerza del impacto, completando un circuito eléctrico que detonó una tonelada de explosivos de amatol. El dormitorio pareció evaporarse en la oscuridad. Oyó la explosión y el desgarro del acero y la mampostería conforme el fuselaje y los fragmentos de la ojiva descendían piso por piso, un estruendo cuando partes del techo de yeso aterrizaron a su alrededor, y un instante después la explosión sónica de la barrera del sonido siendo rota, seguida del ruido del cohete entrante.

La onda expansiva la levantó del suelo y la lanzó contra la pared del dormitorio. Quedó tumbada de costado, semiconsciente, falta de aire pero extrañamente serena. Sabía exactamente qué los había golpeado. De modo que esto es lo que hace, pensó. La onda explosiva subterránea sería ahora el problema, si el cohete había sacudido los cimientos lo suficiente para hacer caer el edificio. El polvo mantenía la habitación a oscuras. Al rato notó una brisa y algo que aleteaba a su lado. Alargó la mano y tocó la moqueta. Bajo los dedos sintió cristales y los retiró rápidamente. La ventana había estallado. Las cortinas ondeaban. Fuera, en algún lugar, una mujer gritaba. Cada pocos segundos se oía el estruendo de trozos de mampostería cayendo. Podía percibir el olor mortalmente dulce del gas.

—¿Mike? —No obtuvo respuesta. Probó de nuevo, más alto esta vez—. ¿Mike?

Se incorporó trabajosamente. La habitación estaba inmersa en una especie de crepúsculo. Partículas de ladrillo y yeso pulverizados giraban en el haz de luz grisácea que entraba por la ventana. Siluetas con las que no estaba familiarizada —tocador, sillas, fotos— se hallaban torcidas y ensombrecidas. Detrás del cabecero de madera, una grieta viajaba desde el suelo hasta el techo. Hizo una inspiración profunda para reunir fuerzas y engulló una bocanada de polvo. Tosiendo, se agarró a la cortina, se puso en pie y caminó a trompicones entre los escombros hacia la cama. Una viga de hierro se había desplomado y yacía sobre los pies del colchón. Desparramados por el edredón había trozos grandes de yeso, madera y crin de caballo. Kay necesitó las dos manos para apartarlos y liberar el torso de Mike. Tenía la cabeza girada hacia el otro lado. El edredón estaba inundado de algo rojo que al principio creyó que era sangre, pero cuando lo tocó resultó ser polvo de ladrillo.

—¿Mike? —Palpó su cuello para buscar el pulso y de repente, como si hubiera estado jugando a hacerse el muerto, se volvió con el rostro extrañamente blanco y los ojos castaños muy abiertos. Kay lo besó y le acarició la mejilla—. ¿Estás herido? ¿Puedes moverte?

—Creo que no. ¿Tú estás bien?

—Sí. ¿Puedes intentarlo, cariño? Hay una fuga de gas. Tenemos que salir de aquí.

Colocó las manos debajo del brazo de Mike, agarró la carne musculosa y tiró de ella. Mike retorció los hombros en un esfuerzo por escapar. Su rostro se contrajo de dolor.

—Tengo algo encima de las piernas.

Kay fue hasta los pies de la cama y envolvió la viga con los brazos. Cada vez que la movía levemente, Mike gemía entre dientes.

—¡Para, por lo que más quieras!

—Perdona —dijo ella, sintiéndose impotente.

—Vete, Kay, por favor. Simplemente diles que hay una fuga de gas.

Kay podía oír el pánico en su voz. En una ocasión, Mike le había contado que su peor momento como piloto no fue en un combate. Fue ver a un hombre arder vivo en un accidente de avión tras un aterrizaje fallido; tenía las piernas atrapadas y no podían acercarse para sacarlo: «Ojalá hubiera podido pegarle un tiro».

La campana metálica de un camión de bomberos sonó en las proximidades.

—Buscaré ayuda. Pero no voy a abandonarte, te lo prometo.

Se puso los zapatos y se abrió paso por la habitación hasta el pasillo. La gruesa moqueta estaba enterrada bajo el yeso. El olor a gas era peor ahí —la fuga debía de estar en la cocina— y parecía que el suelo estuviera inclinándose. La luz del día se filtraba por una grieta ancha como su mano que llegaba hasta el techo. Descorrió el cerrojo de la puerta del piso, giró el pomo y tiró de él. La hoja se resistió y tuvo que desencajarla de su marco retorcido. Hecho esto, pegó un grito al descubrirse balanceándose sobre el borde de una caída de siete metros. El rellano de la segunda planta y la fachada del bloque de pisos habían desaparecido. No quedaba nada entre ella y la carcasa del edificio del otro lado de la calle, con sus ventanas huecas y el tejado desplomado. Justo bajo sus pies, contra la calzada, se precipitaba una lluvia de despojos: ladrillos, tuberías, trozos de mobiliario, una muñeca. El humo se elevaba desde una docena de fuegos pequeños.

Un camión de bomberos se había detenido y los hombres estaban descargando escaleras y desenrollando mangueras en medio de lo que semejaba el escenario de una batalla: víctimas cubiertas de sangre y polvo tendidas en el suelo; otras sentadas y aturdidas, con la cabeza gacha; trabajadores de protección civil con casco moviéndose entre ellas; dos cuerpos ya apartados y tapados; transeúntes contemplando la escena boquiabiertos. Kay se agarró al marco de la puerta, asomó el cuerpo todo lo que pudo y pidió ayuda a gritos.

Según los registros del Consejo Municipal de Londres, seis personas perecieron a causa del que acabó conociéndose como «el cohete de Warwick Court» y otras 292 resultaron heridas, la mayoría de ellas alcanzadas en Chancery Lane por escombros voladores. Entre los fallecidos se encontraban Vicki Fraser, enfermera de treinta años; Irene Berti, secretaria de un despacho de abogados de diecinueve años; y Frank Burroughs, sesenta y cinco, técnico en calefacción. Las escasas fotografías aprobadas por los censores para su publicación muestran escaleras de bomberos extendidas sobre un edificio destrozado, con las plantas superiores completamente derrumbadas, y a un hombre bajo y enjuto, de unos cincuenta años y aspecto extraño, con abrigo negro y sombrero de fieltro, abriéndose paso entre las pilas de escombros. Era un médico que justo pasaba por allí y se ofreció a subir al inestable edificio, y fue el hombre que, después de cinco minutos de gritos frenéticos, trepó por la escalera de bomberos y entró en el piso con Kay y el equipo de rescate.

Al llegar al dormitorio, el médico se quitó educadamente el sombrero, como si se tratara de una visita de rutina, y con acento escocés preguntó quedamente:

—¿Cómo se llama?

—Mike —dijo Kay—. Mike Templeton. —Acto seguido, porque quería que lo trataran con respeto, añadió—: Comodoro del aire Templeton.

El médico se acercó a la cama.

—Bien, señor, ¿puede sentir las piernas?

Uno de los bomberos dijo:

—Debería irse, señorita. Nosotros nos encargaremos a partir de aquí.

—¿Qué pasa con el gas?

—Hemos cerrado la tubería principal.

—Preferiría quedarme.

—No puede ser, lo siento. Usted ya ha hecho su parte.

Otro bombero la tomó del brazo.

—Vamos, señorita, no discuta. Este edificio podría venirse abajo en cualquier momento.

—No te preocupes por mí, Kay —dijo Mike—. Hazles caso.

El médico se volvió hacia ella.

—Me ocuparé de que esté bien, señora Templeton.

«¡Señora Templeton!». Kay había olvidado que no debería estar ahí.

—Por supuesto. Le pido disculpas.

Cuando se dirigía a la puerta, Mike la llamó de nuevo.

—Será mejor que te lleves la maleta.

Kay se había olvidado por completo de ella. Seguía a los pies de la cama, sobre la otomana, cubierta de polvo y yeso, una prueba muda de su infidelidad. Probablemente Mike había estado inquieto todo ese rato por su presencia. Kay le sacudió el polvo, echó los cierres y siguió al bombero hasta la puerta. El hombre se colocó en el primer peldaño de la escalera de mano, agarró la maleta y se la lanzó a un compañero que aguardaba abajo. Descendió otro par de peldaños, extendió las manos e hizo señas a Kay para que lo imitara. Kay tuvo que cerrar los ojos cuando la escalera cedió y se balanceó bajo el peso de ambos. Las manos del bombero la sujetaron con fuerza por la cintura.

—Vamos, señorita, puede hacerlo.

Bajaron despacio, deteniéndose en cada escalón. Al alcanzar el último peldaño, Kay se desmayó.

Cuando despertó se encontró a una enfermera arrodillada frente a ella, sujetándole el mentón y aplicándole yodo en la sien. Gimió e intentó apartarse. La mano se lo impidió.

—Tranquila, cariño. No te muevas, ya casi estoy.

Notaba algo punzante en la espalda, y cuando la enfermera hubo terminado y pudo darse la vuelta, descubrió que estaba apoyada en la rueda trasera del camión de bomberos. Habían extendido dos escaleras más contra el edificio bombardeado y tres hombres con cascos de acero se hallaban arriba sujetando una camilla que estaba pasándole media docena de bomberos. La enfermera siguió la dirección de su mirada.

—¿Lo conoce?

—Creo que sí.

—En ese caso, acompáñeme.

Le tendió la mano y ayudó a Kay a levantarse. La enfermera le pasó el brazo por los hombros cuando se detuvieron al pie de la escalera.

La camilla descendía despacio mientras los hombres se gritaban entre sí para mantenerla firme. Kay reconoció a Mike por los rizos morenos. Lo habían envuelto en una manta. Cuando llegó al suelo, giró la cabeza y la vio. Tenía el rostro contraído de dolor, pero logró sacar la mano de debajo de la manta y levantar débilmente el pulgar. Kay tomó la mano de Mike entre las suyas.

Él le preguntó:

—¿Ha sido un V2?

Ella asintió.

Mike sonrió levemente.

—Tiene gracia.

Kay se volvió hacia la enfermera.

—¿Adónde lo llevan?

—A Barts. Puede acompañarlo, si quiere.

—Me gustaría.

Mike retiró la mano. La expresión de su rostro se tornó súbitamente distante, como si Kay fuera una extraña. Clavó la mirada en el cielo.

—Mejor no —dijo.

3

Se hallaban bajo un abeto goteante, Graf fumando un cigarrillo, Biwack con su libreta abierta. Graf había querido regresar a Scheveningen justo después del lanzamiento, pero Biwack había insistido en ver cómo trabajaba el regimiento. Observaron a media docena de miembros del equipo de despegue despejar la zona enrollando los cables eléctricos y derribando el mástil. La plataforma de lanzamiento era una estructura metálica redonda y robusta, no más grande que una mesa de centro, de la misma circunferencia que el V2, montada sobre unas patas hidráulicas, con un deflector de rebufo en el centro con forma de pirámide.

—¿Cuánto pesa?

—Una tonelada y media, aproximadamente.

El equipo acercó un remolque de dos ruedas y lo encajó debajo de la plataforma. Trabajaban deprisa, sin hablar demasiado, a fin de minimizar el tiempo que permanecían expuestos a los aviones enemigos. En algún punto del bosque un motor cobró vida, expulsando hacia arriba nubes de humo marrón, y un semioruga blindado emergió con lentitud de las profundidades del suelo.

—¿Qué es eso?

—El vehículo que controla el despegue. Permanece atrincherado durante el lanzamiento.

El semioruga avanzó pesadamente por el sotobosque y se detuvo con el motor en punto muerto mientras el equipo enganchaba la plataforma de lanzamiento a la placa de remolque. A continuación los hombres subieron a los guardabarros y se agarraron a la carcasa blindada. El motor aceleró y el vehículo arrancó. En menos de un minuto habían desaparecido. Exceptuando el vago olor a combustible quemado y alguna que otra marca de calcinamiento en los árboles circundantes, nada hacía sospechar que allí se había lanzado un misil.

Biwack parecía tan impresionado por eso como lo había estado por el cohete en sí.

—¿Eso es todo? ¡Caray, realmente pueden lanzar esa cosa desde cualquier lugar!

—Siempre y cuando el suelo sea lo suficientemente llano y firme. Un rincón de un aparcamiento o el patio de un colegio servirían.

Graf jamás habría imaginado, un año atrás, que serían capaces de lanzar el cohete con tanta facilidad. Pero un año atrás tampoco habría creído que serían capaces de fabricar en serie miles de V2. El ingenio que implicaba todo ello nunca dejaba de sorprenderlo.

—Debe de ser fantástico para usted —dijo Biwack— ver algo en lo que ha trabajado desde los dieciséis años transformarse finalmente en un arma destinada a proteger la patria.

El comentario se le antojó tan capcioso que Graf le lanzó una mirada rauda, pero Biwack tenía el semblante inexpresivo.

—Desde luego. —Apuró el cigarrillo, lo tiró al suelo y lo aplastó con el zapato—. Deberíamos volver.

No habían recorrido ni cincuenta metros cuando oyeron el semioruga regresar por la carretera con el motor aullando como si estuviera en estado de pánico. Al llegar a la curva dio marcha atrás a toda velocidad, sin sus pasajeros colgantes, y frenó en seco. La puerta lateral se abrió y el sargento a cargo del pelotón de despegue —Schenk, un veterano del frente oriental que había perdido las dos orejas por congelamiento— sacó la cabeza.

—Doctor Graf, hay una emergencia en la base de lanzamiento setenta y tres. El teniente Seidel reclama de inmediato su presencia.

Le tendió la mano para ayudarlo a subir, pero titubeó cuando reparó en Biwack.

—No se preocupe, está conmigo —dijo Graf.

Schenk tiró del hombre de las SS y cerró la puerta tras de sí.

Biwack dijo:

—¿No olvida algo, sargento?

Schenk lo miró de arriba abajo, primero desconcertado, luego divertido.

Levantó lentamente el brazo.

—Heil Hitler.

El semioruga salió de la carretera marcha atrás y después se impulsó hacia delante, desequilibrándolos. Graf agarró uno de los dos asientos giratorios. Schenk sostuvo el otro y con socarrona cortesía, como un *maître* en un restaurante de lujo, se lo ofreció a Biwack. Rebotaron sobre la maleza y regresaron a la carretera.

Los asientos estaban dispuestos de manera que el oficial de control de despegues y su segundo de a bordo pudieran observar el lanzamiento. Por encima del cuadro de mandos, a través de las estrechas rendijas de la parte posterior del semioruga, la carretera fue quedando atrás. Biwack estaba examinando las esferas y los interruptores. Parecía desear otro tutorial, pero Graf tenía demasiadas inquietudes en la cabeza para responder a más preguntas. «Hay una emergencia». ¿Cuántas veces había escuchado esas palabras en el último mes?

Los bandazos en el sofocante compartimento le estaban provocando náuseas. Se agarró a los lados del asiento. Tras un par de minutos, el vehículo redujo la velocidad para pasar junto a una columna de camiones cisterna estacionados en la cuneta. Los soldados estaban refugiados bajo los árboles con las manos metidas en los bolsillos, pues tenían prohibido fumar tan cerca del combustible. El camión blindado frenó y el sargento abrió la puerta. Con gran alivio, Graf salió de un salto al aire fresco y húmedo.

El teniente Seidel estaba esperándolo. Había tres baterías en el regimiento, cada una integrada por tres pelotones de lanzamiento de treinta y dos hombres. Seidel estaba al mando de la segunda batería. De origen berlinés, rondaba la edad de Graf. Algunas noches, si no estaban demasiado cansados, jugaban al ajedrez en el comedor. Nunca hablaban de política. Seidel tenía el semblante grave.

—Hay fuego en el compartimento de control.

—¿Fuego? ¿Ha cortado la electricidad?

—Por completo. Venga a verlo.

Caminaron hasta el frente del camión blindado. Doscientos metros carretera abajo, el cohete descansaba solo y sin soportes, listo para despegar. Seidel le tendió unos prismáticos. Graf los apuntó hacia el V2. Un humo insonoro salía de debajo de la ojiva y el viento lo dispersaba.

—¿Lleva combustible?

—Hasta arriba, por eso hemos evacuado la zona. Por lo visto, no se dieron cuenta hasta un minuto antes del lanzamiento.

Graf bajó los prismáticos. Se frotó el mentón y se pellizcó la nariz con el pulgar y el índice. No tenía alternativa.

—Será mejor que le eche un vistazo.

—¿Está seguro?

—Yo construí el maldito trasto. —Trató de echarle humor—. Francamente no es la posibilidad de una explosión lo que me asusta, sino subirme a la condenada escalera Magirus. —No era del todo falso. Detestaba las alturas.

Seidel lo agarró del brazo.

—Bien, necesito dos voluntarios. —Guiñó un ojo a Graf y miró en derredor. Señaló a un par de soldados que había cerca—. Tú y tú, llevad la escalera hasta el misil.

Se pusieron firmes, súbitamente pálidos.

—¡Sí, teniente!

Mientras se alejaban, Graf dijo:

—Necesitaré guantes y herramientas para el compartimento. —Reparó por primera vez en la presencia de Biwack, que estaba escuchando la conversación. Se volvió hacia Seidel—. Por cierto, le presento al Sturmscharführer Biwack. Se ha unido al regimiento como nuestro nuevo oficial de Liderazgo Nacionalsocialista.

Seidel volvió a reírse, como si Graf estuviera siguiendo con la broma, pero justo entonces Biwack chocó los talones y saludó:

—¡Heil Hitler!

La sonrisa del teniente se desvaneció. Le devolvió el saludo.

—¿Y cuál será exactamente su función en el regimiento, Sturmscharführer?

—Levantar la moral. Recordar a los hombres por qué estamos luchando.

Seidel hundió los labios y asintió.

—Muy útil.

Graf estaba examinando de nuevo el cohete con los prismáticos. ¿Eran imaginaciones suyas o el humo se había vuelto más denso? La proximidad del calor en la ojiva no le preocupaba; hasta que los fusibles se armaran, el amatol no era más peligroso que una tonelada de arcilla amarilla. La cercanía del combustible, no obstante, era otra historia. Había presenciado la explosión de depósitos de combustible con anterioridad. En una ocasión había visto a tres hombres volar por los aires delante de sus narices. Y se trataba de un pequeño depósito experimental, mientras que el V2 contenía ocho toneladas y media de alcohol y oxígeno líquido. Trató de quitarse esas imágenes de la cabeza.

—Estamos perdiendo tiempo —dijo—. Dígales que se den prisa con la escalera.

Echó a andar hacia el cohete. Oyó unos pasos y al volverse vio que Biwack lo seguía.

—No, no —dijo—, usted no puede hacer nada. Tiene que mantenerse alejado.

—Preferiría acompañarlo. —Biwack le dio alcance—. Diría que el teniente me tiene por un simple chupatintas de la Casa Parda, cuando en realidad luché dos años en el Este. Quiero ganarme el respeto de los hombres, ¿lo entiende?

—Como quiera. —Graf alargó la zancada.

El V2 era un monstruo de más de siete veces su estatura, aunque en ese momento se le antojó todavía más alto. Mientras caminaba se quitó el sombrero y lo escudriñó. El transformador era el problema, estaba seguro. En Peenemünde habían descubierto que el cohete tendía a explotar en el aire al final de su vuelo debido al calor de reentrada, por lo que habían añadido una funda metálica para proteger la sección superior. No obstante, en invierno eso parecía incrementar la condensación, lo que a su vez provocaba un cortocircuito. Resolvías un problema y creabas otro.

La escalera llegó sobre un remolque tirado por un camión pequeño. El conductor aparcó a los pies del cohete, bajó de un salto y se puso de inmediato a desplegarla. Era el tipo de escalera que empleaban los bomberos: tres secciones extensibles. El otro soldado entregó a Graf una caja de herramientas. Los dos hombres observaron el humo con preocupación. Graf seleccionó dos llaves inglesas pequeñas, un destornillador y una linterna y lo guardó todo en los bolsillos de su abrigo.

Los hombres desplazaron la escalera hasta el punto situado justo debajo del humeante compartimento de control y regresaron junto a sus compañeros: un andar digno que derivó rápidamente en una carrera. Graf los observó alejarse. «Unos tipos sensatos», pensó. Se quitó el sombrero, se lo dio a Biwack y se puso unos guantes de asbesto.

Colocó el pie en el primer peldaño y emprendió el ascenso. La sección inferior, donde la escalera ofrecía un mayor grosor, era bastante firme, pero conforme pasaba de una sección a otra se volvía más delgada y débil, y el viento soplaba con más fuerza y le sacudía los faldones del abrigo contra las piernas. Mantenía la mirada al frente, asegurándose de tener el pie bien plantado en el peldaño antes de subir al siguiente. Dejó atrás las secciones que albergaban el compartimento del motor, el depósito de oxígeno líquido y el depósito de alcohol. En el punto donde el fuselaje comenzaba a ajustarse al cono de la ojiva, alcanzó el compartimento de control número dos.

Por los lados de la escotilla de inspección salía humo. Tuvo que quitarse el guante derecho para sostener el destornillador y desbloquear la escotilla. Al abrirla lo abofeteó una gran nube de gases acres. Giró el rostro para evitar inhalarla y el gesto lo obligó a mirar hacia un lado. La carretera, los vehículos de apoyo, los soldados que lo observaban, todo se coló en su campo de visión y sintió que las piernas y los brazos le fallaban. Se aferró a la escalera hasta que se hubo calmado lo suficiente para poder retirar una mano y volver a ponerse el guante.

Introdujo las dos manos en las entrañas del cohete moviendo la cabeza de un lado a otro, tosiendo, sintiendo el escozor en los ojos. Por fortuna, conocía la disposición del compartimento de control con los ojos vendados, pues así tenía que trabajar, avanzando a tientas desde la caja de fusibles hasta el circuito de filtrado y de ahí hasta la unidad principal de distribución eléctrica. Sacó una llave inglesa del bolsillo y la deslizó por el interior del compartimento hasta localizar los dos tornillos que sujetaban el transformador, y después de un par de minutos consiguió desenroscarlos. Sostuvo el transformador con ambas manos y tiró de él. Al extraerlo del compartimento notó el calor del metal en la cara. Tras lanzar un grito de advertencia a Biwack, arrojó el transformador todo lo lejos que pudo.

El humo en el interior del compartimento disminuyó de inmediato. Graf encendió la linterna y la paseó por dentro. Buena parte del grueso revestimiento de caucho de los cables principales se había fundido. La cubierta de contrachapado que rodeaba el compartimento estaba calcinada. Por lo demás, no se apreciaban daños serios. Cerró el compartimento. Muy despacio, procurando no mirar abajo, inició el descenso.

Para cuando tocó suelo, varias docenas de hombres se habían congregado alrededor del V2, a pie y en camiones; no solo Seidel y el pelotón de lanzamiento, sino el propio coronel Huber, que lo observaba desde el asiento delantero de un coche oficial. Biwack estaba agachándose para examinar el transformador quemado. Intentó levantarlo, pero quemaba demasiado incluso con sus guantes de cuero y lo soltó rápidamente.

Seidel preguntó:

—¿Está muy dañado el cohete?

Graf se quitó los guantes y se sentó en cuclillas para recuperar el aliento.

—No está dañado en absoluto, que yo haya visto, exceptuando el transformador.

—¿Qué recomienda?

—Vaciar los depósitos de combustible y devolver el cohete al taller para hacer algunas pruebas eléctricas.

—¿No podemos ponerle un transformador nuevo y punto?

—Podemos, pero ¿por qué correr el riesgo?

Biwack los interrumpió.

—¿No ha dicho que el cohete no está dañado?

Graf se incorporó.

—Probablemente no lo esté, pero no podemos estar del todo seguros hasta que hayamos probado el equipo electrónico.

—¿Cuánto se tarda en vaciar el combustible?

—Un par de horas.

—¡Eso significa que se perderá medio día y Londres tendrá la tarde libre! Supongamos que lanzara el misil. ¿Qué es lo peor que podría ocurrir?

—Que no despegara —contestó Graf. Estaba empezando a resultarle difícil ocultar su irritación. ¡Una hora en Scheveningen y el NSFO ya era un experto en cohetes!—. O que se desviara del objetivo, en cuyo caso habríamos tirado por la borda cien mil marcos imperiales.

Huber se acercó al grupo.

—Entonces, caballeros, ¿qué hemos decidido?

—El doctor Graf recomienda abortar el lanzamiento —dijo Seidel—. El Sturmscharführer no parece estar de acuerdo.

—No me hagan caso —dijo Biwack. Agitó su libreta—. Yo solo estoy aquí para observar.

Huber dirigió su mirada al cohete, luego al transformador carbonizado, después a Graf y, por último, a la libreta de Biwack. Graf casi podía oír los engranajes chirriando en su cerebro.

—En la guerra hay que correr riesgos —dijo al fin—. Esa es la esencia del nacionalsocialismo. —Se volvió hacia Seidel—. Reemplace el componente y proceda con el lanzamiento.

Indignado, Graf se alejó. Le habría gustado fumar un cigarrillo para calmar los nervios. En lugar de eso, solo podía pasearse por la base de lanzamiento, como había hecho tantas veces en Peenemünde mientras se llevaban a cabo los últimos preparativos.

Desde el almacén técnico llegó una motocicleta con un transformador nuevo y un suboficial del pelotón de lanzamiento trepó presuroso por la escalera para instalarlo. Tras sellar el compartimento, plegaron y retiraron la escalera y reconectaron los cables eléctricos. Sonó una bocina. Los hombres se pusieron a cubierto dentro de las trincheras. Seidel, Huber y Biwack, con Graf a la zaga, cruzaron la maleza en fila india hasta el vehículo de control, el cual estaba enterrado casi hasta el techo en el fondo de la ladera que conducía a su refugio.

Una vez cerrada la puerta, dentro del camión blindado se estaba apretado y hacía frío; la escotilla del techo seguía abierta. Por el altavoz, la estación radar de La Haya confirmó que no había aviones enemigos en un radio de cincuenta kilómetros.

—Listos para el lanzamiento.

—¿Cuál es el procedimiento aquí?

Graf se escurrió en un rincón y dejó a Seidel proseguir con el tutorial de Biwack.

—El conmutador de disparo tiene cinco posiciones. Ahora estamos en la posición uno…

El sargento que controlaba el lanzamiento sacó la cabeza por la escotilla para observar el cohete.

—Comenzamos la cuenta atrás.

Diez..., nueve...

La posición dos cerró las válvulas de los depósitos de combustible y bombeó aire comprimido en el depósito de oxígeno líquido.

Ocho..., siete..., seis...

La posición tres introdujo a presión una mezcla de peróxido y permanganato en el turbopropulsor para iniciar el encendido. Un dispositivo con forma de esvástica, girando como una rueda de fuegos artificiales, empezó a arrojar una lluvia de chispas.

Cinco..., cuatro...

La posición cuatro liberó los dos depósitos principales de combustible en la cámara de combustión. Una llama atronadora se extendió alrededor de la base del cohete.

Tres..., dos..., uno...

—¡Despegue! —El sargento metió la cabeza en la cabina y bajó la escotilla.

La posición cinco subió la turbobomba a su máxima potencia para introducir el combustible en la cámara de combustión a alta presión. El camión blindado dio un bandazo. El ruido parecía empezar en el plexo solar e irradiar hacia fuera. Pequeños fragmentos de bosque aporrearon el techo. Graf se llevó las manos a los oídos y rezó.

4

Kay se hallaba en aquel momento en la esquina de Chancery Lane con Warwick Court, maleta en mano, observando cómo la ambulancia trataba de abrirse camino por la abarrotada calzada en dirección al hospital Barts. Habían pasado setenta y seis minutos desde el impacto del cohete. Supervivientes y espectadores taponaban la zona. El conductor tuvo que encender la sirena para despejar la vía. La gente se volvía a mirar, subía a la acera, apartaba a otros y después regresaba a la calzada.

Finalmente la ambulancia desapareció de su vista. El sonido metálico de la sirena se desvaneció. Aun así, Kay no se movió. La cabeza parecía irle a medio gas. Solo podía asimilar las cosas de una en una.

«Mejor no». ¿Lo había dicho en serio? ¿Debería haber insistido en acompañarlo?

Sobre el ecuador del mar del Norte, el misil estaba funcionando a la perfección. Los dos giroscopios —encargados de controlar el cabeceo y la inclinación— estaban girando a treinta mil revoluciones por minuto, manteniendo estable el V2 en su trayectoria de vuelo.

Desprovista de abrigo, Kay se dio cuenta de que estaba tiritando bajo el vestido. Por primera vez miró en derredor y vio que prácticamente todos los escaparates de Chancery Lane habían estallado en pedazos, junto con los vidrios de los pisos superiores y las ventanillas de los coches que yacían desparramados por la calzada en ángulos extraños. Aunque abarrotada de gente, la ancha calle aparecía extrañamente estática, como el West End por la noche, cuando terminaban los espectáculos y la gente aguardaba fuera a que sus amigos salieran comentando lo que habían visto o lo que deberían hacer a continuación. Había mucha sangre, en las caras, en las ropas, en pequeños charcos sobre la acera. Una pareja mayor estaba sentada en el bordillo con las manos entrelazadas y los pies en la cuneta. Un niño se aferraba llorando a un cochecito vacío. Había vidrios rotos por todas partes, y ladrillos y fragmentos de mampostería. Reparó en un curioso trozo de metal plano junto a sus pies y lo cogió. Todavía estaba caliente. Supuso que era un fragmento del cohete, parte del revestimiento del fuselaje, quizá, o de una aleta. Con cuidado, lo devolvió a su lugar. Alguien le dijo algo, pero para cuando acertó a centrar su atención, ya se había ido.

Pasado un rato, echó a andar en la misma dirección que la ambulancia.

Sabía que el hospital Barts estaba en la City de Londres. Si no podía ver a Mike, por lo menos podría aguardar en la acera. En realidad no lo había meditado demasiado.

A unos siete kilómetros al sureste, en New Cross Road, Deptford, los grandes almacenes Woolworths habían recibido una remesa de cacerolas, un artículo escaso en la Gran Bretaña en guerra. La voz había corrido y se había formado una larga cola de amas de casa. Esa sucursal en particular de Woolworths ocupaba un edificio de cuatro plantas. El sábado era el día más concurrido, el momento del almuerzo la hora más concurrida. Numerosas mujeres habían traído a sus hijos; muchas de ellas se hallaban frente al mostrador de golosinas. Una madre joven con un bebé de dos meses en el brazo izquierdo que caminaba por New Cross Road rumbo a la célebre oferta de cacerolas, recordaba cuarenta años después «un silencio repentino, estático, que cortaba la respiración».

Cuando un objeto rompe la barrera del sonido y sigue viajando a una velocidad superior a mach 1 —1.234 kilómetros por hora— lleva consigo el ruido de su explosión sónica, igual que una planeadora expele olas desde la proa creando una estela constante. A las 12.25 —sabía la hora exacta únicamente porque la vería más tarde en el informe oficial—, Kay oyó algo parecido a un fuego artificial especialmente ruidoso explotando en el cielo, seguido segundos después de un estruendo fuerte pero lejano, como si hubieran cerrado con brusquedad una puerta maciza. Entonces llegó la irrupción del cohete. La gente a su alrededor se detuvo y alzó la vista.

El V2 impactó en el centro exacto de Woolworths y atravesó todas las plantas antes de explotar y abrir un cráter de diez metros de profundidad. Casi todas las víctimas murieron al instante, tanto en el interior de Woolworths como en la tienda Co-operative contigua, la mercería del otro lado de la calle y el autobús número 53, donde los cadáveres permanecieron erguidos en sus asientos con los órganos internos traumatizados por la onda expansiva. Perecieron ciento sesenta personas.

Banfill, Brian John, 3 años; Banfill, Florence Ethel, 42...

Brown, Ivy, 31; Brown, Joyce, 18 meses; Brown, Sylvia Rosina, 12...

Glover, Julia Elizabeth, 28; Glover, Michael Thomas, 1 mes; Glover, Sheila, 7...

Delante de Kay, una delgada columna de humo marrón empezó a elevarse sobre los tejados.

Durante la guerra, y después de la misma, existió el debate sobre qué artefacto era más aterrador: el V1, una bomba no tripulada que podías ver y oír y que solo empezaba a caer cuando se le acababa el combustible, lo que en principio te proporcionaba un tiempo silencioso para intentar ponerte a salvo; o el V2, que golpeaba sin avisar. La mayoría decía que el V2. Producía tanta ansiedad como el V1, pero no ofrecía la oportunidad de escapar. Además, era inquietantemente futurista, el heraldo de una nueva era producido por un enemigo al que había que derrotar. Le hacía a uno preguntarse qué otras cosas guardaba Hitler bajo mano.

Kay contempló la nube de humo unos segundos más, reculó un par de pasos, giró sobre sus talones y echó a andar aprisa en dirección opuesta, sorteando a los espectadores que miraban boquiabiertos el cielo, sin prestar atención a quién empujaba y los insultos que le gritaban.

Ambas explosiones habían resonado en toda la ciudad. Los compradores sabatinos junto a los que pasaba tenían la cabeza gacha, el rostro tenso, la voz apagada. Cuando los V2 empezaron a caer en septiembre, las autoridades hicieron correr el bulo de que las enormes detonaciones las causan explosiones de cañerías de gas. Nadie se lo creyó. («¿Has oído hablar de la nueva arma secreta de los alemanes, la cañería de gas voladora?»). Solo hacía dos semanas que Churchill había anunciado la verdad en el Parlamento, y un fino manto de desasosiego se había posado sobre la ciudad.

Kay caminó presurosa hacia el oeste, dejó atrás la estación de Holborn, Tottenham Court Road... Le producía alivio la mera actividad mecánica de poner un pie delante del otro. Sabía muchas cosas sobre el V2: tamaño, alcance, combustible, carga explosiva, bases de lanzamiento; lo había visto crecer ante sus ojos durante los últimos dieciocho meses de la misma manera que un técnico de laboratorio podía observar unas células cancerosas multiplicarse bajo el microscopio. Su estado mental estaba formado por tres partes de pánico y una parte de fría evaluación profesional: si los alemanes podían arrojar dos cohetes sobre Londres en un margen de tiempo de poco más de una hora, probablemente significaba que habían aumentado su despliegue y una nueva fase de la ofensiva estaba en marcha.

Un coche petardeó en Oxford Circus. Se agachó instintivamente, como el resto de la gente. Cuando se incorporaron, cruzaron miradas contritas y continuaron su camino.

Acabó caminando más de seis kilómetros, hasta la estación de Paddington. El siguiente tren a Marlow salía dentro de treinta minutos. Entró en el lavabo de señoras y examinó su rostro en el amplio espejo. Con razón la gente la miraba con extrañeza. Tenía la cara y el pelo castaño caoba cubiertos de yeso blanco como una tarta nupcial triturada, manchas de hollín en las mejillas, un pegote de tizne en la nariz, un hilillo de sangre reseca procedente del corte en la sien. El vestido estaba lleno de mugre y desgarrado a la altura del hombro. «Un fin de semana sucio», pensó, y soltó una carcajada —era justo la clase de broma estúpida que haría Mike— antes de aferrarse al borde del lavamanos y romper a llorar.

—¿Está bien, querida? —Desde la pila contigua, una mujer madura con un pañuelo en la cabeza la observaba por el espejo con preocupación.

—Sí, gracias.

Kay abrió el grifo, se echó agua fría en la cara y observó cómo se teñía de negro y giraba por el desagüe, y mantuvo la cabeza gacha hasta que se hubo serenado. Encontró un cubículo libre y echó el pestillo. Colocó la maleta sobre la tapa del retrete, se quitó el vestido y sacó una camisa celeste y una corbata negra. Sus dedos pelearon con los botones. Se la abrochó mal y tuvo que empezar de nuevo. Empujó la pesada falda azul sobre sus caderas y la cerró, sacudió la guerrera azul a juego con la banda trenzada en las mangas e intentó alisar las arrugas. La abotonó hasta arriba y se ciñó el cinturón.

Regresó al lavamanos con varias horquillas en la boca y se recogió el pelo. Los dedos emergieron cubiertos de polvo. Nada podía hacer al respecto. La gorra cubriría la peor parte. Se aplicó el maquillaje que había comprado para el fin de semana, tal como anunciaba Merle Oberon en el *Vogue* de ese mes («¡Solo unos segundos con Max Factor "Pan-cake" y tendrás un aspecto glamuroso!»), insistiendo en el corte. Le picaba endemoniadamente. Añadió un toque de carmín a sus labios, se ajustó la gorra y escondió debajo de ella los mechones descarriados. Alzó el mentón, se miró al espejo y una mujer formidable que parecía una completa desconocida —oficial de sección de la

WAAF, Fuerza Aérea Auxiliar Femenina, A. V. Caton-Walsh— le devolvió la mirada. Únicamente los ojos asustados y enrojecidos la delataban. Agarró la maleta y salió al vestíbulo de la estación.

En la cafetería ocupó su silla de siempre, desde donde podía controlar el reloj, con una taza de té en las manos. Paseó la mirada por el gentío que se agolpaba en las puertas de los andenes: los variados uniformes —azul marino, azul claro, caqui—, los numerosos norteamericanos con sus petates amontonados en carritos, un grupo de ruidosos colegiales reencontrándose con sus padres. Muy por encima de sus cabezas, manchado de humo, el tejado de hierro y cristal estaba repleto, cual pajarera, de palomas aleteando. La mirada se le iba constantemente hacia él. Se imaginó que lo atravesaba un misil y se reprendió por ello. Era absurdo pensar que podía presenciar el ataque de un tercer V2 en el mismo día. Aun así, se terminó el té y partió en busca de su tren, y el gemido de angustia alojado en el fondo de su mente solo calló cuando su vagón abandonó la estación de Paddington, alejándola del radio de alcance del V2.

El trayecto de Londres a Marlow duraba una hora, una hermosa ruta por el valle del Támesis que pasaba por Maidenhead, Cookham y Bourne End. Se sentó junto a la ventana y admiró los verdes prados, las plácidas vacas marrones, los ríos, los estanques de patos y las pequeñas iglesias de piedra gris. Como parte de sus funciones, a veces visitaba un hangar de la Real Fuerza Aérea en el Oxfordshire rural para interrogar a los pilotos en cuanto regresaban de sus misiones de reconocimiento sobre Alemania. Hombres jóvenes, apenas recién salidos del colegio, galanteadores y todavía embutidos en sus cazadoras de vuelo, desdeñosos de los peligros que acababan de afrontar —«Pan comido, señora»—, con solo alguna que otra mano temblorosa al encender un cigarrillo como señal de que su desenfado era fingido. De vez en cuando un avión no regresaba. Las horas pasaban, Kay aguardaba y al final le sugerían que se marchara. A menudo se había preguntado si ella tendría el valor de hacer lo que ellos hacían. Ahora tenía la respuesta. Por primera vez en la guerra se había encontrado de cara con la muerte y su impulso había sido largarse de Londres lo más deprisa posible.

Su actitud, desde luego, estaba justificada. Las heridas de Mike no parecían mortales. Él mismo le había dicho que no fuera al hospital. Sin Mike no tenía nada que hacer ni lugar adonde ir. Pero eso planteaba el interrogante de qué había estado haciendo en Warwick Court. Tener una aventura con un hombre casado ya era malo de por sí. Hacer el amor con ese hombre casado en la cama que compartía con su esposa...

«El piso está libre todo el fin de semana. No tendremos que correr...».

Mike lo había dicho con desenfado. Sus palabras, sin embargo, habían añadido una innecesaria capa de traición, de crueldad, en realidad, mientras que si simplemente hubieran ido a un hotel, como acostumbraban hacer, todavía estarían juntos. Era absurdo pensarlo —hacía tiempo que había perdido la fe—, pero no podía evitar ver el V2 como un castigo de Dios. La idea la perseguía, daba vueltas en su cabeza.

En Bourne End, tres jóvenes WAAF entraron riendo en su compartimento. Eran mujeres aeronáuticas de segunda clase. Al ver las trenzas en las mangas de Kay, se cuadraron y guardaron silencio. Su deferencia la incomodó aún más. Bajó la maleta de la rejilla y salió al pasillo. Cuando llegó a la puerta del vagón, bajó la ventana. El Támesis transcurría junto a las vías, alto y ancho tras las últimas lluvias, con un par de cisnes en medio, inmóviles en la corriente.

Con la cara al viento, respiró profundamente hasta que dejó de notar el sabor a polvo y a gas de hulla.

Una vez en Marlow, dejó a las WAAF bajar primero y aguardó a que el andén se vaciara para cruzar la estación y salir a la calle. Había un camión del ejército esperando. Las WAAF se habían instalado en la parte de atrás.

—¿Quiere que la llevemos, señora?

—No, gracias, chicas. Prefiero caminar.

Dejó atrás las casitas de ladrillo y sílex y se adentró en la extensa calle mayor de estilo georgiano: hostales y salones de té cubiertos de hiedra, pequeñas tiendas con ventanas salientes vidriadas, casas encaladas con entramados de madera y tejados de paja. La calle en su conjunto era exageradamente pintoresca, una imagen de Inglaterra al estilo hollywoodiense, como una escena de *La señora Miniver*. En algún sitio se estaba jugando un partido de fútbol. Kay podía oír un silbato, hombres gritando, una ovación. Salió del pueblo y continuó por la carretera de Henley, entre campos y setos altos, atisbando de vez en cuando el río a su izquierda. Después de un kilómetro y medio la guerra volvía a hacerse presente. Una batería antiaérea asomó entre los árboles. Un pelotón de soldados colorados y sudorosos, cargados con su equipo de entrenamiento, pasó corriendo por su lado. De un camino situado más adelante emergió un camión camuflado. Había un puesto de control.

Kay enseñó su pase en la barrera.

—¿Quiere que la lleven a la casa, señora?

—No hace falta, cabo, gracias. Me hará bien caminar.

Buena parte de la guerra secreta de Gran Bretaña se libraba al final de largos caminos como ese, caminos que transcurrían por parques desatendidos, entre frondosos rododendros y olmos goteantes, hasta recónditas casas de campo donde se descifraban códigos, se planeaban operaciones especiales, se pinchaban conversaciones de generales nazis capturados, se interrogaba a espías y se entrenaba a agentes. Kay llevaba dos años haciendo ese camino, siempre con un recuerdo indeseado del colegio. Al final del mismo se alzaba Danesfield House, una mansión que imitaba el estilo isabelino construida a principios de siglo, blanca y reluciente como el glaseado de una tarta nupcial, con muros almenados, pronunciados tejados rojos y altas chimeneas de ladrillo. Sus jardines ornamentales descendían hasta el Támesis. La primera vez que llegó, encontró en ellos un lugar agradable por el que pasear entre turno y turno. Ahora estaban desfigurados por docenas de largas y achaparradas construcciones temporales de madera, destinadas a oficinas, y feos cobertizos Nissen semicirculares, de acero corrugado, que servían de barracones, en uno de los cuales vivía ella con otras once oficiales, cuatro por habitación.

Kay se detuvo en el umbral de su cobertizo y, tras rezar para que no hubiera nadie, enderezó los hombros, abrió la puerta metálica y avanzó con sus pesados zapatos de la WAAF por el suelo de madera. A la derecha del pasillo se abrían cuatro puertas —el cuarto del retrete y la ducha era el más próximo a la entrada— y en el centro del cobertizo descansaba una estufa que habían dejado que se apagara. Su dormitorio se hallaba al final del pasillo. Los postigos estaban cerrados, la habitación a oscuras, el aire impregnado de un fuerte olor a Vicks VapoRub. Pensó que no había nadie, pero justo entonces las mantas de la cama del fondo se movieron y el contorno de una cabeza se volvió para mirarla.

—Creía que pasabas el fin de semana en Londres.

Kay entró. Ya era tarde para recular.

—Cambio de planes.

—Espera un momento.

Se levantó una sombra. Los postigos se abrieron con un estrépito. Shirley Locke, una licenciada en Ciencias económicas por el University College de Londres que daba la impresión de llevar dos años arrastrando el mismo catarro —solo en verano lo llamaba fiebre del heno—, fijó los postigos y regresó a la cama. Llevaba un camisón de franela con un estampado de rosas abotonado hasta su afilado mentón. Se puso las gafas y se tapó la boca con la mano.

—Dios mío, Kay, ¿qué te ha pasado en la cara?

—Un accidente de coche. —Fue la primera mentira que le vino a la cabeza. Ya había decidido no mencionar el V2. Las preguntas habrían sido interminables.

—¡Oh, pobre! ¿De quién era el coche?

—Fue un estúpido taxi. —Kay abrió su armario y metió la

maleta—. Tuvo un pinchazo en el Embankment y se empotró contra una farola.

—¿Cuándo ocurrió?

—Esta mañana.

—Pero ¿por qué has vuelto? ¿No podía cuidarte tu amigo?

—¿Quién ha dicho nada de un amigo? —Se encaminó a la puerta—. Lo siento, he de darme prisa. Hasta luego.

Shirley le gritó:

—Sabes que algún día tendrás que hablarnos de él, ¿verdad? De tu hombre misterioso. —Mientras Kay se alejaba por el pasillo, la voz nasal habló de nuevo—: ¡Deberías hacerte mirar ese corte!

Danesfield House había perdido su aire refinado. Rebautizada RAF Medmenham, que era el pueblo más cercano, había adquirido un olor rancio a burocracia, a una mezcla de polvo y virutas de lápiz, archivadores de cartón y gomas elásticas, como el interior de un cajón de escritorio que raras veces se abre. Habían desmontado las arañas de luces, entablado el estucado, extendido linóleo y colgado letreros por todas partes. El salón de baile, por ejemplo, se había convertido en la «Sección Z/Unidad Central de Interpretación», y fue allí adonde se dirigió Kay esa tarde de sábado.

Para entonces eran las tres y media pasadas y la luz invernal estaba apagándose. Más allá de la terraza, un sol bajo titilaba sobre el Támesis. En el gigantesco salón de baile, veinte intérpretes de Fase Dos, en su mayoría mujeres, sentados frente a tres hileras de escritorios habían encendido sus lámparas de estudio y estaban inclinados sobre su labor. Reinaba el silencio y el aire rezumaba concentración, como un auditorio en mitad de un examen. De vez en cuando alguien se acercaba a las estanterías y bajaba un fichero o un manual, o se detenía frente a una de las ilustraciones que mostraban el equipo del enemigo desde todos los ángulos concebibles: camiones blindados y obuses autopropulsados, cazas y bombarderos, submarinos, buques de guerra, tanques. En una larga mesa de caballete se apilaban cestas de alambre con fotografías en blanco y negro marcadas por sectores: «Ruhr», «Sarre», «Báltico». Una sargento WAAF estaba sentada detrás, rellenando una hoja de registro.

—¿Hay noticias de Holanda? —le preguntó Kay.

La sargento señaló la cesta vacía.

—Hace mal tiempo, señora. Llevamos cuarenta y ocho horas sin recibir señales.

Kay salió al vestíbulo y empezó a subir las escaleras. Fase Uno estaba «vigente/operativa» y era responsable de interrogar a los pilotos de la RAF Benson en cuanto aterrizaban después de sus incursiones. Fase Dos, ubicada en el salón de baile, analizaba las fotografías hechas durante las últimas veinticuatro horas que pudieran ser de inmediata utilidad en el campo de batalla. Lo de largo plazo pasaba a Fase Tres, situada en la primera planta. Allí era donde ella trabajaba, en lo que en otros tiempos habían sido los dormitorios y cuartos de baño principales. Caminó por el pasillo hasta el registro y pidió la cobertura de la última semana del sector costero holandés, desde Hoek van Holland hasta Leiden.

—De hecho, que sean dos semanas.

Mientras la secretaria partía en busca del dosier, descansó los codos en el mostrador y se inclinó hacia delante. Cerró los ojos. Empezaba a sentirse otra vez mareada. La gente pasaba junto a ella en el pasillo. En algún lugar sonó brevemente un teléfono. Un hombre estornudó dos veces. Los sonidos le llegaban extrañamente amortiguados, como si estuviera debajo del agua. Detrás de ella, una voz femenina dijo quedamente:

—Kay, querida, ¿estás bien?

Inspiró hondo y, forzando una sonrisa, se volvió para enfrentarse al rostro delgado y grave de Dorothy Garrod, una mujer tan menuda, de apenas metro y medio, que había sido imposible encontrarle un uniforme que no le colgara por todas partes. De cincuenta y pocos años, era mucho mayor que el resto de ellas. Antes de la guerra había sido profesora de Arqueología en Cambridge. Ahora su disciplina académica era el análisis fotográfico de ciudades alemanas dañadas por los bombardeos, y la abordaba con la misma meticulosidad que había aplicado a los restos arqueológicos del Paleolítico. Si el Mando de Bombardeo insistía en que un objetivo había sido destruido y ella sabía que no era así, no daba su brazo a torcer. El mariscal del aire Harris la detestaba.

—Me he dado un golpe en la cabeza, Dorothy, eso es todo.

La profesora Garrod, su supervisora en Newnham, era quien la había recomendado para la Unidad Central de Interpretación. A Kay todavía le costaba llamarla por su nombre de pila.

—Tienes mala cara. ¿Seguro que no te estás excediendo?

—Estoy perfectamente, en serio.

La secretaria regresó con el dosier. Kay firmó la entrega, se apretó la carpeta contra el pecho, se despidió con una breve sonrisa y huyó del registro.

Ocupó su puesto habitual frente a la mesa que había junto a la ventana. El resto de su sección estaba demasiado absorta para reparar en su llegada. Se quitó la gorra, encendió la lámpara, sacó sus instrumentos —un estereoscopio, una lupa, tablas matemáticas, una regla de cálculo— y abrió el informe.

Las fotografías en blanco y negro, moteadas de volutas de nubes, ofrecían una imagen despejada de la costa llana, larga y recta, la ancha playa y las calles y edificios de La Haya y sus aledaños, que incluían Scheveningen al norte y grandes extensiones de bosque salpicadas de dunas y lagos. No había duda de que los V2 estaban siendo lanzados desde ahí: era la única posición que le quedaba a Alemania en Europa lo bastante cerca de Londres, situado a trescientos veinte kilómetros, para poder golpearlo. En más de una ocasión, pilotos a bordo de cazas Spitfire habían visto cohetes atravesar el cielo por encima de sus cabezas. Pero ¿de dónde provenían exactamente los cohetes? Ese era el misterio.

Kay no esperaba resolverlo. Llevaban semanas inspeccionando la zona, pero no lograban averiguarlo. Habían preguntado a Babs Babington-Smith si podía localizar un objeto en Peenemünde que podría ser el prototipo del caza de reacción de los alemanes, el Messerschmitt-262. Babs se había pasado semanas examinando las viejas fotografías con una lente de aumento Leitz de un joyero hasta que, en un costado del aeródromo, había descubierto un objeto cruciforme de menos de un milímetro de ancho que equivalía a una envergadura de seis metros. Kay recordaba el momento exacto del descubrimiento y la contenida emoción de Babs:

—Kay, échale un vistazo a esto.

Y aunque encontrara algo, ¿de qué serviría? Las lanzaderas eran móviles. Seguro que a esas alturas ya las habían desplazado. Pero prefería eso a estar de brazos cruzados; prefería eso a volver al barracón y escuchar a Shirley Locke sonarse la nariz; prefería eso a tumbarse en la cama y rememorar la terrible milésima de segundo antes del impacto del cohete, y a Mike atado a la camilla diciendo «Mejor no».

Cogió dos fotografías y puso una al lado de la otra. Se habían hecho con muy poco tiempo de diferencia, lo que creaba una superposición del sesenta por ciento; cuando colocó sobre ellas el estereoscopio en su soporte plegable, las dos imágenes se fundieron por arte de magia para proporcionar una imagen tridimensional. Así y todo, lo único que podía ver era un manto de árboles monocromos tan pequeños y apretados que era imposible distinguir unos de otros. Pero no se dejó llevar por el desánimo. Si era necesario, se pasaría la noche entera, mientras el sol se ocultaba tras el Támesis y las luces de la aldea de cobertizos se encendían más allá de la ventana, buscando lo que se escondía dentro del bosque.

5

En Scheveningen, a la luz de las velas, en un recodo del comedor de espejos del hotel Schmitt —un establecimiento grande y deslucido que hacía las veces de cuartel general del personal y de cantina de los oficiales—, el coronel Huber estaba ofreciendo una pequeña cena para dar la bienvenida a Biwack al regimiento.

El invitado de honor se sentaba a su derecha. A su izquierda, también con el uniforme negro de las SS, estaba el Obersturmbannführer Karlheinz Drexler, jefe de seguridad. De rango equivalente al de Huber, llevaba gafas y era rollizo y medio calvo; un dudoso representante de la raza superior, pensaba siempre Graf. Sentados enfrente había tres tenientes al mando de los batallones de despegue: Seidel, el berlinés ajedrecista; Klein, un ingeniero taciturno y habilidoso que había ido ascendiendo de rango; y Stock, que tenía fama de hombre sumamente excitable y quien se relajaba por las noches leyendo novelas de vaqueros. En el extremo de la mesa estaba Graf.

Dos ordenanzas con guantes blancos servían la comida en la vajilla de porcelana monogramada del hotel: sopa de calabaza aguada y los restos renegridos de un viejo jabalí que los guardias de las SS habían cazado en el bosque la semana previa. Había pan, pero no patatas: ese año la mayor parte de la cosecha de patatas de Alemania había sido requisada para destilarla y emplear el alcohol como combustible para los cohetes. Cual niños consentidos, los V2 cogían la comida de los platos de los adultos.

Aunque Huber había sacado dos botellas de schnapps para la ocasión y contado un par de chistes picantes, el ambiente seguía siendo apagado.

La luz íntima de las velas reflejada en los altos espejos enfatizaba la vacuidad del frío comedor y la oscuridad de las mesas circundantes.

Graf escuchaba solo a medias las conversaciones que tenían lugar a su alrededor. Seidel estaba explicando a los demás comandantes de batallón el incidente del transformador recalentado. Drexler estaba narrándole a Biwack una operación en el frente oriental («Tuvimos que incendiar el pueblo...»). Lo que de verdad quería era emborracharse. Había terminado su licor y estaba mirando de reojo la botella que tenía más cerca, preguntándose si sería de mala educación cogerla, cuando Huber dio unos golpecitos a su copa con un cuchillo y se puso en pie.

—Caballeros, como bien saben esperamos la llegada de una remesa de cohetes a medianoche, de modo que debemos terminar pronto a fin de poder descansar un poco. No obstante, antes de retirarnos me gustaría dar la bienvenida al regimiento al Sturmscharführer Biwack. En el calor de la batalla es fácil olvidarse de la razón por la que estamos luchando. El propósito del oficial de Liderazgo Nacionalsocialista en el ejército alemán es recordarnos nuestra causa. Asegúrense de que tenga la oportunidad de hablar con todos sus hombres antes de que acabe la semana. —Se volvió hacia Biwack e inclinó ligeramente la cabeza—. Es un placer tenerlo con nosotros, Sturmscharführer. —Biwack sonrió y asintió—. Hoy hemos lanzado seis misiles —continuó Huber—. ¡Un promedio excelente! Pero asegurémonos de que mañana sea aún mejor. —Miró en torno a la mesa—. Demostrémosle a nuestro nuevo camarada de lo que somos capaces. ¡Mañana lanzaremos doce misiles!

¡Doce! Graf puso ojos como platos. Percibió una breve vacilación, hasta que Drexler empezó a dar golpes en la mesa con el puño como gesto de aprobación. Sin excesivo entusiasmo, los artilleros secundaron al hombre de las SS.

—Bien —dijo Huber con una gran sonrisa. Alzó la copa—. Propongo un brindis. —Mientras los comensales se ponían en pie, Graf aprovechó la oportunidad para servirse otro schnapps—. ¡Por la victoria!

—¡Por la victoria!

Bebieron, se sentaron y aporrearon de nuevo la mesa. Graf sintió el licor quemándole la garganta, la avalancha caliente del alcohol inundándole el sistema. Clavó el puño con tanta fuerza que los demás se volvieron hacia él.

—¡Doce lanzamientos! ¡Fantástico!

Biwack lo examinó unos instantes. Educadamente, preguntó:

—¿Cree que doce lanzamientos al día es demasiado ambicioso, doctor Graf?

—Todo lo contrario, ¡demasiado conservador! Después de todo, ¿cuánto pesan las bombas transportadas por un solo Lancaster?

—Seis toneladas —respondió Seidel.

—Eso significa que doce lanzamientos transportando una ojiva de una tonelada por misil equivalen en poder explosivo a solo un par de bombarderos Lancaster. ¿Y cuántos bombarderos envían esos cabrones de la RAF para atacar nuestras ciudades en una sola noche? ¡Mil! ¿Doce misiles? —Graf golpeó de nuevo la mesa—. ¡Propongo que lancemos mil!

Seidel rio y se miró las manos. Huber dijo:

—Pero un solo V2 genera el mismo terror que cien Lancaster y golpea la tierra con una fuerza tremenda, a tres veces la velocidad del sonido. Provoca un daño mucho mayor sobre una superficie más extensa y no hay defensa aérea que pueda detenerlo.

—Además —añadió Drexler, que estaba limpiándose las gafas con la servilleta—, es el único medio que nos queda para atacar Londres. —Se puso las gafas y paseó la mirada por la mesa.

Se hizo un silencio.

—Fascinante —dijo Biwack. Había seguido las intervenciones como un espectador en un partido de tenis. De pronto retiró la silla y se puso de pie—. Gracias por su bienvenida, coronel. —Tocó brevemente el hombro de Huber—. Se trata de una reunión social, no la ocasión para un sermón político, de modo que solo les diré que, aunque he venido aquí para alentar su fe en nuestra victoria final, es mi fe la que se ha visto alentada por lo que he presenciado hoy. ¿Cómo podemos fracasar en nuestro sagrado cometido cuando nuestro país es capaz de desarrollar semejante maravilla tecnológica? Permítanme responder a su brindis con otro brindis. —Se volvió inesperadamente hacia Graf y le dedicó una elegante inclinación de cabeza antes de alzar la copa—. ¡Por el genio de nuestros científicos alemanes!

Graf no sabía si debía levantarse o no. Finalmente se puso en pie y alzó su copa con el resto.

—¡Por nuestros científicos alemanes!

Tras tomar de nuevo asiento, Huber señaló a Graf.

—Doctor, ¿le importaría decir unas palabras? —«¿Y reparar el daño?», implicaba su tono.

Graf sonrió y negó con la cabeza.

—No soy hombre de discursos.

—No hace falta un discurso —dijo Biwack—. ¿Por qué no nos cuenta algo de su trabajo con el profesor Von Braun?

—No sabría por dónde empezar —respondió Graf con franqueza. ¿Cómo se podía condensar media vida en un par de anécdotas después de una cena? De repente deseó que Von Braun estuviera allí. Los habría hipnotizado desde el primer momento. No había nadie a quien no pudiera cautivar, ni siquiera Hitler. Cuando reía, echaba hacia atrás su enorme cabeza patricia y adelantaba el ancho mentón con genuino placer, como un joven FDR, y tú estabas convencido de que te hallabas ante el hombre más fantástico del mundo. Desde luego era un fantástico vendedor. Graf, no obstante, sabía muy bien que él no era Von Braun y solo acertó a decir—: Es un ingeniero brillante, de eso no hay duda.

Hubo una pausa.

—Bien —dijo Huber fulminando a Graf con la mirada—, supongo que aquí termina nuestra velada. Buenas noches, caballeros.

Dio alcance a Graf en la calle cuando el ingeniero regresaba a su alojamiento, lo agarró del brazo y lo arrastró hasta la sombra del hotel.

—¿Qué demonios ha sido eso?

—¿El qué?

—¡No se haga el ingenuo! Sabe perfectamente de qué hablo. Se comportó como un completo derrotista delante de ese mierda nazi. «¡Propongo que lancemos mil!». Su actitud perjudica nuestra imagen.

—No soy derrotista, coronel, soy realista. Entiendo que tengamos que mentir al público, pero ¿qué sentido tiene que nos mintamos a nosotros mismos?

—¿Qué sentido tiene? ¡Evitar que la Gestapo nos acuse de traición! —Huber lo tenía prácticamente aplastado contra la pared, tan cerca que Graf podía oler el schnapps en su aliento—. Usted ayudó a construir el condenado cohete. ¡Ustedes se lo encasquetaron al ejército! ¡Ahora asuman su responsabilidad!

El coronel lo retuvo unos segundos más, dejó ir una exclamación de asco y dio un paso atrás. Alisándose la guerrera, regresó con paso tambaleante al cuartel general.

Graf permaneció apoyado contra la pared. Huber tenía razón, pensó. De todos ellos, él era el que menos motivos tenía para quejarse. Debería aprender a mantener la boca cerrada. Pero ¿un brindis por la victoria? Sinceramente era ridículo.

Advirtió con disgusto que, pese a sus esfuerzos, seguía más o menos sobrio. Se apartó del muro y rodeó la esquina. Las nubes habían empezado a dispersarse; el frente tormentoso estaba pasando. En el cielo se adivinaba un destello de luna llena que atenuaba la profunda oscuridad. Por la calle se acercaban dos soldados dando tumbos, sin duda de regreso del cercano burdel de la Wehrmacht. Ese par sí estaba borracho, y a juzgar por el brillo de sus ojos, no de schnapps sino del metanol que alimentaba los cohetes. Aunque se le añadía un tinte morado para hacerlo más atractivo y darle un sabor amargo, y aunque los barracones estaban forrados de avisos («¡Un vaso te deja ciego! ¡Varios vasos te matan!»), lo primero que aprendían los hombres destinados a los V2 era a colar el metanol tres veces por el filtro de carbón de sus máscaras antigás. De ese modo obtenías una bebida un tanto descolorida con un setenta y cinco de volumen de alcohol. Si la ingerías deprisa, no vomitabas y de repente Scheveningen en invierno ya no te parecía un lugar tan malo. Graf dio un paso hacia la cuneta para dejarlos pasar.

Se hospedaba en un hotel pequeño con una docena de sargentos y suboficiales NCO. Cuando entró en el vestíbulo tenuemente iluminado, pudo oírlos en la cocina. También distinguió algunas risas femeninas. Estaba prohibido tener relaciones con mujeres de La Haya; así y todo, de vez en cuando lograban pasar a una o dos por el puesto de control escondidas debajo de las mantas de los sidecares. Subió las escaleras hasta la tercera planta, hizo una parada en el cuarto de baño del rellano para orinar, abrió la puerta de su habitación, arrojó el sombrero sobre la silla y se desplomó en la cama. No se molestó en apagar la luz o correr las cortinas o quitarse siquiera el abrigo. Simplemente permaneció tumbado escuchando el rugido incesante del mar al otro lado del paseo. Al rato hurgó en los bolsillos buscando sus cigarrillos y encendió uno. Cogió el cenicero de la mesilla de noche y se lo puso sobre el pecho.

Estaba pensando en Von Braun. Biwack se había mostrado bien informado y sumamente interesado en su amistad, como si intentara empujarlo a hacer alguna revelación. Puede que hubiera visto su expediente de la Gestapo. Eso lo explicaría. Debía de ser grueso: además de los informes de los chivatos, su interrogatorio había durado nada menos que una semana. Ni intimidaciones ni focos sobre la cara; estaba claro que habían recibido órdenes de que Graf era demasiado valioso para hacerlo papilla. Solo preguntas implacables en una oficina anodina de Stettin nueve meses atrás, una sesión tras otra, a veces por la noche, con mucho tiempo a solas en su celda del sótano entre sesión y sesión para desgastarlo.

«¿Cuándo conoció al profesor Von Braun?».

Bueno, eso dependía de lo que uno entendiera por «conocer». Había hablado por primera vez con él —podía ser bastante preciso al respecto porque tenía una mente que siempre recordaba esos detalles— en el circuito de carreras AVUS de Berlín el 23 de mayo de 1928, cuando ambos tenían dieciséis años. Estaba seguro de la fecha porque fue el mismo día que Fritz von Opel estableció el nuevo récord de velocidad de 238 kilómetros por hora a bordo de un coche propulsado por veinticuatro cohetes de combustible sólido. Wernher sobresalía incluso a esa edad e incluso en una multitud de tres mil personas.

«¿Por qué?».

Oh, por su estatura, su apostura, su actitud, una cierta confianza adelantada a sus años. Finalizada la carrera de prueba, ambos habían conversado con Von Opel y su socio, el famoso pionero de la industria de cohetes austriaco Max Valier, y hasta se les permitió sentarse en el asiento del imponente automóvil de cinco metros de largo, el RAK-2. Los cuatro, incluidos los dos colegiales, eran miembros de la Verein für Raumschiffahrt, la Sociedad para Viajes Espaciales. Ese era el sueño ya entonces. Los cohetes eran el medio, no el fin. Aunque eso no se lo dijo a la Gestapo.

Graf contempló el techo y se preguntó qué habría sido de Von Opel. Le había llegado el rumor de que huyó a Estados Unidos al estallar la guerra. Valier falleció dos años después del récord de velocidad, cuando el motor de un cohete de combustible sólido explotó y un fragmento de metralla le cercenó la aorta.

Con respecto a cuándo había «conocido» como es debido a Von Braun, había sido en realidad al año siguiente, y una vez más podía ser exacto con la fecha porque fue en el estreno de la película de Fritz Lang *Frau im Mond —La mujer en la luna—* en la sala de cine Ufa-Palast am Zoo de Berlín, el 15 de octubre de 1929. La compañía cinematográfica había contratado a la Sociedad para Viajes Espaciales para construir un cohete operativo para la ocasión, encargo que no cumplió. Pero Von Braun, de familia rica y bien relacionada, había conseguido hacerse con una entrada para Graf. Le prestó un esmoquin para que juntos pudieran mezclarse con los VIP. Incluso se acercó a Lang y los presentó a los dos. Graf nunca olvidaría la manera en que el gran director escudriñó a Von Braun a través de su monóculo, como si ese colegial desmañado fuera en sí mismo una criatura procedente de la luna.

Después de eso empezaron a verse con asiduidad. Graf era hijo único de dos maestros —uno de Literatura inglesa, el otro de Música—, unos padres maravillosos, bondadosos y algo mayores que no tenían el menor interés por los viajes o la ingeniería espaciales, pero le enseñaron inglés para que pudiera leer las novelas de ciencia ficción de H. G. Wells. Von Braun se convirtió en su amigo. Graf tomaba el tranvía y visitaba la mansión de los Von Braun, situada delante del Tiergarten, donde un mayordomo les servía limonada. Escribían relatos de ciencia ficción sobre viajes interplanetarios y estaciones espaciales en órbita. Recaudaban fondos para la Sociedad para Viajes Espaciales en un mostrador de los grandes almacenes Wertheim. «Damas y caballeros —declaraba Von Braun—, el hombre que algún día caminará sobre la luna ya está entre nosotros». Ambos se matricularon en el Instituto de Tecnología de Charlottenburg y estudiaron Física teórica, y ambos pasaron seis meses «ensuciándose las manos», Von Braun en la fábrica de locomotoras Borsig, y Graf en la fábrica Daimler-Benz de Marienfelde.

Fue en torno a esa época cuando la sociedad —una colección menesterosa de aficionados y soñadores, además de uno o dos ingenieros serios, como Karl Riedel y Heini Grünow, ambos mecánicos— persuadió a las autoridades de la ciudad de Berlín para que les cedieran un descampado situado en el norte de la ciudad, cerca de Tegel, donde había un puñado de búnkeres para municiones en desuso de los tiempos de la Gran Guerra. Crearon una sala de reuniones en el viejo cuartel, llevaron catres y un hornillo Primus para poder pasar allí jornadas de varios días, colgaron el cartel publicitario de *Frau im Mond* de una mujer glamurosa sentada sobre una medialuna, y bautizaron su desolado y pantanoso paraíso como el Raketenflugplatz, el «Aeródromo de Cohetes».

Con el tiempo, en buena parte gracias a Riedel, construyeron un cohete. Lo llamaron «el Repulsor» por la nave espacial que aparecía en una de las novelas de ciencia ficción predilectas de la sociedad, *Dos planetas*. Era un artefacto feo, muy diferente de las bellezas de forma aerodinámica que producirían con el tiempo; «Repulsivo» habría sido un nombre más acertado. El fuselaje era un tubo de metal fino de tres metros de largo y solo diez centímetros de diámetro, con el motor dentro de un recipiente con forma de huevo en el morro y un contenedor en la base que albergaba una baliza y un paracaídas. La innovación residía en la configuración del combustible que habían concebido, la cual era la misma que con el tiempo utilizarían con el V2: alcohol y oxígeno líquido en depósitos separados y superpuestos, impulsados dentro de la cámara de ignición mediante nitrógeno comprimido. Era un milagro que ellos mismos no salieran volando por los aires. Ponían en marcha el combustible y comenzaban la cuenta atrás desde diez —toque dramático que tomaron prestado de *La mujer en la luna*— mientras uno de ellos acercaba un trapo ardiendo a la boquilla y corría a ponerse a cubierto. En un día bueno, 72,57 kilogramos de empuje lanzaban el Repulsor hasta una altura de mil metros y el paracaídas lo devolvía lentamente a la tierra. Había muchos días malos, por supuesto. A menudo el tubo metálico no despegaba o se desviaba hacia los árboles; en una ocasión le dieron a un barracón de la policía.

Puede que Riedel fuera el ingeniero más experimentado y Rudolf Nebel, expiloto, su líder nominal, pero ya entonces Von Braun era la personalidad dominante; siempre sonriente —lo llamaban Sonny Boy por la célebre canción de Al Jolson—, aprendía rápido, era bueno con las manos además de con el cerebro y ansiaba ser el primer hombre en salir al espacio. El verano de 1932 su padre, un noble terrateniente, fue nombrado ministro de Agricultura del gobierno de Von Papen. El hombre debió de cruzar unas palabras durante la cena con alguien importante del Ministerio de Defensa, porque poco después a la sociedad la invitaron a mostrar su creación en el campo de pruebas militares de Kummersdorf. El test fue un fiasco. La llama del propulsor quemó una soldadura y el cohete se estrelló a los pocos segundos de despegar. A los oficiales del ejército, no obstante, les encantó Von Braun, vieron al instante el potencial del joven de veinte años —era uno de esos muchachos educados y vivaces que siempre trataba bien a sus mayores—, y dos meses después irrumpió en la sala de reuniones del Aeródromo de Cohetes anunciando que había negociado un trato. El ejército iba a financiar sus ensayos. Existía una única condición: tendrían que continuar su trabajo en secreto, detrás de los muros de Kummersdorf.

Aparte de Von Braun, nadie quería ir. Nebel era un simpatizante de los nazis y no le gustaba el ejército conservador alemán. Rolf Engel, también de veinte años, era comunista y no quería saber nada de los militares. Klaus Riedel era un utópico que se oponía a la guerra. El padre de Graf había sido gaseado en la Gran Guerra y era un gran defensor de la Liga de Naciones. Von Braun les dijo que estaban locos por dejar escapar semejante oportunidad.

—Ni siquiera hemos encontrado aún la manera de medir los resultados de nuestras pruebas: consumo de combustible, presión de combustión, empuje. ¿Cómo podemos avanzar si no tenemos el equipo para hacerlo? ¿Y cómo podemos conseguir el equipo si no es a través del ejército?

«Sus padres eran comunistas, ¿es correcto?».

No, eran miembros del Partido Socialdemócrata.

Uno de los hombres de la Gestapo puso los ojos en blanco. Socialistas, comunistas, pacifistas, para él eran todos iguales.

El debate en el Aeródromo de Cohetes sobre qué deberían hacer empezó a ponerse feo. Se dijeron palabras duras. El resultado fue que nadie se marchó a Kummersdorf excepto Von Braun, que ahora estaba obligado por el reglamento de confidencialidad militar. Esa fue la última vez que Graf habló con él durante buena parte de los siguientes dos años.

Muchas cosas ocurrieron en esos dos años. Graf se encontraba en el centro de Berlín la noche que el desfile de antorchas nazis cruzó la Puerta de Brandemburgo rumbo a la Cancillería del Reich para celebrar la llegada de Hitler al poder. Al mes siguiente vio el resplandor en el cielo mientras el Reichstag ardía. Cuando el régimen hizo uso del pánico consiguiente para empezar a acosar a sus oponentes, los padres de Graf perdieron el trabajo. En otoño, la Gestapo asaltó el Aeródromo de Cohetes, tomó las huellas dactilares de todos los presentes y obligó a los miembros de la sociedad a firmar el juramento de que no hablarían sobre su trabajo a «potencias extranjeras», promesa carente de valor dado que sus experimentos habían terminado por falta de dinero. Para entonces, Graf había dejado el Instituto de Tecnología y estaba haciendo su doctorado en la Universidad de Berlín. De vez en cuando divisaba la figura alta de Von Braun en algún pasillo o en las calles de los alrededores, y en una ocasión, mientras paseaba por el parque cerca de Alexanderplatz, creyó verlo subido a un caballo, pero el jinete estaba demasiado lejos para poder asegurarlo y, además, vestía el uniforme de las SS, por lo que decidió que era imposible.

En cualquier caso, no volvieron a verse hasta el verano de 1934. Desafortunadamente, esta vez no pudo facilitar a los caballeros de la Gestapo la fecha exacta, aunque recordaba que era hacia el final de la tarde. Estaba escribiendo su tesis doctoral (*Problemas prácticos del cohete de combustible líquido*) en su sombrío estudio del barrio berlinés de Kreuzberg, cuando escuchó la bocina de un coche en la calle. El ruido era tan fuerte y se estaba alargando tanto que al final se levantó para ver qué sucedía, y allí, en la acera, se encontraba Von Braun con la mano pegada al claxon y la mirada clavada en las ventanas del edificio. A Graf no le quedó otra que bajar y pedirle que parara.

Von Braun no se ofendió lo más mínimo.

—¡Rudi! Me dijeron que vivías en este edificio, pero no tenía el número de tu piso. Sube, quiero enseñarte algo.

—Vete, estoy trabajando.

—Vamos, no te arrepentirás. —La sonrisa irresistible. La mano en su brazo.

—No puedo.

Naturalmente fue.

En aquellos días Von Braun conducía un Hanomag de dos plazas diminuto y maltrecho que había comprado por cien marcos y que semejaba un cochecito de bebé motorizado: descapotado y en algunos lugares también desfondado. Graf podía ver pasar el asfalto entre sus pies mientras salían de la ciudad en dirección sur y se adentraban en la campiña. El ruido no les permitía hablar. Graf imaginaba adonde se dirigían. Transcurrida media hora abandonaron la carretera. Von Braun mostró su pase a un guardia, pasaron junto al edificio de oficinas de ladrillo rojo del centro de pruebas del ejército de Kummersdorf y cruzaron la llanura de los campos de pruebas hasta una colección de edificios de hormigón y cabañas de madera.

—Wernher…

—Solo te pido que me escuches.

Desde fuera no parecía gran cosa, pero una vez dentro Von Braun lo condujo por lo que a Graf se le antojó un paraíso: un estudio dedicado a los diseños, talleres, un cuarto oscuro, una sala de control llena de equipos de medición y por último, y lo mejor de todo, un búnker de hormigón abierto al cielo en cuyo centro se alzaba una estructura en A de tres metros de alto construida con pesadas vigas metálicas. De la estructura pendía el motor de un cohete sobre unos soportes fijos. Mangueras de combustible y cables eléctricos corrían desde sus costados. Por la base asomaba una boquilla. Von Braun lo guio para que se pusiera a cubierto detrás de un muro bajo y levantó el pulgar. Un hombre con un mono —era Heini Grünow, advirtió Graf, el mecánico del Aeródromo de Cohetes— giró dos ruedas grandes. Una nube blanca diáfana apareció debajo del motor. Otro hombre con gafas de protección se acercó con una lata de gasolina amarrada al extremo de un palo largo. Girando la cabeza, introdujo la lata en la nube.

Una columna de fuego rojo azulado —pura, definida, sublime— explotó desde la base del motor del cohete. Tendido a oscuras en su habitación de Scheveningen, Graf todavía podía revivir cada uno de los diez segundos durante los que estuvo ardiendo; el sólido rugido del penacho en aquel espacio cerrado; las vibraciones mientras el motor luchaba por liberarse de sus restricciones; el calor en la cara; el abrumador olor dulzón del combustible quemándose; la excitante sensación de poder, como si por un momento hubiesen entrado en contacto con el sol. Cuando terminó, el búnker pareció sumergirse en la noche y el silencio le pitaba en los oídos. Permaneció inmóvil medio minuto, contemplando el motor exánime, hasta que Von Braun se volvió hacia él. Por una vez, en lugar de una sonrisa, su semblante mostraba una gravedad intensa y absoluta.

—Escúchame, Rudi —dijo—. Esta es la pura verdad. El camino a la luna pasa por Kummersdorf.

Graf firmó un contrato con el ejército aquella misma tarde «para ayudar, bajo la dirección del Wa Prw 1/I, en la concepción y realización de experimentos en una plataforma de pruebas de motores a reacción de combustible líquido en Main Battery West, Kummersdorf». A cambio recibiría catorce marcos al día. Dinero que podría dar a sus padres.

Cuando regresaron a Berlín, salieron a celebrarlo.

—Dime, ¿es posible que te viera no hace mucho subido a un caballo con el uniforme de las SS? —No pudo evitar preguntar.

—¡Ah, eso! —Von Braun agitó su cóctel, restándole importancia—. Únicamente ingresé en la academia de equitación de las SS de Halensee, no en las SS propiamente dichas. Ya me he salido. No hace daño conocer a esa gente. Además, me gusta montar.

Exactamente el mismo tono iba a utilizar en 1937, cuando Graf vio por primera vez una insignia de la esvástica en su solapa.

—¿Te has unido al Partido?

—En teoría. Soy el número cinco millones y pico. Vamos, vamos, Rudi, ¡no me mires así! No recibirás muchos apoyos hoy día si no estás dispuesto a mostrar cierto compromiso. No tengo que acudir a las reuniones ni nada de eso.

Y de nuevo en 1940, cuando recibieron a unos peces gordos de las SS en Peenemünde y Von Braun apareció con el uniforme negro de Untersturmführer de las SS; cabello rubio, hombros anchos, mentón protuberante, como extraído de una ilustración de *Das Schwarze Korps*.

—Es puramente un rango honorífico. Himmler insistió. No te preocupes, en cuanto esos tipos se marchen, volverá al armario.

Llamaron a la puerta de su habitación. La voz del sargento Schenk:

—¿Doctor Graf? Es más de medianoche.

No se había percatado de que fuera tan tarde. Debió de dormirse en algún momento. Se incorporó en la cama y contempló con pesar su cigarrillo calcinado. Sería el último del que podría disfrutar durante algunas horas.

—Gracias, ya voy.

Cogió la linterna de la mesilla de noche, la encendió y la paseó por la habitación. El delgado haz de luz mostraba el clásico alojamiento modesto de la costa que recordaba de sus vacaciones de infancia: un sillón, una cómoda, un minúsculo lavamanos en el rincón con un espejo encima, un armario. Al lado del armario un buró pequeño y una vieja silla de oficina que se había procurado a su llegada y donde a veces se sentaba a trabajar. Dirigió la luz de nuevo al armario y dejó que viajara por el centro de las puertas hasta la maleta que descansaba en lo alto. Hacía semanas que no miraba el contenido.

Se levantó y encendió la luz del techo. Cerró las cortinas, arrastró la silla hasta el armario, se subió a ella y bajó la maleta. Vieja y arañada, era de cuero marrón de buena calidad. Von Braun se la había dado justo antes de partir a Peenemünde.

—Hazme un favor y cuídamela, ¿quieres?

—¿Qué es?

—Un seguro.

La colocó sobre la cama, abrió los cerrojos y levantó la tapa. Dentro había cien o más cajitas de cartón, cada una con un rollo de microfilme de 35 mm. No daba la impresión de que los hubieran tocado. Más de una vez se había preguntado si debería buscar un escondite mejor, pero siempre le había parecido más inteligente dejarla ahí. Estaba seguro de que nadie le daría importancia. Aun así, se arrancó un cabello de la sien y lo colocó con cuidado en uno de los cerrojos antes de cerrar la maleta y devolverla a su lugar en lo alto del armario. Apagó la luz y bajó.

Fuera, en la oscuridad, podía oír el silbato del tren, el pesado rechinar de las ruedas contra las vías mientras cruzaba despacio el pueblo después de su largo viaje desde la fábrica de cohetes del centro de Alemania. Tardó menos de dos minutos en llegar a la estación, pero el tren le ganó. Oyó a lo lejos la exhalación de vapor cuando la locomotora se detuvo.

La escena que lo recibió tenía cierto glamour surrealista, como si una estrella de cine hubiese arribado a la ciudad: centenares de hombres esperando en las vías muertas bajo luces de arco voltaico con sus alientos condensándose en el frío; un gigantesco convoy de vehículos de toda índole —transportadores, camiones cisterna, algunos con los motores ya en marcha—

se desplegó a lo largo de los vagones plataforma. La locomotora se había detenido de tal manera que el primero de los misiles quedaba justo debajo de la gran grúa. El equipo técnico ya estaba encaramándose a él, retirando la lona y guiando los cables de acero de la grúa. Una vez aupado y colocado sobre uno de los transportadores, el tren avanzó muy despacio y elevaron el siguiente misil. Las ojivas se hallaban embaladas por separado en grandes cilindros metálicos. Hacia el final del tren estaban los camiones cisterna.

A los soldados los habían entrenado para trabajar con rapidez a fin de tener los cohetes descargados antes del alba, pero esa noche parecían actuar más deprisa de lo habitual, y Graf supuso que les habían comunicado que el regimiento tenía orden de realizar doce lanzamientos antes de que acabara el día. Vio a Biwack de pie junto a Huber. El coronel estaba gesticulando, sin duda explicándole el procedimiento.

Graf se quedó un rato mirando. No tendría nada que hacer hasta que trasladasen los primeros misiles a las carpas levantadas en el bosque para las revisiones técnicas. El sueño se había hecho realidad, pensó, aunque no exactamente como lo habían imaginado. Habían creado, en efecto, un Aeródromo de Cohetes.

Empezó a calarle el frío. ¡Otra vez esa maldita agua salobre! Conducía el frío con la misma eficacia que la electricidad. Se subió el cuello del abrigo y echó a andar hacia el tren.

6

A las 5.34, el regimiento disparó su primer V2 del día. La llama naranja se elevó como un sol sobre el bosque invernal, prendiendo fuego a las copas de algunos abetos mientras horadaba la oscuridad. El rugido rasgó el silencio de esa mañana de domingo sobre La Haya, impulsando a centenares de personas hasta las ventanas de sus dormitorios para ver qué ocurría. Sobre el mar, las nubes brillaron rojas un instante antes de volver a oscurecerse.

Cinco minutos después, el misil caía en Longbridge Road, una moderna calle residencial de Ilford, en el Gran Londres, y demolía tres casas. En la del centro, el número 411, que sufrió el impacto directo, Maud Branton y su hija Iris, de diecinueve años, fallecieron al instante; su marido Sidney fue rescatado de los escombros, pero murió ese mismo día en el Hospital de Emergencias Barking. En el 413, Frederick y Ellen Brind también perecieron en el acto; a su nieto de veinte meses, Victor, lo trasladaron al hospital, pero lo declararon muerto a su llegada. También falleció uno de los vecinos de los Branton del otro lado, Charles Berman, de treinta y nueve años. En total perecieron ocho personas y otras ocho resultaron gravemente heridas.

El segundo cohete, lanzado dos horas y media más tarde, a las 8.02, se desvió casi ciento cincuenta kilómetros y se hundió, sin causar daños, en el mar del Norte, cerca de la lengua de guijarros de Oxford Ness, en Suffolk, donde presenciaron la explosión unos sorprendidos pescadores madrugadores que estaban arrojando sus sedales en la playa para coger caballa.

Lo que sucedió con el tercer misil sigue siendo un misterio. Despegó de forma correcta a las 10.26, pero no hay registros de su impacto en ningún lugar de las islas británicas. Presumiblemente explotó en el aire, quizá durante la reentrada.

Veinte minutos más tarde, a las 10.46, se disparó el cuarto misil. Hizo impacto en Orion Cottages de Rainham, en el Gran Londres, cerca del río Támesis. Murieron dos personas: Albert Bull, bombero de treinta y nueve años que falleció en la explosión, y su hijo de cinco años, Brian, que sucumbió a las heridas poco después en el hospital del condado de Oldchurch. Treinta personas sufrieron heridas graves.

El quinto lanzamiento del día, a las 11.20, aterrizó en una casa moderna de Manor Road, Chigwell, y mató a Stanley Dearlove, de cuarenta años. Otras seis personas fueron gravemente heridas.

El sexto cohete, disparado a las 12.50, impactó en el número 41 de Gordon Avenue, Walthamstow, matando a Lilian Cornwell, de cincuenta y cinco años, e hiriendo de gravedad a otras diecisiete personas.

Menos de una hora después, el misil número siete, lanzado a las 13.29, cayó directamente en la iglesia de Todos los Santos de East India Dock Road, a solo doscientos metros de McCullum Road, Poplar, donde un V2 había impactado el viernes por la noche y matado a catorce personas. Derribó el tejado de la iglesia georgiana y el muro oriental de la nave. Por fortuna, el oficio dominical había terminado. Así y todo, murieron cuatro adultos y un muchacho de once años, Aubrey Hing. Diecinueve personas resultaron gravemente heridas.

Once minutos después, un octavo misil descendió sobre Billericay, en Essex, golpeó algunos árboles y estalló antes de tiempo, hiriendo de gravedad a dos personas.

A cincuenta y cinco kilómetros de allí, en Danesfield House, Kay se encontraba sentada a su mesa junto a la ventana de la primera planta, con la cabeza inclinada sobre su estereoscopio. Las dos habilidades principales de la interpretación fotográfica eran, en primer lugar, concentración para estudiar las mismas superficies durante meses o incluso años hasta conocerlas como la palma de la mano, y, en segundo lugar, memoria para captar el menor cambio que indicara actividad por parte del enemigo. Si mucha gente cruzaba un prado, por ejemplo, la hierba pisoteada mostraba un tono más claro que el área circundante. ¿Adónde conducían esas huellas? ¿Era esa extraña silueta un tanque? ¿Un cañón? La llegada de camuflaje constituía un indicio innegable de que algo pasaba. Y resultaba sorprendentemente fácil de detectar, pues el camuflaje desde tierra consistía en esencia en una mezcla de colores, mientras que una fotografía en blanco y negro hecha desde una altitud de más de seis mil metros mostraba una diferencia de tono. No obstante, los árboles constituían un camuflaje infalible: inalterables, impenetrables, un manto gris oscuro uniforme, incluso en invierno, incluso con las hojas caídas. Sencillamente nada podía vislumbrarse en los bosques que rodeaban La Haya. Burlones, robaban a Kay horas de esfuerzo.

Levantó la cabeza y la giró a un lado y otro para aliviar la tensión. Le dolían los ojos. Aun así, estaba de mejor humor que la noche anterior. Había tenido un sueño profundo, sin pesadillas, como si su mente hubiese decidido sanarse a sí misma. Apenas había oído la tos y los estornudos de Shirley, o a Maud y Lavender, sus otras compañeras de cuarto, entrar piripis y riendo bajito cerca de la medianoche, después de una cita con dos pilotos en el Hare and Hounds. Y el domingo por la mañana, cuando se daban su baño, era el momento de máxima dicha. Cada una tenía permitidos diez centímetros de agua caliente a la semana, de modo que juntaban sus raciones para asegurarse una bañera completa y llevaban una lista de turnos para saber quién iba primero. Hoy le había tocado la última, pero por una vez no le molestó el agua turbia y los pelos flotando; el mero hecho de regodearse en el agua tibia y desprenderse de los restos de polvo constituía todo un lujo. Kay se preguntó cómo estaría Mike. Pensó que podría telefonear al hospital, no para intentar hablar con él, solo para preguntarle a una enfermera sobre su estado. No había nada de malo en eso, ¿no?

Devolvió la vista a la lupa.

La suya era una guerra extraña, observar la pugna desde arriba como si ella fuera un dios del monte Olimpo. Le hacía sentir culpable lo absorbente que lo encontraba: semejaba más una extensión de Cambridge que un auténtico servicio militar. Los papeles de reclutamiento habían aparecido en su casillero de Newnham la primavera de 1941, el día que cumplía veintiún años. En junio, el día después de los exámenes finales, tomó un tren en Cambridge con la orden de presentarse en la base de la RAF de Gloucester para recibir adiestramiento básico.

Fue todo un baño de realidad para una muchacha de colegio de monjas de Dorset. Acentos tan fuertes —Newcastle, Liverpool, Glasgow— y tan repletos de palabrotas que a duras penas entendía lo que decían. En el cobertizo Nissen dormían treinta chicas con una letrina y un baño fuera. Una de las primeras noches escuchó unos gritos de dolor en uno de los cubículos y llamó tímidamente a la puerta.

—¿Estás bien?

—Joder, no, no estoy nada bien, pija de mierda. ¡Estoy teniendo un puto bebé!

La frase se convirtió en un eslogan durante el resto de su adiestramiento, cuando marchaban, entrenaban, se peleaban con sus estrechos uniformes y recogían su exigua paga (un chelín y ocho peniques al día).

—¿Estás bien?

—No, estoy teniendo un puto bebé...

Finalizadas las dos semanas, se les informó de dónde debían

presentarse a continuación. Kay fue la única destinada a la RAF de Medmenham. Lloró al separarse de sus compañeras. Se habían convertido en sus mejores amigas. La primera persona que la recibió al llegar a Danesfield House fue Dorothy Garrod: «Les he hablado muy bien de ti, querida. Encontrarás tu labor bastante estimulante. Creo que ya he reclutado al departamento entero de Arqueología...».

Fue ascendida a mujer aeronáutica de primera clase.

En mayo de 1942, la oficial de inteligencia que se hallaba de servicio le entregó una carpeta con fotografías hechas desde un Spitfire doce mil metros por encima de la costa septentrional alemana.

—Dígame algo, usted que está licenciada en Historia, ¿subieron los romanos hasta el Báltico?

—Sí, de ahí obtenían gran parte del ámbar. ¿Por qué?

—¿Y es posible que construyeran anfiteatros?

—No lo creo. De hecho, estoy segura de que no.

—Entonces ¿qué demonios es esto?

Kay estudió la cobertura de lo que parecía una isla con un aeródromo y extensas obras de construcción en curso. Semejaban, ciertamente, anfiteatros: un inmenso dique elíptico y tres grandes excavaciones circulares en el bosque, muy cerca de la playa.

¿Qué podían ser? ¿Depósitos vacíos, quizá? Comprobó la referencia cartográfica para ver de dónde provenían las fotos. Peenemünde, Usedom. El nombre le resultaba familiar.

Ese había sido el inicio de su relación con los cohetes.

—¡Kay! ¿Ya ha vuelto de Londres? Oí que sufrió un accidente de coche.

El comandante de ala Leslie Starr, jefe de su sección, se había acercado con sigilo por detrás y aproximado la cabeza a su oído. Deslizó las manos por sus hombros y le apretó la parte superior de los brazos. La «Starr Errante», lo llamaban.

—Se ha cortado... —Le tocó la sien—. ¿Cómo se encuentra?

Kay se volvió a mirarlo y aprovechó el giro para apartarse.

—Mucho mejor, señor, gracias.

—Me alegro.

Kay no habría podido mostrar su aversión con más claridad si lo hubiese abofeteado. Starr no parecía ofendido. Debía de sucederle constantemente, pensó.

—¿Entiendo que le han asignado la cobertura de la base de lanzamiento del V2?

—Sí, señor. Tenía el día libre y decidí revisarla de nuevo por si se me había pasado algo por alto.

—¿Y es así?

—Me temo que no.

—Lástima. —El comandante de ala cogió una fotografía y la sostuvo a un brazo de distancia para examinarla. Frunció el entrecejo mientras se mordía el labio. Kay advirtió que parecía más nervioso de lo normal—. Stanmore acaba de comunicar que hoy han detectado, hasta el momento, ocho V2; cinco de los cuales han dado en el objetivo.

Stanmore era taquígrafo de Bentley Priory, otra mansión, esta en la margen norte de Londres, que servía de cuartel general del Mando de Caza de la RAF. Su sala de filtrado controlaba todas las aeronaves enemigas entrantes.

—¿Ocho? ¿En una mañana?

—Eso además de los cuatro de ayer, uno de los cuales cayó en Woolworths, Deptford, y mató a más de ciento cincuenta personas; en su mayoría mujeres y niños.

—Dios mío. —Kay se llevó la mano a los labios. Debía de ser la explosión que había oído en Chancery Lane.

—Otro impactó en Holborn. Y el viernes hubo otros cinco. He recibido la orden de dejarlo todo y partir de inmediato para una reunión de urgencia en el Ministerio del Aire. —Starr miró de nuevo la fotografía y, acto seguido, escudriñó a Kay—. Será mejor que me acompañe.

—Sí, señor. ¿Qué quiere que haga?

—Sentarse y estar bonita. —Arrojó la fotografía al escritorio—. Reúnase conmigo en el vestíbulo dentro de diez minutos.

—Sí, señor. —La idea de pasar una hora en el asiento trasero de un coche con Starr Errante no la atraía lo más mínimo—. Señor —lo llamó—, necesitaré una autorización para sacar estas fotos del edificio.

—Avisaré al Registro. —El comandante de ala le dio la espalda para partir, pero se volvió de nuevo—. Si ayer estuvo en Londres, debió de oírlos.

Kay notó que enrojecía.

—Sí, señor.

—Malditos alemanes, nunca sabes si los has derrotado.

Cuando se hubo ido, Kay reunió las fotografías y las devolvió a la carpeta. Diez minutos no era mucho tiempo. Salió de la sala a toda prisa, bajó las escaleras y regresó al cobertizo para recoger su abrigo y guardarse el maquillaje en el bolso. Para cuando llegó al vestíbulo, él ya la estaba esperando. Lanzó una mirada anhelante al teléfono. Imposible llamar ahora al hospital.

Una vez fuera, Leslie Starr le sostuvo la portezuela trasera del coche.

—¿Le importa si me siento delante, señor? No me gustaría vomitarle encima.

Sin darle tiempo a protestar, Kay se instaló al lado del chófer. El coche aplastó la grava y salió al largo camino. Después de golpetear con irritación el suelo con el pie durante medio minuto, Starr soltó un gruñido y abrió su cartera. Cuando tomaron la carretera de Henley, Kay se arrebujó en su abrigo, cerró los ojos e hizo ver que dormitaba.

Nunca había estado en el Ministerio del Aire. Lo normal era que los jefazos bajaran a Medmenham para las sesiones informativas. Así era como había conocido a Mike dieciocho meses atrás. Para entonces, la gente de inteligencia había empezado a recibir informes de que los alemanes estaban probando un tipo de arma de larga distancia capaz de alcanzar Inglaterra, y los anfiteatros de Peenemünde habían adquirido un significado más siniestro. Se ordenaron nuevos vuelos de reconocimiento y las fotos obtenidas conmocionaron a todos. Kay recordaba el día que llegaron. Los alemanes estaban construyendo un complejo inmenso, prácticamente un pueblo, con su propia central eléctrica y un puerto para llevar carbón. Más tarde, en una franja costera con forma de abanico, observaron lo que describieron de manera meticulosa en su informe como «una gruesa columna vertical de unos doce metros de alto».

El comodoro del aire Templeton se hallaba entre la media docena de altos rangos que viajó a la sección de Fase Tres para verlo con sus propios ojos. Mike cogió una silla y se sentó al lado de Kay, nada en plan conquistador y baboso como Starr y algún que otro más; solo serio, concentrado, inteligente, haciendo multitud de preguntas. Kay era muy consciente de su presencia física, de una suerte de poder compacto. Cuando alguien le contó que había sido un héroe en la batalla de Inglaterra, no le sorprendió. Se decía que era el comodoro más joven de la RAF.

En junio de 1943, el lunes de Pentecostés, Churchill acudió en persona para echar un vistazo a lo que ahora sabían con certeza que era un cohete. Lo trasladaron en coche desde Chequers junto con la señora Churchill. Su hija, Sarah, una actriz glamurosa de cabellos rojizos, trabajaba en Fase Dos. A Kay la desconcertó lo bajo y rosado que era Churchill, cuyo cutis le recordó a los ratoncitos de azúcar que compraba de niña, y el hecho de que, al inclinarse para mirar por el visor, no oliera a puro sino a agua de colonia. Mike estaba entre los oficiales que integraban el séquito del primer ministro. Cuando, entrada la tarde, los Churchill regresaron a Chequers, él se quedó y le preguntó tímidamente si le apetecía tomar una copa en el pub: «Hoy es festivo, después de todo».

¡Cuántos pubs después de eso! The Hare and Hounds. The Dog and Badger. The Old Bell en Hurley. The White Hart en Nettlebed. El hotel The Compleant Angler a orillas del Támesis, en Marlow, donde pasaron todo el fin de semana en la cama y comieron en la habitación por temor a que alguien de Medmenham los reconociera, con los cisnes nadando frente a su ventana acompañados de una nueva flotilla de crías grises y esponjosas.

—Se aparean para toda la vida —le dijo ella mientras él yacía con la cabeza en su regazo— y cantan justo antes de morir.

—Eres una romántica.

—Uno de los dos ha de serlo.

Diez años mayor que ella, Mike había ingresado en la RAF mucho antes de la guerra como piloto profesional. ¿Dejaría a su esposa? Siempre decía que sí. Decía que se habían casado en un momento de arrebato en el verano de 1940, cuando parecía que cada día podía ser el último. Ahora ella trabajaba toda la semana en el servicio de inteligencia de Bletchley haciendo algo tan secreto que ni siquiera a él le contaba qué era.

—Apenas nos conocíamos... Nos hemos ido distanciando... Esta maldita guerra...

Los recuerdos cruzaban por la mente de Kay con una intensidad tan extraña y perezosa que no se percató de dónde estaban hasta que hubo transcurrido una hora y se encontraban en el centro de Londres, conduciendo por Southampton Row hacia la esquina de Chancery Lane. Se incorporó sobresaltada al reconocer el lugar. La calzada seguía acordonada.

Starr se volvió para mirar.

—Ahí es donde debió de caer el cohete de Holborn. Dios, no le dio al ministerio de milagro...

Kay había ignorado lo cerca que estaba el piso de Mike de su oficina. Quinientos metros más adelante, el enorme edificio de piedra gris de Adastral House ocupaba toda la esquina este de Aldwych. Alcanzado en verano por una bomba volante, estaba sucio y maltrecho, como un edificio gubernamental que hubiera sobrevivido al asedio de una turba revolucionaria. La entrada estaba custodiada por un muro de sacos de arena y vigilada por soldados, los altos ventanales aparecían entrecruzados con cinta adhesiva y del tejado sobresalía un despliegue de antenas inalámbricas.

Starr se inclinó hacia delante.

—No hable a menos que yo se lo indique, ¿de acuerdo?

—Sí, señor.

Siendo un domingo por la tarde, la calma reinaba en el interior del ministerio. Starr se acercó a hablar con el soldado del mostrador de recepción. Kay paseó la mirada por el sombrío vestíbulo de mármol. En el centro había un despliegue de carteles de propaganda: bombarderos Lancaster detectados por reflectores mientras bombardeaban una ciudad. «El ataque comienza en la fábrica». «Las grandes incursiones aéreas sobre Alemania continúan». «Las fábricas de armas británicas comparten con la RAF el mérito por esas gigantescas operaciones». Oyó un ruido y miró por encima de su hombro. Una WAAF había entrado y estaba sosteniéndole la pesada puerta a un hombre con muletas que llevaba la pierna derecha enyesada y un vendaje alrededor de la cabeza. Kay tardó unos segundos en reconocerlo. Conmocionada, devolvió rápidamente la mirada a los carteles. «Nunca tantos debieron tanto a tan pocos».

—Buenas tardes, señor. —La voz de Starr.

—Hola, Les. —La respuesta de Mike sonó hueca en el desierto mausoleo de piedra.

—Parece que venga de la guerra, señor.

—Estuvo cerca. Nada serio.

—¿Nada serio? —intervino la voz de la mujer: severa, segura, exasperada—. Es un milagro que siga vivo, señor. Nuestro piso ha quedado destrozado.

Kay podía oír su propio pulso, la sangre corriendo por sus oídos.

—Caray, señor, ¿cuándo ocurrió?

—Ayer por la mañana.

—¿No me diga que fue el V2 de Holborn?

—El muy cabrón, sí.

—¿Ha venido para la reunión?

—Naturalmente que he venido para la maldita reunión. Voy a dirigirla yo.

—No se moleste por lo que voy a decirle, señor, pero ¿no debería estar en el hospital?

Otra vez la voz de la mujer:

—Eso le dije yo, comandante de ala, pero él mismo se dio el alta.

—En fin, él es el jefe, supongo. He traído a una de nuestras intérpretes, señor, si le parece bien. ¡Oficial de sección! Venga a saludar al comodoro del aire.

Kay trató de componer el semblante, giró sobre sus talones y se acercó al grupo.

—Señor —dijo, cuadrándose.

Ni un parpadeo de reconocimiento en el rostro demacrado del comodoro del aire. Mike asintió, sonrió vagamente y la miró como si estuviera intentando ubicarla.

—¿No nos hemos conocido en Medmenham? —preguntó.

—Sí, señor.

—Le presento a mi esposa, Mary. Mary, ella es… —Mike ladeó la cabeza de modo inquisitivo.

¿Realmente era necesario presentarla? A Kay la incomodó —incluso humilló— que Mike la obligara a seguirle el juego. Además, la farsa estaba resultando demasiado obvia. Presintió que la esposa también se había dado cuenta; en su mirada suspicaz podía leerse un tomo completo de su historia marital.

—Kay Caton-Walsh, señor.

—Hola. —Mary Templeton le tendió la mano.

Kay se la estrechó.

—Un placer conocerla.

Mirar a Mary Templeton era como mirarse en un espejo: el mismo uniforme, el mismo rango, el mismo pelo castaño recogido bajo la misma gorra, la misma estatura y la misma figura esbelta, la misma edad, año arriba, año abajo.

Starr dijo:

—Deduzco que usted no se encontraba en el piso, señora Templeton.

—No —contestó la mujer sin apartar la vista de Kay—. Por

suerte para mí, estuve de servicio en las Midlands todo el fin de semana. —Ahora estaba mirando directamente el corte de Kay en la sien—. Aunque, cosa curiosa, en el hospital me tienen anotada en la lista de víctimas como «herida leve». Por lo visto, me trataron en la escena por una herida en la cabeza.

Fue Starr quien rompió el silencio.

—Debieron de confundirla con otra persona. Lo mismo le pasó a una tía mía.

La sonrisa de Mary Templeton era amplia y crispada.

—Sí, supongo que es fácil hacerse un lío con las esposas en medio del caos.

Se produjo otro silencio. El comodoro del aire dijo con desenfado:

—Les, ¿por qué no suben usted y la oficial de sección? Yo iré a mi ritmo. Sala de reuniones de la segunda planta, junto a mi despacho.

Kay era consciente del martilleo de sus tacones contra el suelo de mármol, de los ojos de la otra mujer clavados en su espalda. Por la razón que fuera, siempre se la había imaginado mayor que ella. Estaba claro que a Mike le gustaba un tipo concreto de mujer. «¿Cuántas más como nosotras hay?». Temió que las rodillas le fallaran. Al llegar a la escalera tuvo que agarrarse a la barandilla para no desmoronarse. Se impulsó hacia arriba detrás de Starr, que subía los escalones de dos en dos. Cuando alcanzó el rellano del segundo piso, no se detuvo a esperarla.

A medio pasillo había una puerta abierta. Kay podía oír voces masculinas. Starr se detuvo en el umbral y le echó una mirada.

—Conque un accidente de coche, ¿eh?

—¿Qué quiere decir, señor?

—Ay, querida. —Suspiró y meneó la cabeza—. Usted no es la primera y me temo que no será la última. —Le puso la mano en la cintura y la invitó a pasar—. Las damas primero.

Kay lo veía todo borroso ahora. Una sala espaciosa con

paneles de madera, una alfombra y una chimenea al fondo. Media docena de oficiales uniformados en torno a una mesa, la mayoría de ellos fumando, girando el rostro para mirarla cuando entró. Un mapa grande del sureste de Inglaterra y los Países Bajos instalado sobre un caballete junto a la chimenea, el Gran Londres tachonado de alfileres rojos. Kay tomó asiento en una esquina, lo más lejos posible del resto, y colocó la carpeta de fotografías frente a ella. Todos conocían a Starr. Hubo muchos «Hola, Les, ¿cómo va todo?» y apretones de mano conforme rodeaba la mesa. No la presentó. Pasados unos minutos, se oyó un repiqueteo de muletas en el pasillo, cada vez más fuerte, y al rato el comodoro del aire Templeton entró en la estancia seguido de un joven teniente de vuelo con una carpeta. Todo el mundo se puso en pie.

—Gracias. Siéntense. —Templeton entregó las muletas a su ayudante, cogió la carpeta y, con una mueca por el esfuerzo, descendió hasta la silla situada en la cabecera de la mesa—. Y antes de proseguir: sí, ayer por la mañana me alcanzó el cohete que cayó aquí al lado; no, la herida no es grave; y sí, esto se ha convertido de repente en un asunto personal.

Se produjo una descarga de risas nerviosas.

—Esta tarde —abrió la carpeta— el secretario de Estado recibió una llamada del primer ministro y otra del ministro del Interior, y me telefoneó a su vez para pedirme que le dé algo que pueda decirle mañana al gabinete ante el aumento de la actividad de los V2 en los últimos dos días. Necesito datos, y sobre todo necesito actuaciones recomendadas. Esta es una reunión informal, sin actas y sin nombres. Por tanto, no hay necesidad de proteger espaldas, ni propias ni ajenas. ¿Está claro? Bien. Jim, ¿por qué no nos pone al día?

Se recostó con rigidez en la silla y encendió un cigarrillo. Observó a Kay a través de la pantalla de humo. Cuando ella reparó en su mirada, apartó con celeridad la vista. Uno de los oficiales se levantó y se colocó delante del mapa.

—Bien, señor, creo que es justo decir que nos dejamos llevar por una falsa sensación de seguridad en octubre, cuando los aterrizajes en paracaídas en Arnhem obligaron a los alemanes a retirar temporalmente las lanzaderas de los V2 del área en torno a La Haya. Eso puso a Londres fuera del alcance de los cohetes, y lo único que podían hacer era lanzar misiles a Norfolk con poco o ningún efecto. Por desgracia, cuando la operación Market Garden fracasó, consiguieron ocupar de nuevo esta franja costera —la señaló en el mapa— a finales de octubre, y como resultado de ello noviembre ha sido el peor mes con diferencia. —Abrió la carpeta—. Durante la primera semana de noviembre registramos un total de doce V2 contra el Gran Londres, cifra que aumentó a treinta y cinco en la segunda semana, veintisiete en la tercera, y hasta el momento vamos por cuarenta en lo que llevamos de semana.

»Para que se hagan una idea de las víctimas mortales durante los últimos siete días: el lunes tuvimos nueve muertos en East Ham en un solo incidente; el martes, veinte fallecidos en Walthamstow, Erith y Battersea; el miércoles, veinticuatro en Bethnal Green, más otros seis en Chislehurst cincuenta minutos después; el jueves, dos muertos; el viernes, diecinueve. Ayer, por desgracia, fue el peor incidente hasta la fecha, con ciento sesenta muertos en Deptford y otros siete en otros lugares. Todavía estamos recibiendo información sobre el día de hoy, pero por el momento llevamos más de una docena de muertos.

Un oficial de mandíbula cuadrada y gruesas cejas negras levantó la mano.

—Disculpe que lo interrumpa, Jim, pero ya que estamos hablando con franqueza, y a riesgo de parecer insensible, es probable que en el Mando de Bombardeo estemos matando diez veces más alemanes en una sola noche. En términos estrictamente militares, los cohetes son un fastidio, pero no serán un factor decisivo en la guerra.

Templeton dijo:

—Tal vez sea cierto, pero ahora cualquier día uno de esos artefactos podría apuntar al Parlamento o al palacio de Buckingham o al 10 de Downing Street y seríamos incapaces de detenerlo. No podemos decirle a la gente que ponga una sonrisa y se resigne. Ya han aguantado suficiente.

—En efecto —continuó el oficial situado junto al mapa—, hubo una explosión aérea sobre el Parlamento el domingo por la noche de hace dos semanas que desató el pánico en la estación Victoria. Y el otro aspecto a tener en cuenta, señor, además de las bajas, es la pérdida de hogares. Al caer tan deprisa, los misiles abren cráteres de hasta diez metros de profundidad y los daños de la explosión pueden ser devastadores para un barrio entero.

—¿Tenemos idea de cuántos edificios han sufrido daños hasta el momento?

—Unas cinco mil casas han sido destruidas o tendrán que ser demolidas, señor. En total han sufrido daños unos ciento cincuenta mil edificios.

Un murmullo recorrió la mesa. El oficial regresó a su asiento.

Templeton dijo:

—¿En serio no hemos podido ponerles un dedo encima a esos cabrones? ¿Cuántas incursiones aéreas hemos realizado en los últimos dos días?

—El tiempo nos ha mantenido en tierra cuarenta y ocho horas, señor —dijo otro oficial—. Esta mañana salieron cuatro Spitfire de Coltishall. —Se colocó delante del mapa—. Cruzaron la costa aquí, en Egmond, viraron hacia el sur y sobrevolaron la costa holandesa hasta Hoek van Holland. Por desgracia, la base de las nubes estaba a novecientos metros. Incluso cuando los Spitfire bajaron a setecientos cincuenta, seguía habiendo demasiada niebla para poder ver algo. En cuanto regresaron a los seis mil metros, vieron un V2 elevarse por encima de las nubes, pero, como es obvio —hizo un gesto de impotencia—, ignoraban de dónde provenía con exactitud.

—¿Sabe a qué hora fue eso? —preguntó Jim.

—A las diez y media, aproximadamente.

Consultó sus papeles.

—Debe de ser el cohete que impactó en Rainham.

—Si están disparando cuarenta misiles a la semana, deberíamos ser capaces de localizar por lo menos una de esas malditas bases de lanzamiento. ¿Les?

—No será porque no lo hayamos intentado, señor —dijo Starr—. He traído conmigo parte de la cobertura de la zona para que se hagan una idea de a lo que nos enfrentamos.

Hizo una señal a Kay con el mentón. Ella se levantó y rodeó la mesa repartiendo las fotografías. Mike cogió la suya sin mirarla siquiera. Kay regresó a su silla y observó a Mike estudiar la imagen con expresión ceñuda e irritada, girándola a un lado y a otro. Debería ponerse las gafas, pero se negaba a hacerlo. Detestaba que le recordaran que su mala visión había terminado con su carrera de aviador.

—Es muy difícil, señor —dijo Starr.

—Ya lo sé que es difícil. Todo es difícil. Aun así, estamos ante uno de los mayores fracasos de la inteligencia fotográfica de toda la guerra.

Starr enrojeció, boquiabierto.

—Puedo asegurarle que estamos trabajando en ello día y noche, señor. —Miró en torno a la mesa con desesperación—. La oficial de sección Caton-Walsh ha reexaminado la cobertura para ver si se nos había pasado algo por alto. Kay, ¿puede confirmarnos que este caso presenta una dificultad excepcional?

Kay era consciente de que todas las miradas se volvían hacia ella. Le sorprendió tanto que la invitaran a hablar que no tuvo tiempo de ponerse nerviosa.

—Sí, señor. Creo que no fue hasta finales de septiembre, cuando los rusos liberaron el campo de pruebas del V2 de Blizna, en Polonia, que descubrimos que el cohete requiere una superficie de tan solo seis metros cuadrados para su lanzamiento. Eso es más o menos la mitad de esta mesa. Es imposible para nosotros encontrar algo tan pequeño si está oculto bajo los árboles.

Con los ojos fijos en la fotografía, como si no soportara dirigirse directamente a ella, Mike repuso con sarcasmo:

—Sí, pero imagino que primero han de introducir los misiles bajo los árboles.

—Así es, señor, pero deben de estar transportándolos en tren de noche. Para cuando hay luz suficiente para realizar una incursión de reconocimiento, a los cohetes ya los han trasladado al bosque.

Mike la miró al fin. Meneó ligeramente la cabeza, gesto que para Kay transmitía varios mensajes al mismo tiempo: reticente admiración por el ingenio del enemigo, irritación por la incompetencia de Medmenham y, debajo de eso, cierto regocijo, dirigido en exclusiva a ella, por encontrarse ambos manteniendo semejante conversación. Se volvió hacia el hombre del Mando de Bombardeo.

—¿No podemos arrasar los bosques?

—Obviamente, ya hemos estudiado esa posibilidad, señor. Hay dos grandes inconvenientes. En primer lugar, es probable que tuviéramos que hacerlo a la luz del día, y la zona está plagada de artillería antiaérea; nuestras bajas serían inaceptables. En segundo lugar, están muy cerca de La Haya. Si bombardeamos desde una altitud de cinco mil metros, que es lo más bajo que osamos llegar, existe un gran riesgo de provocar numerosas muertes civiles y ninguna garantía de que logremos derribar todas las lanzaderas.

El comodoro del aire se reclinó en la silla y se llevó la mano a la frente vendada. Estaba más pálido que al inicio de la reunión. Kay podía ver, incluso desde la otra punta de la mesa, que estaba sudando. Siguió un silencio. Y entonces un hombre menudo sentado frente a ella levantó la mano. De cincuenta y pocos años y comandante de ala según su insignia, con gafas de cristal grueso, bigote corto y un manto de caspa sobre el cuello de la camisa, su aspecto lo era todo menos militar. Podría haber sido un director de banco en la vida civil.

—¿Puedo sugerir algo, señor?

Templeton lo escudriñó.

—Adelante, por favor. Lo siento, creo que no nos conocemos.

—Knowsley, señor. Clarence Knowsley. Defensa Interna, Mando de Caza. ¿La sala de filtrado? Sí nos hemos conocido.

—Está bien, prosiga.

—Si me lo permiten. —Caminó hasta el mapa—. El domingo pasado, la sala de filtrado creó una base de radar avanzado en el continente. Desplegamos tres unidades móviles GL Mark 2 y dos de los nuevos radares experimentales Mark 3 en Bélgica. Aquí, para ser exactos, alrededor de la ciudad de Malinas. Está a unos cien kilómetros de las bases de lanzamiento, que es lo más cerca de la línea de fuego que podemos llegar. A los alemanes justo acaban de expulsarlos de la zona. Debido a su posición, y a la ausencia de colinas, Malinas nos proporciona una vista lateral perfecta de la trayectoria del misil. Los nuevos radares poseen pantallas goniométricas de rayos catódicos, de modo que no solo podemos detectar los cohetes una vez que han alcanzado una altitud de unos nueve mil metros, sino que podemos registrar su trayectoria de vuelo antes de que quede fuera de nuestro alcance.

—¿Y eso podría ayudarnos?

—Sí, señor. Al principio esperábamos que el V2 fuera guiado por señales de radio, las cuales por lo menos habríamos podido obstruir. Está claro que los alemanes tuvieron en cuenta eso. No utilizan radioguías. Creemos que el misil es puramente balístico, es decir, que el motor se apaga y sigue un arco perfecto, similar al de una bola de críquet lanzada desde la parte más lejana del campo. Y ese es un potencial punto débil que quizá podríamos explotar.

Se interrumpió, sin duda poco habituado a hablar tanto rato seguido. El comodoro del aire hizo un gesto alentador.

—Continúe.

—Bien, un arco balístico es matemáticamente calculable. Si disponemos de datos que nos den la trayectoria del misil en el momento en que se vuelve balístico, y si tenemos el punto exacto del impacto, debería ser posible, en teoría, retroceder y calcular el lugar en la banda desde el que se lanzó la pelota de críquet, por decirlo de algún modo.

Los oficiales se miraron. Templeton se inclinó hacia delante.

—Es un concepto muy interesante. La cuestión es: ¿podemos llevarlo a la práctica?

—Como es lógico, hemos dado muchas vueltas al tema. Básicamente unir las dos mitades de la información constituye una carrera a contrarreloj. La primera mitad, procedente de las unidades de radares móviles de Bélgica, puede empezar a recopilarse *in situ* un minuto o dos después del lanzamiento. La segunda mitad puede suministrarse desde Stanmore en cuanto el radar de Defensa Nacional nos facilite el punto de impacto, lo cual sería unos tres minutos después. Por tanto, para ser rápidos, los cálculos deben hacerse lo más cerca posible de los radares móviles. —Knowsley se volvió hacia el oficial de operaciones del Mando de Caza—. ¿Cuánto tarda un Spitfire en despegar de Coltishall y alcanzar la costa holandesa? ¿Veinticinco minutos?

—Más o menos.

—Si los aviones despegan en cuanto se lanza el misil, y el punto de impacto se le comunica a Bélgica en cuanto el V2 golpea, tendríamos unos veinte minutos para hacer los cálculos, localizar el área aproximada de la base de lanzamiento y comunicar las coordenadas por radio a los pilotos mientras se hallan sobre el mar del Norte. En teoría podríamos bombardear el objetivo digamos que treinta y cinco o cuarenta minutos después del lanzamiento, cuando todavía hay hombres y vehículos en la zona.

Templeton se volvió hacia su ayudante.

—¿Lo ha anotado todo?

El teniente de vuelo todavía estaba escribiendo.

—Sí, señor.

—¿Qué opinan los demás? ¿Es viable?

Los oficiales asintieron con diferentes grados de entusiasmo.

Templeton dijo:

—Por lo menos es una posibilidad. Y a falta de otras opciones, merece la pena intentarlo. Bien, empezaremos mañana.

Knowsley lo miró alarmado.

—No creo que podamos comenzar tan pronto, señor.

—¿Por qué no? Usted mismo ha dicho que ya tenemos los radares instalados. Y al Escuadrón 303 en Coltishall. Los pilotos conocen bien esa región de Holanda.

—Aun así, necesitamos al personal de Bélgica para que haga los cálculos.

—¿Son cálculos difíciles?

—Es un álgebra bastante sofisticada. Para empezar, hay que saber utilizar una regla de cálculo. He reclutado a algunas chicas de la sala de filtrado y he empezado a formarlas. Reconozco que con variedad de resultados.

—¿Cuántas necesita?

—Para una cobertura de veinticuatro horas, por lo menos ocho, en principio.

—¡Vamos, comandante de ala! ¡Hay ciento ochenta mil WAAF en el país! No me diga que no es posible reunir a ocho mujeres capaces de utilizar una regla de cálculo para mañana por la mañana.

Knowsley era más obstinado de lo que parecía.

—Se trata de una labor difícil, señor. Han de trabajar bajo la presión extrema del tiempo, poniendo las vidas de los pilotos en riesgo y sin margen para cometer errores.

—Me trae sin cuidado cómo lo haga —espetó Templeton—, pero ahora mismo pienso ir directo a mi despacho y telefonear al secretario de Estado para contarle que finalmente hemos concebido un plan que puede funcionar y que mañana por la mañana tendremos a ocho WAAF en un avión rumbo a Bélgica. ¿Queda claro?

Si Knowsley tenía previsto seguir debatiendo el asunto, era evidente que cambió de parecer.

—Sí, señor.

—Bien. Caballeros, los dejaré solos para que ultimen los detalles.

Templeton hizo una seña al teniente de vuelo, quien rescató las muletas del rincón y le ofreció el brazo para ayudarlo a levantarse. Parecía exhausto, pensó Kay cuando pasó renqueando por su lado con la mirada al frente, la mandíbula apretada para contener el dolor, el rostro transpirado y pegajoso.

Tras su marcha, y después de que los oficiales empezaran a hablar —«Caray, Clarence, te has metido en un buen lío»—, Kay se levantó. Ignorando a Starr —«Kay, ¿adónde vas?»—, abandonó discretamente la sala y cerró la puerta tras de sí.

Contempló el pasillo desierto sin saber qué dirección elegir. De repente, la puerta a su derecha se abrió y por ella salió el teniente de vuelo. La saludó con un gesto de la cabeza y se alejó. Kay aguardó a que doblara la esquina y se encaminó al despacho con paso presto, llamó a la puerta y, sin esperar una respuesta, entró.

Mike estaba sentado detrás de su mesa, de espaldas a la ventana, con un teléfono delante y dando sorbos a lo que parecía un vaso de whisky. Fuera empezaba a oscurecer. La habitación estaba llena de sombras. Una lámpara situada en un rincón proporcionaba la única luz. Kay apenas podía verle la cara. Se acercó un poco más, pero se detuvo a cierta distancia de la mesa. Él la miró por encima del canto del vaso y suspiró.

—Ha sido muy violento, lo siento. ¿Una copa?

Ella negó con la cabeza.

—¿Cómo te encuentras?

—No demasiado bien, pero me recuperaré.

—¿Dónde está Mary?

—Ha vuelto a Bletchley.

—O sea, que estás solo. ¿Dónde piensas alojarte?

—El ministerio me ha buscado un hotel. —Mike dejó el vaso en la mesa—. Oye, Kay, si no te importa, no creo que pueda tener esta conversación ahora mismo. Tengo un dolor de cabeza atroz y Downing Street está a punto de telefonear.

—No te preocupes, no he venido a montar una escena. Solo quiero pedirte un favor.

—¿De qué se trata?

—Después de todo lo que ha ocurrido, no puedo seguir sentada en el campo mirando fotografías. Necesito hacer algo.

—Es un trabajo importante, Kay.

—Lo sé, pero no es la verdadera guerra. Las matemáticas se me dan bien. Sé utilizar una regla de cálculo. Dile al comandante de ala Starr que quieres que me permita unirme a esa unidad de Bélgica.

Mike echó la cabeza ligeramente hacia atrás, sorprendido.

—No aceptará.

—Aceptará si tú se lo ordenas.

—Dirá que eres demasiado valiosa para prescindir de ti.

—Dile que será algo temporal, mientras forman a más WAAF en Inglaterra. Por favor, Mike, esta podría ser mi última oportunidad de contribuir realmente a la causa. Además —añadió Kay, jugando la que sabía era su mejor carta—, ¿no sería más fácil para ti que yo estuviera fuera del país?

—Claro que no. —No obstante, Kay se dio cuenta de que Mike se sentía tentado en cuanto añadió, más débilmente esta vez—: Eso no tiene nada que ver.

Antes de que ella pudiera responder, el teléfono empezó a sonar. En el silencio del despacho en penumbra, el timbre sonaba exageradamente alto. Mike contempló el aparato unos segundos, dobló los dedos, descolgó el auricular y se lo llevó despacio a la oreja.

—Templeton. —Escuchó con atención. Kay podía oír el parloteo imperioso al otro lado del teléfono. Mike asintió—. Muy bien. Gracias por la información. —Colgó—. Era Stanmore. Un V2 acaba de caer en el noreste de Londres. Y luego hubo nueve... —La miró de modo breve y se giró hacia la ventana—. De acuerdo. Hablaré con Les y veré qué puedo hacer.

—Gracias.

Cuando alcanzó la puerta, él le dijo.

—Cuídate, Kay.

No se dio la vuelta. «Soy una extraña para él, igual que él lo es para mí».

El teléfono comenzó a sonar de nuevo.

—Templeton… Buenas noches, señor…

Kay cerró sigilosamente la puerta tras de sí.

7

Tras veinte horas de guardia, Graf había perdido la noción del tiempo. Su mundo se había reducido a naves de pruebas y vehículos de control de despegue, al olor a combustible de alto octanaje y vegetación húmeda, al silencio goteante del bosque interrumpido por el rugido atronador de los lanzamientos. De tanto en tanto hallaba un lugar tranquilo en la cabina de un camión vacío o —como ahora— sobre una pila de lonas desechadas en el rincón de una carpa y echaba una cabezada antes de que lo zarandearan u oyera gritar su nombre.

—¡Doctor Graf! ¡Listos para el lanzamiento en la base setenta y dos!

Cuando abrió los ojos encontró a un motorista de la Wehrmacht inclinado sobre él.

—¿Qué hora es?

—Casi las nueve, doctor.

—¿De la mañana o de la noche?

—De la noche.

—De la noche, claro. —Se levantó trabajosamente y siguió al soldado hasta el claro.

Debajo de los árboles, las siluetas oscuras de los técnicos, con sus linternas y sus lámparas frontales, se afanaban cual nibelungos. ¡Cuánta actividad! La oscuridad se llenaba con sus misteriosos martilleos y gritos. La aceleración de motores se veía enfatizada por el zumbido monótono de los generadores. En una tienda con las solapas abiertas, un par de técnicos trabajaban sobre un misil reclinado conectado mediante cables a una pantalla. Más adelante, la ojiva de un cohete estaba siendo ensamblada al extremo del fuselaje; dos soldados estaban retirando manualmente la cubierta cilíndrica de madera contrachapada que protegía el morro. Dos misiles que habían suspendido las pruebas diagnósticas estaban siendo enganchados a tractores para devolverlos a la nave de Scheveningen. Aparcados sobre sus remolques junto a la pista, otros esperaban su turno para la inspección. Los grandes erectores móviles, los Meillerwagens, circulaban entre los almacenes técnicos y las bases de lanzamiento, batiendo la tierra. En cuanto un cohete descendía sobre su plataforma de lanzamiento, los camiones cisterna y los surtidores lo rodeaban para llenarlo de combustible, y una vez revisado el misil, el Meillerwagen regresaba a los almacenes técnicos para recoger otro.

Graf subió al sidecar, estiró las piernas y se agarró a las asas. El motorista se bajó las gafas de protección y arrancó el motor. Rebotando sobre la hierba, salieron a la carretera.

La base de lanzamiento número 72 era una de las más alejadas de los almacenes técnicos. Se emplazaba pasado el circuito de carreras de Duindigt, en un bosque de las afueras de Wassenaar, bastante cerca del mar. La motocicleta corrió como una bala por la carretera, giró a la izquierda y en el puesto de control le hicieron señas para que pasara. La luz del faro danzaba sobre las verjas de hierro de las mansiones vacías. Las casas fueron desapareciendo y, tras cruzar un prado, volvieron a adentrarse en el bosque. Era mucho más salvaje y remoto que las arboledas que rodeaban Scheveningen. Graf sintió que el aire fresco lo reavivaba. Frenaron con brusquedad.

El cohete, solitario sobre su plataforma de lanzamiento, era difícil de distinguir. Las franjas marrones y verdes del camuflaje fundían su definido contorno con los abetos circundantes. Graf paseó la luz de la linterna por las aletas, subió por los compartimentos de control, cruzó hacia el cable umbilical y el mástil eléctrico y bajó de nuevo. No le cabía duda de que los equipos técnicos, en su afán de lanzar doce misiles al día, estaban acelerando los procedimientos de comprobación. El lanzamiento se había retrasado por otro fallo en el transformador. La pieza había sido reemplazada, pero era imposible saber con certeza si el equipo electrónico funcionaba correctamente. Aun así, ¿qué podía hacer él? Se volvió hacia el carro de control de despegue y levantó el brazo. A las 21.05, por décima vez ese domingo, la nota discordante del claxon tronó como un cuerno de caza dentro del bosque.

Alumbrando el suelo con la linterna, Graf cruzó la maleza hasta las trincheras donde se resguardaba el pelotón de lanzamiento. Los hombres se desplazaron para hacerle sitio. Bajó de un salto y dirigió la linterna hacia el V2 para revisarlo una vez más, pese a saber que era inútil. Una ligera neblina se elevaba sobre el suelo del bosque, transportando el aroma a tierra mojada y a vegetación en proceso de descomposición. De repente surgió la silueta de un hombre y pareció vadearla. Una voz jovial dijo:

—¡Muévase, doctor! —Y el teniente Seidel, comandante del segundo batallón, se escurrió a su lado.

—Parece contento.

—Sturmscharführer Biwack está contento. Por tanto, el coronel está contento. Por tanto, yo estoy contento. Por tanto, usted debería estar contento también.

—Nunca estoy contento antes de un lanzamiento.

—Ni después, según mi experiencia.

La cuenta atrás comenzó por el altavoz. Graf se preparó.

Primero la luz brillante que iluminaba el bosque. Luego el viento caliente que le abrasaba la cara. Ramitas, hojas y tierra suelta azotaron la trinchera. Se agachó y se cubrió la cabeza y notó una ducha de detritos salpicándole los hombros y los brazos. No podía pensar y no podía oír nada salvo el rugido del cohete. El suelo tembló. El rugido se intensificó. Con un estrépito atronador, el misil salió disparado hacia el cielo. Los hombres se incorporaron de inmediato para observarlo, Graf inclusive. Iba contra el reglamento de seguridad exponer el torso antes de que sonara el aviso de fin del peligro, pero todos lo ignoraron. Graf echó un breve vistazo a la trinchera. Bajo el resplandor rojizo de los gases de combustión, una suerte de asombro infantil suavizaba los rostros alzados. Luego la luz se extinguió bruscamente y el bosque se sumió en una oscuridad aún más profunda.

—Ya van diez —dijo Seidel en un tono de honda satisfacción—. Solo faltan dos.

—¿En serio que el coronel pretende lanzar los doce?

—Fue lo que le prometió a Biwack. —Seidel alumbró su reloj de pulsera con la linterna—. Pero todavía queda un rato para el siguiente. El pelotón de Stock aún no ha iniciado el llenado de combustible. Hay que reconocer que es toda una proeza. ¿Alguna vez imaginó que lanzaría tantos pájaros a los británicos en un solo día?

—¿Con franqueza, Seidel? Jamás imaginé que lanzaría alguno.

Graf salió trepando de la trinchera y se sacudió la tierra del abrigo. Regresó a la base de lanzamiento atravesando de nuevo la maleza. El hedor a combustible quemado le revolvía el estómago. Aquí y allá había broza ardiendo. Pequeños dedos de fuego naranja recorrían la hiedra. Los apagó con el pie. Lo asaltó una repentina oleada de rechazo hacia sí mismo. Cruzó el claro y tomó el sendero que se adentraba en el bosque. Cuando se hubo alejado lo suficiente, se detuvo, encendió un cigarrillo y contempló el temblor de sus manos. Necesitó varias caladas profundas de nicotina para calmar los nervios. Miró en derredor. La noche era fría y tranquila, con un fuerte olor a pino y la luna justa para que la silueta de las copas de los árboles se dibujara contra el cielo. A su espalda, el pelotón había empezado a desmontar la plataforma de despegue.

Escuchó el silencio. De algún lugar cercano llegaba un murmullo vago, un rumor tenue. Echó a andar instintivamente hacia él siguiendo el sendero durante unos minutos. El rumor se hizo más fuerte, el bosque fue diluyéndose y de súbito se descubrió trepando por dunas de arena y hundiendo los zapatos en ellas. Llegó a la cima.

Una gruesa alambrada de púas impedía el acceso a la playa. De ella pendía un letrero con una calavera y dos huesos cruzados: ACHTUNG! MINEN! La marea baja había dejado al descubierto una extensa franja de arena. Charcos poco profundos reflejaban la luz de la luna. Las hileras de postes de hierro inclinados que debían impedir el atraque de embarcaciones enemigas proyectaban sombras afiladas. Mar adentro, las olas formaban suaves líneas de una luz blanca.

Se sentó en una duna herbosa y encendió otro cigarrillo. El pasado, mantenido a raya durante tanto tiempo y con tanto éxito, avanzó como un torrente por la playa en su dirección.

«He pasado los últimos diez años de mi vida junto al mar —pensó—, siempre con el olor de los pinos en la nariz y el sabor de la sal en la boca, escuchando las gaviotas y entornando los ojos hacia el ancho cielo».

Habían partido de Kummersdorf en un convoy de coches y camiones justo antes del alba. Esa había sido la primera vez: diciembre de 1934. Por tanto, sí, diez años más o menos. Recordaba que iba sentado en la cabina del primer camión, apretujado entre el conductor y Von Braun. Detrás, guardados en sendos cajones, viajaban dos cohetes pequeños, de apenas ciento sesenta centímetros de largo, conocidos oficialmente como Aggregate-2, pero rebautizados como Max y Moritz por el equipo en honor a los dos niños traviesos de las historietas que todos habían leído en la infancia. Eran demasiados potentes para someterlos a su primer vuelo de prueba en las inmediaciones de una población, de modo que había que llevarlos a la costa. ¡Menuda aventura! Pese a hallarse en pleno invierno, la expedición al completo tenía la sensación de estar de vacaciones.

Eso fue seis meses después de que Graf se uniera al equipo en Kummersdorf, y tenía suerte de seguir con vida. En julio, Kurt Wahmke, un joven físico cuya tesis doctoral había versado sobre el escape de gases por boquillas cilíndricas, había decidido probar su teoría de que podían prescindir de mezclar alcohol y oxígeno líquido y alimentar el cohete de una manera mucho más simple con un noventa por ciento de concentración de peróxido de hidrógeno. El día de la prueba, Wahmke había telefoneado a la cantina para avisar de que quizá se produjera una explosión, en cuyo caso, ¿les importaría enviar ayuda? Luego Graf y él fumaron un cigarrillo en compañía de dos técnicos. El peróxido de hidrógeno azul claro estaba suspendido dentro de un depósito sobre el motor del cohete, unido a este por una sola manguera. Apagaron los cigarrillos, abrieron el paso del combustible y Wahmke acercó a la boquilla una lata de queroseno ardiendo. ¿En qué habían estado pensando? La llama subió disparada por la manguera y el depósito explotó. Graf fue el único en reaccionar con suficiente rapidez, arrojándose de cabeza tras el muro de hormigón. Los cuerpos calcinados de los otros tres permanecieron en su mente durante semanas y el olor a carne quemada se le pegó a la nariz, mientras que Von Braun observó los restos con ecuanimidad. Su máxima preocupación era que la plataforma de pruebas había quedado destruida. Poseía una capacidad especial para tomarse las tragedias ajenas con filosofía. Esa era la marca de un líder, suponía Graf.

Pero el pobre Wahmke ya formaba parte del pasado, estaba muerto y enterrado —lo que había quedado de él— y no debía mencionársele otra vez, menos aún durante el largo día de trayecto entre Berlín y Emden transportando a Max y Moritz. Pasaron la noche en el puerto y al día siguiente tomaron un barco hasta la isla de Borkum, situada en el mar del Norte, a unos treinta kilómetros de la costa. Fue una travesía horrible, azotada por fuertes vientos, y Graf pasó buena parte de ella bajo cubierta, vomitando. Huelga decir que Von Braun, el Superhombre Ario, no era solo excelente jinete, piloto y violoncelista, sino un marinero consumado. Pasó la travesía en el puente de mando. Aparte de las dos docenas de soldados, había cinco ingenieros en el Partido, que Graf recordara: él y Von Braun; Walter Riedel (no confundir con Klaus Riedel), al que todos llamaban «Papá» por su porte tranquilo; Heini Grünow, el mecánico del Aeródromo de Cohetes; y Arthur Rudolph, un experto en retropropulsión procedente de la fábrica de Heylandt, que había estado con el piloto de carreras Max Valier la tarde que murió por la explosión de un motor. Rudolph era el único nazi entre ellos.

Se instalaron en un hotel frente a la playa y se sentaron en incómodos sillones de mimbre en una fría galería con los cristales veteados de salmuera, contemplando unas vistas como esas. Entretanto escuchaban al temporal silbar alrededor del tejado a dos aguas a la espera de que amainara. Y esperaron y esperaron. Esa fue la primera experiencia de Graf de un invierno en la costa del norte de Europa, donde, con un poco de suerte, tenías siete horas de luz natural. Pasaban la mayor parte del tiempo dentro del hotel, buscando en el monótono paisaje gris señales de un posible cambio de tiempo. Jugaban al ajedrez y al bridge. Conversaban sobre vuelos espaciales. Escuchaban las ideas de Von Braun para un cohete de dos etapas; la primera etapa para poner a su capitán en órbita más allá de la atmósfera terrestre, y la segunda con un propulsor para impulsarlo a la luna o a Marte: «El vacío del espacio significa que se precisaría una potencia relativamente pequeña». Les mostraba sus cálculos. Cuando aseguraba que el primer hombre en llegar a la luna ya había nacido, era evidente que se refería a él. Al fin, durante la cena del 18 de diciembre de 1934, después de una semana de espera y con la Navidad cerca, anunció que lanzarían a Max al día siguiente, con independencia del clima. Si fallaba, siempre les quedaría de reserva Moritz.

La mañana del 19 amaneció despejada y ventosa: altitud de la base de las nubes mil doscientos metros, viento del este, rachas de hasta ochenta kilómetros por hora. Con objeto de mantener el lanzamiento en el más absoluto secreto, se ordenó a los lugareños, en su mayoría pescadores y sus familias, que se quedaran en sus casas y corrieran las cortinas. Se apostaron soldados para asegurarse de que obedecían. Los ingenieros llevaron a Max hasta las dunas y erigieron el mástil de lanzamiento, conectaron los cables eléctricos al equipo de medición, comprobaron los giroscopios y llenaron los depósitos de combustible con alcohol, oxígeno líquido y nitrógeno comprimido. Graf se ocupó de la cámara. Se pasaba el rato retirando arena del objetivo. Aguardaron a que el viento bajara y, de seguida, Von Braun encendió la lata de queroseno amarrada al extremo de un palo de escoba y la acercó a la boquilla. Se produjo un estallido cuando esta prendió y Max salió disparado hacia arriba. El cohete subió tanto que tuvieron que echar la cabeza hacia atrás para poder seguirlo, hasta que la llama quedó reducida a un diminuto punto rojo. Alcanzó una altitud, según calcularon más tarde, de mil setecientos metros —la mayor conseguida nunca por un cohete de esas características— antes de que se le agotara el combustible y lo vieran hundirse en silencio en la arena a un kilómetro de donde se encontraban.

Gritando de alegría, se abrazaron y bailaron desenfrenados por la playa, Papá Riedel inclusive. Esa noche, mientras contemplaban el mar desde la galería acristalada, Von Braun propuso un brindis:

—¿Son imaginaciones mías, caballeros, o esta noche la luna parece más próxima que esta mañana? —Se volvió hacia Graf y unieron sus copas—. ¡Por la luna!

—¡Por la luna!

Tenían veintidós años.

Cuando regresaron a Kummersdorf el día de Año Nuevo de 1935, Graf empalmó el metraje de la prueba de Borkum y Von Braun procedió a exhibirlo por todo Berlín. Probablemente estaba hecho para la época que estaban viviendo. Aristocrático pero en absoluto esnob, encantador pero con un dominio infalible de los detalles técnicos, ¡hete aquí la encarnación del nuevo espíritu alemán! ¡Hete aquí un profeta del futuro! Habían tenido la gran suerte de disparar un cohete hasta una altitud de casi dos kilómetros justo en el momento en que los recursos de la economía alemana, por órdenes del Führer, se estaban desviando a las fuerzas armadas a una escala sin precedentes. El ejército aportó de inmediato medio millón de marcos, dinero suficiente para construir dos nuevas plataformas de pruebas. La Luftwaffe ofreció a Von Braun cinco millones antes incluso de que hubiera finalizado su presentación. Cuando el comandante en jefe del ejército acudió a Kummersdorf para presenciar un lanzamiento, se volvió hacia Von Braun y simplemente le preguntó:

—¿Cuánto quiere?

¿Que cuánto quería? ¡Menuda pregunta! Quería lo suficiente para construir una ciudad de cohetes, exactamente como la de la película de Fritz Lang. Quería algo como Borkum, pero más grande; un lugar en la costa, alejado de los fisgones, donde un entregado grupo de científicos y soñadores, haciendo uso de recursos ilimitados, pudiera lanzar sus cohetes, sin correr riesgos ni ser molestados, con un alcance de cientos de kilómetros. Eso era lo que quería.

Uno de los hombres de la Gestapo que había interrogado a Graf parecía mucho más enfadado que su compañero. Era algo más que una simple rutina de poli bueno, poli malo: Graf tenía la sensación de que si hubiera dependido de ese otro hombre, las sesiones habrían implicado puños y porras. Puede que hubiera perdido a alguien en el frente oriental —congelado hasta morir en el invierno de 1941-1942 o capturado debido a la falta de equipamiento adecuado—, porque en un momento dado se levantó de un salto y plantó un puñetazo en la mesa.

«¡Sois todos una pandilla de traidores! Ese "centro de investigación militar" de Peenemünde es la mayor estafa de la historia de Alemania!».

Graf respondió que él no había tenido nada que ver con la decisión de construir el centro de Peenemünde. Eso era cosa de gente que estaba muy por encima de él.

El otro hombre de la Gestapo consultó el grueso expediente de Graf.

«Y sin embargo, según el profesor Von Braun, usted lo acompañó en su primera visita al lugar».

«Fui con él, en efecto, pero nada más».

«¿Cuándo fue exactamente?».

Graf fingió hacer memoria. Debían de tenerlo todo en el expediente. Era todo una gran farsa.

«Creo que fue después de las Navidades de 1935».

En realidad, lo recordaba muy bien. Habían pasado buena parte del año previo diseñando y construyendo un motor que producía tres mil libras de empuje para un cohete mucho más grande —siete metros de largo, el Aggregate-3— y a Graf lo habían invitado a pasar parte de las fiestas en la propiedad que los Von Braun tenían en Silesia para seguir trabajando. El barón había perdido su puesto de ministro de Agricultura en cuanto Hitler subió al poder y se había retirado a ese feo edificio gris, tipo barracón, horrorizado por la vulgaridad y la violencia de los nazis y, al mismo tiempo, secretamente impresionado por sus resultados. La obsesión de su brillante hijo por los cohetes lo tenía perplejo. No le parecía una ocupación propia de un caballero. Trataba a Graf con educada frialdad, pues no era la clase de persona con la que estaba acostumbrado a relacionarse; otro síntoma de la era moderna para el que ya era demasiado viejo para adaptarse.

Una noche, sentados frente al fuego después de la cena, Wernher mencionó que estaba buscando un lugar tranquilo y remoto en la costa para erigir su ciudad de cohetes. Había encontrado el enclave perfecto en la isla báltica de Rügen. Desafortunadamente, la organización Fuerza a través de la Alegría se le había adelantado y estaba construyendo un centro vacacional para el Frente del Trabajo.

—Conozco el sitio perfecto —anunció de repente su madre, levantando la vista de su tapiz—. Está al lado de Rügen. Tu abuelo iba allí cada invierno para cazar patos. ¿Cómo se llamaba, Magnus?

El viejo barón se quitó el puro de la boca y gruñó:

—Peenemünde.

Esa fue la primera vez que Graf escuchó el nombre.

Y así fue como se descubrió dirigiéndose al norte por segunda vez, en esta ocasión ellos dos solos, en el coche nuevo de Von Braun. Hicieron noche en Carmzow, cerca de Stettin, en la casa solariega de la familia de la madre de Von Braun, los Von Quistorp —una propiedad mucho más imponente— y al día siguiente continuaron unos cincuenta kilómetros por la plana campiña de Pomerania hasta cruzar un puente que se extendía por los angostos estrechos hasta la isla de Usedom. Durante unos diez minutos la carretera culebreaba a través de bosques y marismas, tras lo cual recorría una estrecha lengua con agua rutilando a ambos lados y pasaba por bellos pueblos de pescadores pintados de rosa, amarillo y celeste hasta desembocar, en el extremo norte de la isla, en una pista forestal. Aparcaron y completaron el trayecto a pie.

Aquella mañana permaneció grabada en la memoria de Graf como una visita al paraíso antes de la caída: robles centenarios y pinos silvestres de treinta metros de altura, dunas y turberas, playas de arena blanca con lechos de juncos; silencioso, inmemorial, sin el menor rastro de presencia humana, solo cisnes y patos, currucas y cormoranes, arroyos con nutrias e inmensos ciervos de Pomerania coronados por oscuras astas paseándose por el brezo, plácidos e impertérritos. Tardaron más de una hora en recorrer la costa hasta el lugar donde la boca del río Peene se abría a la laguna del Oder. Con el sol invernizo sobre el amplio rostro y el pelo rubio alborotado por la brisa marina, Von Braun abrió los brazos para abarcar todo el espacio.

—¿No es fantástico?

Procedió a indicar dónde podría ir cada cosa, erradicando la naturaleza con un barrido de la mano. Veía bases de pruebas en el bosque y plataformas de lanzamiento en la franja costera; en las praderas habría talleres y laboratorios, una fábrica para hacer los cohetes, plantas químicas para elaborar el metanol y el oxígeno líquido, una central eléctrica, un aeródromo donde podrían desarrollar reactores para la Luftwaffe, una estación ferroviaria, una ciudad modelo para los trabajadores.

—Pero necesitarías traer a miles de personas —objetó Graf, sin poder contener la risa. La idea le parecía absurda, como una de sus fantasías de la infancia—. ¿Quién demonios pagaría semejante proyecto?

—Oh, ellos lo harán.

—¿Ellos?

—Nuestros amos uniformados. Créeme, ahora mismo tienen tanto dinero para rearmamento que no saben qué hacer con él. Están deseando gastarlo.

—¡Venga ya! Los costes serían increíbles.

—Tú no te preocupes por eso. Les prometeré un arma tan poderosa que no podrán resistirse.

Tras su regreso a Kummersdorf, Von Braun se sentó con Papá Riedel y el jefe de desarrollo armamentístico, el coronel Dornberger, para empezar a diseñar el misil balístico más avanzado que pudiera ser tecnológicamente viable basándose en lo que habían conseguido hasta el momento. Graf siempre se había llevado bien con Dornberger. Veterano de artillería de unos cuarenta años, agradable, ambicioso y lo bastante inteligente, su obsesión era el cañón de París que había bombardeado la capital francesa durante la Gran Guerra. Von Braun lo manejaba con la misma habilidad con que tocaba su violonchelo, adulándolo, en ocasiones disintiendo de él, permitiendo siempre que el hombre sintiera que controlaba la situación. Entre ellos concibieron las especificaciones de un arma que pudiera trasladarse intacta en un vagón de tren allí donde hiciera falta. La necesidad de movilidad limitaba el tamaño a menos de quince metros. Con todo, sería capaz de cargar con una ojiva de una tonelada, ya fuera de explosivos o de gas tóxico, a lo largo de una distancia de doscientos setenta y cinco kilómetros. Para ello, calculaba Riedel, se precisaría un motor capaz de generar veinticinco toneladas de empuje, es decir, diecisiete veces más potente que todo lo que habían desarrollado hasta la fecha. Sería el Aggregate-4.

Una mañana de principios de abril condujeron a Dornberger y Von Braun al Ministerio del Aire en Berlín para presentar sus planos al general Kesselring de la Luftwaffe. Graf los vio partir en el asiento trasero del Mercedes con sus maletines en el regazo, cual vendedores ambulantes. Ignoraba lo que se dijo en la reunión, pero a mediodía un oficial de la plana mayor de la Luftwaffe llegó en un coche veloz a Usedom y antes de la medianoche el Ministerio del Aire ya había telefoneado a Dornberger para comunicarle que el trato estaba cerrado: habían comprado el área de Peenemünde al ayuntamiento por setecientos cincuenta mil marcos y la Luftwaffe pagaría la mitad de los costes de construcción.

El proyecto tuvo un elemento de locura desde el principio. De hecho, en un par de ocasiones durante su interrogatorio en Stettin, Graf había estado tentado de levantar las manos y simplemente confesar lo que él creía: que Von Braun, más que crear Peenemünde para construir un arma, había creado un arma para construir Peenemünde. La audacia de todo ello, los riesgos, daban vértigo.

Fue al tercer día cuando por fin le hicieron la pregunta a la que habían estado apuntando desde el principio.

«La noche del domingo 17 de octubre de 1943, en una fiesta celebrada en la playa de Zinnowitz en compañía del profesor Von Braun, el doctor Helmut Gröttrup y el doctor Klaus Riedel, ¿declaró o no declaró que la guerra estaba perdida, que el cohete no salvaría a Alemania y que su objetivo todo este tiempo había sido construir una nave espacial?».

Durante el segundo que siguió, mientras se le cerraba la

garganta y parecía vaciársele el corazón, su cerebro de ingeniero examinó todas las opciones posibles en busca de la respuesta más segura. ¿Qué habían dicho los demás? Si esto, entonces aquello; si aquello, entonces esto...

«Caballeros, no recuerdo haber dicho semejante cosa. Creo que debe de haber un error...».

«Escúchame, Rudi. Esta es la pura verdad. El camino a la luna pasa por Kummersdorf».

«No, mi querido Wernher, pese a ser un genio, el camino desde Kummersdorf no nos ha llevado a la luna. Nos ha llevado precisamente aquí».

Oyó un ruido a su espalda. El frío le había entumecido las articulaciones. Se levantó y se volvió con torpeza. Alguien se aproximaba por el sendero del bosque. Entre los árboles brillaban linternas. Un perro ladró. Primero apareció un guardia de las SS con el arma sobre el hombro, después otro y, por último, un tercer guardia con un gran pastor alemán tirando de la correa. Graf levantó las manos. Una linterna le apuntó directamente a la cara, cegándolo. Intentó protegerse los ojos.

Una de las sombras gritó:

—¡No se mueva!

—Soy el doctor Graf, tengo autorización. —Se encogió y giró el rostro—. ¿Le importaría apartar esa linterna?

El segundo hombre de las SS dijo:

—Es el civil de Peenemünde, Sturmmann. ¿No lo reconoces?

—Sí, sé quién es. ¡Documentación!

Graf se llevó la mano al bolsillo interior con gesto cansino.

—Si sabe quién soy, ¿por qué necesita mi documentación?

Una bocina sonó a lo lejos.

Tendió su pase al guardia.

—Están anunciando un lanzamiento. Debería estar allí.

—Entonces ¿qué hace aquí?

—Dese prisa con el pase, ¿quiere?

Graf escudriñó los árboles mientras el guardia iniciaba el laborioso proceso de colgarse el fusil al hombro, cambiar la linterna de mano y alumbrar con ella la documentación. Percibiendo la impaciencia de Graf, se tomó su tiempo.

—Le he hecho una pregunta, doctor. ¿Qué está haciendo en una zona restringida?

El rugido del encendido inicial del V2 atravesó el bosque. Graf se volvió hacia el sonido. Los hombres de las SS lo imitaron. Era imposible saber a qué distancia estaban de la base de lanzamiento. Un hemisferio fulgurante apareció en la oscuridad, iluminando las puntas de los abetos y haciendo que parecieran extenderse como un mar a la luz de la luna. Por encima de sus cabezas, una columna de fuego ascendió despacio. Tras alcanzar una altura de unos cincuenta metros, se detuvo. Durante unos segundos planeó, latiendo roja y azul, antes de parecer que se alejaba lateralmente. Todavía vertical, descendió con lentitud en diagonal y desapareció. El bosque se iluminó como un día de verano. Instantes después llegó un rugido cuando los depósitos de combustible explotaron.

Nadie habló ni hizo el menor ruido, o así lo recordaba Graf. Cuando salió de su trance, se abrió paso entre los hombres de las SS, bajó a trompicones por el camino de arena y echó a correr entre los árboles.

Corrió un par de minutos hasta que vislumbró más adelante la bola de fuego. «La ojiva no —rezó—, la ojiva no». Había hombres gritando, figuras moviéndose de un lado a otro. Quería gritarles que retrocedieran, pero estaba demasiado lejos. Detrás de él, pisándole los talones, los guardias de las SS estaban atravesando la maleza. El perro ladraba. Uno de ellos estaba tocando el silbato, una acción tan inútil como irritante. Graf se disponía a darse la vuelta y decirle que callara cuando los árboles se inclinaron hacia él y chocó de cabeza con lo que parecía un muro de tierra. Esta le llenó la boca y los ojos. El suelo desapareció bajo sus pies. Dio patadas en el aire. Sus brazos se agitaron despavoridos. Su espalda golpeó algo duro.

Cuando abrió los ojos, los árboles a su alrededor estaban en llamas. Hojas y papeles ardiendo flotaban en la nube de humo. Se puso de rodillas, luego se impulsó sobre sus pies y, tambaleándose, sorteó los árboles en dirección al cráter humeante. Justo antes de alcanzarlo, el perro pasó trotando por su lado y portaba orgulloso algo en la boca que solo después se percató de que era una mano.

8

En los terrenos de Danesfield House, en el dormitorio al final del cobertizo Nissen, la noche del domingo daba paso a la mañana del lunes con el acompañamiento de nada más ruidoso que un murmullo de ronquidos. De las cuatro mujeres, solo Kay estaba despierta, tendida de lado, observando las luminosas marcas verdes de su despertador de viaje con tanta concentración que llegó a convencerse de que podía ver la aguja horaria avanzar con una lentitud infinitesimal.

Junto al despertador, sobre la silla que le hacía de mesilla de noche, descansaban los papeles que debían sacarla de allí. El primero afirmaba que la oficial de sección de la WAAF A. V. Caton-Walsh, de la Unidad Central de Interpretación, RAF Medmenham, había sido transferida de modo temporal al Ala 33, Segunda Fuerza Aérea Táctica, habiendo sido su traslado solicitado por el comandante de ala C. R. Knowsley, aprobado por el oficial al cargo, el comandante de ala L. P. Starr, y autorizado por el comodoro del aire M. S. Templeton, DFC (Cruz de Vuelo Distinguido). Unido a la hoja con un clip había un segundo documento: una orden de trasvase, toscamente mecanografiada y duplicada, con instrucciones de que se personara en la RAF Northolt a las 09.00 del día siguiente. Las líneas de puntos dejadas en blanco para el nombre, el rango y el número de identificación las había completado una mano poco cuidadosa con una letra ilegible en tinta azul.

Se preguntó cuánto malestar había causado Mike por recurrir a su rango para hacerle este favor. Bastante, a juzgar por la manera en que Starr había pasado junto a ella mientras estaba sentada en el vestíbulo del Ministerio del Aire y había partido en el coche sin ofrecerse a devolverla a Danesfield House. El comandante de ala Knowsley, absorto en sus pensamientos, también la había ignorado. El oficial de las cejas pobladas del Mando de Bombardeo le había hecho un guiño cómplice. Finalmente, cuando el teniente de vuelo y asistente de Mike bajó al vestíbulo media hora después para hacerle entrega de los documentos —«El comodoro del aire me ha pedido que le dé esto»—, su actitud fue de fría aversión, como un criado enviado abajo por su señor para pagar a una furcia y mostrarle la puerta.

Seguro que correría la voz, pensó. Starr se aseguraría de que así fuera. Quería marcharse antes de que las demás se levantaran, pero no se atrevía a poner la alarma por miedo a despertarlas. Rodó sobre la espalda y pasó la noche dando cabezadas, oyendo de tanto en tanto el graznido de un ave acuática en el Támesis o el ulular de las lechuzas en los grandes olmos. Cuando miró el reloj por enésima vez y vio que eran casi las seis, decidió arriesgarse. Salió con sigilo de debajo de la manta y encendió una cerilla. El raspado le sonó tan fuerte como un disparo. La acercó a una vela.

Se había metido en la cama medio vestida. Apenas tardó un par de minutos en ponerse la falda y la guerrera. Se sentó en el borde del colchón y deslizó los pies, ya cubiertos por las medias, en los zapatos. La madera del suelo crujió. Alguien se revolvió. Desde las sombras proyectadas por la vela una voz susurró:

—¿Qué haces?

Era Shirley Locke, cómo no.

Kay susurró a su vez:

—Voy al lavabo.

—¿Por qué estás vestida?

—Porque sí. Vuelve a dormirte.

Terminó de atarse los cordones, se levantó y se encasquetó la gorra. La maleta ya estaba hecha. Se escurrió en el pesado abrigo, cerró el despertador de viaje y se lo guardó en el bolsillo junto con la documentación.

—¿Te estás fugando?

—No digas tonterías.

Recogió la vela, agarró la maleta y forcejeó con el picaporte de la puerta.

—¿Cuándo volverás?

—No lo sé. Duérmete. —Inesperadamente, la idea de abandonar a sus amigas de esa manera después de más de dos años hizo que se le saltaran las lágrimas—. Despídete de todas de mi parte y diles que les deseo lo mejor.

—Kay...

Cerró la puerta. Alumbrándose con la vela, recorrió el pasillo hasta la otra punta del cobertizo y salió a la mañana. Una ráfaga de viento frío allanó la llama y la apagó. Tiró la vela al suelo y echó a andar por el sendero.

Los cortes de luz en Medmenham seguían siendo forzosos a pesar de que hacía años que ningún bombardero alemán se acercaba a Marlow. La casa grande estaba completamente a oscuras. Era imposible adivinar que en ese momento, detrás de sus pesadas cortinas, había un centenar de personas trabajando.

Recorrió con la maleta en la mano el camino de grava entre los oscuros macizos de rododendros, en dirección a la garita del centinela, consciente de que resultaba un tanto absurdo irse a la guerra así. Pese a los años que llevaba en la WAAF, jamás había subido a un avión y no digamos volado en uno. Ni siquiera había estado en el extranjero, a menos que contara el viaje a París con el colegio en 1937. De ahí que la embargara un gran sentimiento de euforia, como si acabara de salir de la cárcel. Después de todo, ¿en qué había consistido su vida hasta ahora? Un pueblo remoto de Dorset compuesto de viejas casas de piedra amarilla, una cabaña con el tejado de paja compartida con su madre y su hermana menor, las monjas que enseñaban en el Convento de Nuestra Señora, una universidad femenina en Cambridge y, por último, la reclusión en Danesfield House.

A sus veinticuatro años solo había tenido un amante aparte de Mike, un piloto de su edad que había conocido durante una sesión informativa de Fase Uno en la RAF Benson, una relación que apenas había durado un mes antes de que lo destinaran a Escocia. Los dos eran vírgenes entonces. En algunos aspectos él era aún más inmaduro que ella. Pero las descripciones de sus misiones de reconocimiento en solitario a bordo de un Spitfire sin calefacción —envuelto en dos jerséis, una cazadora de cuero, dos pares de calcetines y guantes con doble capa; atravesando sobre el mar del Norte la tropopausa hasta la estratosfera azul marino, donde la temperatura era de setenta bajo cero; los cristales de escarcha formándose en la cubierta de metacrilato y los carámbanos en la diminuta cabina de mando titilando con la intensa luz del sol; el pánico a que el oxígeno fallara y perdiera el conocimiento; conectando la cámara y dando vueltas en el escaso aire doce kilómetros por encima de Berlín (tan arriba que podía ver la costa del mar Báltico y la curvatura de la tierra)—, sus experiencias vitales, en definitiva, superaban de tal forma todo lo que ella pudiera imaginar que no podía evitar comparar con tristeza la existencia del piloto con su insignificante vida.

Frente a la verja principal aguardaba una camioneta Bedford con el motor en marcha y la calefacción al máximo. El hombre al volante estaba bebiendo de un termo. Kay le preguntó:

—¿Me está esperando a mí?

La noche previa, el cabo de la garita había consultado la hoja de horarios y le había dicho que estaba seguro de que podía conseguirle un transporte: un conductor tenía que hacer una entrega a primera hora en el cuartel general del Mando de Bombardeo de High Wycombe antes de dirigirse al Ministerio del Aire. «La dejará en Northolt a tiempo, señora; no se preocupe».

—Sí, señora. Buenos días. Suba.

Era un hombre de Cockney maduro y alegre. Kay no podía verle bien el rostro. Le hizo sitio delante, a su lado.

—¿Té?

—Si es tan amable.

El conductor llenó de nuevo la taza. Kay contuvo un impulso remilgado de limpiar el canto. No sabía demasiado a té. Estaba aguado, endulzado con sacarina y hecho con leche en polvo. Aun así, lo agradecía, y cuando el hombre le ofreció un cigarrillo, también aceptó, aunque en realidad no fumara. Se sentó con la maleta en las rodillas, tratando de no toser, mirando por el parabrisas la desierta carretera mientras la camioneta subía por el bosque, con la caja de cambios chirriando, en dirección a High Wycombe. El hombre parloteaba y ella hacía ver que escuchaba.

—Eso es —decía—. Desde luego.

Era como viajar en un taxi londinense. Terminó el cigarro, bajó el cristal y arrojó la colilla. Diez minutos más tarde entraban en la falsa aldea de Buckinghamshire que ocultaba el cuartel general del Mando de Bombardeo, con su mansión y su campanario de mentira.

—No tardo nada —dijo el conductor.

Kay aguardó mientras él entregaba una caja de fotografías. En la penumbra alcanzó a distinguir el edificio donde el verano previo había informado a los proyectistas sobre Peenemünde. Habían construido un modelo a escala basándose en su análisis de las fotografías: la central eléctrica y la planta de oxígeno líquido en la parte oeste de la isla, la zona principal para lanzamientos de prueba, los talleres experimentales y la fábrica en el este. Se habían mostrado especialmente interesados en el complejo residencial, con su escuela, su sala de reuniones y sus barracones, y cuando ella preguntó por qué, un joven serio y formal con pinta de vicario respondió que tenían planeado atacar de madrugada, cuando los científicos y técnicos todavía durmieran, para poder matar al máximo de ellos posible.

—Vamos a por el personal tanto como a por las instalaciones.

El ataque se había organizado para la noche de luna llena de agosto. Medmenham había recibido el aviso una hora antes de que la flota aérea despegara: seiscientos bombarderos de gran carga, más de cuatro mil tripulantes, dos mil toneladas de explosivos. No se le informó a ningún miembro de la tripulación del verdadero motivo para atacar un objetivo del que nunca habían oído hablar. Kay se había sentado frente al Támesis mientras el sol descendía y la luna se elevaba, y se había imaginado los Lancaster sobrevolando el mar del Norte en estrecha formación. Mike le contaría después que cuarenta aviones no habían regresado. Cuando, al día siguiente, la sección de Dorothy Garrod analizó las fotografías de reconocimiento tras el ataque, para su decepción muchas de las instalaciones de pruebas habían quedado indemnes, pero las casas y los dormitorios semejaban, a través del visor de Kay, las ruinas de Pompeya.

El conductor regresó de su recado. Kay cerró los ojos e hizo ver que dormitaba para desalentar su conversación, pero transcurridos unos minutos la farsa se convirtió en realidad y no despertó hasta que la camioneta se detuvo de golpe y oyó voces. Abrió los ojos.

El día había amanecido a regañadientes sobre los campos desnutridos de las afueras de la ciudad. Al otro lado de la elevada valla metálica podía divisar, en la luz grisácea, las siluetas de hangares para aviones y una torre de control. Detrás, en Western Avenue, un rumor de tráfico matutino se dirigía al centro de Londres. El conductor tenía la ventanilla bajada y estaba hablando con un policía de la RAF que sostenía una tablilla. El policía se inclinó hacia la cabina y pidió la documentación de Kay. La examinó y pasó algunas páginas sobre su tablilla. Parecía estar llevándole mucho tiempo —demasiado— y a Kay se le pasó por la cabeza que la farragosa burocracia del Ministerio del Aire podría frustrar sus planes incluso en el último minuto.

—Todo en regla, señora. —El policía le devolvió los documentos—. Yo mismo la acompañaré.

—Gracias por traerme —dijo Kay al conductor—. Y por el té. Y por el cigarrillo.

Se apeó de la camioneta y siguió al agente hasta la base aérea. Nunca antes había estado en Northolt, pero se semejaba sobremanera a Benson: la misma brisa corriendo por la amplia planicie, el penetrante olor dulzón del combustible de aviación, los bajos edificios feos e impersonales, una sensación de transitoriedad hecha permanente, el característico restallido de los Spitfire al despegar y aterrizar. Después del hablador conductor de Cockney, agradecía la taciturnidad del policía. Rodearon el edificio de la administración, dejaron atrás parterres de flores vacíos separados del camino de asfalto por piedras enjalbegadas, cruzaron una puerta estrecha y recorrieron un largo pasillo en penumbra hasta una sala de espera con sillas de madera arrimadas a las paredes desnudas y una ventana con marco de acero junto a una puerta, que daba a un aparcamiento de hormigón. La tripulación de tierra estaba llenando de combustible un enorme avión de transporte bimotor. Lo reconoció por las ilustraciones de Medmenham. Un Dakota. A lo lejos divisó una docena de Spitfire estacionados en fila.

Se detuvo frente a la ventana para observar los preparativos. Pintado del azul grisáceo de la RAF, un Morris 8 oficial rodeó el aparcamiento y se detuvo delante del avión. Del asiento de atrás bajó la figura de director de banco del comandante de ala Knowsley. Contempló el Dakota y tiró nerviosamente de su guerrera para alisarla. Por el otro lado se apeó una mujer alta y delgada de mediana edad, con el uniforme de la WAAF y los dos galones de oficial de vuelo en la manga, un rango por encima del de Kay. El chófer procedió a sacar del maletero varias cajas de madera y dos tubos largos que parecían gráficos enrollados. Delante del Morris se detuvo un autobús. Una sargento WAAF de rostro rubicundo bajó del mismo, seguida de media docena de mujeres veinteañeras de aspecto jovial acarreando sus maletas. Después de ellas aparecieron las oficiales de sección. Kay contó siete en total. Las observó con inquietud. Nunca se le había dado bien sumarse a una pandilla, y aún menos si esta ya estaba formada. Por la manera en que reían juntas le recordó a un equipo de lacrosse estudiantil camino de un partido fuera de casa. Agarró su maleta y salió al aparcamiento.

Nadie se fijó en ella. Las WAAF ya estaban haciendo cola para subir al avión. La oficial de vuelo delgada se hallaba supervisando a la tripulación de tierra, que estaba cargando las cajas en la sección de cola. Knowsley estaba de espaldas, hablando con el piloto. Kay esperó a que terminara su conversación.

—¿Comandante de ala?

Knowsley se dio la vuelta y la miró confuso a través de sus gruesas gafas.

Kay se cuadró.

—Oficial de sección Caton-Walsh, señor.

El reconocimiento se extendió por el semblante del comandante de ala.

—Por supuesto. Usted estaba en el Ministerio del Aire. —Le devolvió el saludo—. ¡Cicely! —llamó a la oficial de vuelo—. Esta es su nueva recluta.

La mujer pareció irritada por la interrupción. Se acercó con expresión ceñuda. Kay se puso firme. Tenía un rostro duro, grave, inteligente.

—La oficial de vuelo Sitwell es nuestra observadora científica —le explicó Knowsley—. Le presento a la oficial de sección Caton-Walsh, de Medmenham.

La mujer la miró de arriba abajo con escepticismo.

—Medmenham. Entonces ¿sabe utilizar una regla de cálculo?

—Sí, señora.

—¿Logaritmos?

—Sí.

—¿Posee nociones de matemáticas?

—Algunas.
—¿Ha oído hablar de Euler?
—No, señora. —Kay lamentó de inmediato su respuesta.
—¿Jacobi? ¿Legendre?
Negó con la cabeza.
—¿El teorema de la curva balística?
—No.
—¡Pues no sé de qué nociones me habla! —suspiró Sitwell—. En fin, imagino que no es usted peor que las demás. Será mejor que suba.
—Sí, señora. Gracias. —Kay se cuadró.
La puerta estaba justo detrás del ala. Sintiéndose vagamente humillada, subió los escalones e introdujo la cabeza en la oscura y abarrotada cabina. Había diez asientos a cada lado, colocados frente a frente. La mayoría estaban ocupados por miembros de la WAAF. Había un par de oficiales del ejército. Detrás de los asientos, unas ventanillas cuadradas dejaban pasar la débil luz de la mañana. Todo el mundo tenía el equipaje a los pies. Avanzó con timidez por el centro del fuselaje hasta que encontró un asiento libre a la izquierda, cerca de la cabecera del avión.
—¿Puedo?
—Sí, señora.
La sargento WAAF se movió lo justo para que pudiera escurrirse en el asiento y miró de forma deliberada hacia otro lado. Kay saludó con una sonrisa a las demás mujeres. Nadie la miró a los ojos, ni oficiales ni sargentos. Al parecer era impopular antes de haber empezado siquiera. «Al cuerno con ellas —pensó súbitamente irritada—, y al cuerno con ese viejo palo de escoba que está al mando». Tiró de las dos mitades de su cinturón de seguridad de debajo de la WAAF que tenía a cada lado y las cerró.
La oficial de vuelo Sitwell entró en la cabina por la puerta del fondo seguida del comandante de ala. Ocuparon los últimos dos asientos. Un miembro de la tripulación de tierra guardó la

escalerilla y cerró la puerta. Los motores se pusieron en marcha. Las hélices cercenaron el aire. El rugido ganó fuerza y con un bandazo el avión empezó a rodar por el aparcamiento hasta la pista de despegue.

Había demasiado ruido para hablar. Los pasajeros mantenían la mirada al frente. Kay podía notar la tensión. El índice de accidentes en esos vuelos era tristemente célebre. Siempre existía la posibilidad, incluso en esa fase de la guerra, de toparse con un caza descarriado de la Luftwaffe. La WAAF que tenía enfrente estaba moviendo los labios y Kay cayó en la cuenta de que rezaba. Contrita, apartó la vista para mirar por la ventanilla. Sintió que su propia angustia le oprimía el pecho e intentó concentrarse en el despegue. De modo que era eso: la pausa al comienzo de la pista, la aceleración súbita que te arrancaba del asiento, los edificios y los árboles pasando a toda velocidad y, a continuación, la sensación de desaceleración mientras el paisaje caía y tu estómago parecía caer con él. Temblando y crujiendo, el Dakota viró hacia el este. Kay podía ver el tráfico de Western Avenue y los tejados rojos de las casas. Luego, con excesiva rapidez, velos de nubes cubrieron la ventana y la tierra desapareció.

Parecían estar ascendiendo demasiado verticalmente para la potencia de los motores. La cabina rebotaba y traqueteaba. La WAAF que había estado rezando empezó a llorar. Kay se agarró a los bordes de su asiento. Era como si estuvieran dentro de un submarino que luchaba por subir a la superficie. Después de un rato que se le antojó interminable, pero que quizá no duró más de dos o tres minutos, atravesaron las nubes y la cabina se llenó de sol. El Dakota se estabilizó. Volando a su lado, a unos trescientos metros de distancia, divisó un Spitfire. El caza mantenía la misma trayectoria y altitud. Por la ventanilla opuesta podía ver otro. Seguramente estaban escoltando al Dakota. O alguien importante, a quien no había reconocido, viajaba a bordo o era por la unidad de la WAAF.

Una vez que todos los pasajeros repararon en la presencia

de los Spitfire, la tensión disminuyó. La WAAF dejó de llorar. Kay buscó un pañuelo en sus bolsillos, se desabrochó el cinturón de seguridad y se inclinó hacia ella para ofrecérselo. La sargento la miró agradecida.

—Gracias, señora. —Se secó los ojos y le tendió el pañuelo.

Kay no lo aceptó.

—Quédeselo por el momento. Por cierto, soy Kay Caton-Walsh.

—Ada Ramshaw, señora.

—¿Dónde estaba antes?

—En la sala de filtrado de Stanmore. ¿Sabe adónde vamos, señora?

—A Bélgica, creo.

El Dakota sufrió una sacudida que la levantó del asiento. Se abrochó de nuevo el cinturón. Durante los quince minutos siguientes el avión los zarandeó como en una atracción de feria. Un par de asientos a su derecha, uno de los soldados vomitó sobre su equipaje y el hedor invadió rápidamente la cabina. Kay sintió que se le revolvía el estómago. Se llevó la mano a la nariz y se giró de nuevo hacia la ventanilla. Las nubes formaban un mar de espuma bajo sus pies. Se preguntó si ya habrían dejado atrás la costa inglesa. Trató de visualizar uno de los mapas de Medmenham. Una trayectoria en línea recta hasta Bélgica les llevaría por el norte de Dover y cruzaría el mar del Norte hasta Ostende. ¿Cuánto era eso? ¿Doscientos cincuenta kilómetros? ¿Y cuál era la velocidad de crucero de un Dakota? ¿Unos trescientos kilómetros por hora? No debería de faltar mucho.

Fue en torno a un cuarto de hora más tarde, cuando notó por la presión en los oídos que estaban descendiendo, que un movimiento captó su atención. A lo lejos, lo que parecía un fino chorro blanco estaba elevándose como la punta de una aguja a una velocidad vertiginosa en un ángulo de unos cuarenta y cinco grados. El chorro se ensanchó y los vientos laterales lo desgarraron en algunas zonas, dejando tras de sí una estrecha nube con forma de arco partido. Kay lo observó durante unos segundos, hipnotizada, y sacudió el hombro de la antipática mujer a su izquierda.

—¡Mire! ¿Es lo que creo que es?

La sargento siguió la dirección de su mirada.

—¡Dios mío, es un maldito cohete! ¡Chicas, hay un V2!

Todas las del lado izquierdo del Dakota pegaron la cara a las ventanillas. Las del lado derecho se levantaron y se encorvaron sobre los hombros de sus compañeras para verlo mejor. El avión se inclinó y chocaron unas contra otras. La puerta de la cabina de mando se abrió de golpe. La voz de un hombre gritó:

—¡Siéntense, por lo que más quieran! ¡Están desestabilizando el avión!

Cuando la gente regresó a sus asientos, Kay se volvió hacia la ventanilla para echar un último vistazo, pero el V2 ya había desaparecido en su trayectoria hacia Londres.

9

Graf estaba dentro de una trinchera, en los bosques de Scheveningen, escudriñando el cielo con unos prismáticos, siguiendo la que calculaba era la trayectoria del cohete. Había pasado más de un minuto desde que se perdiera entre las nubes. Su columna de humo había sido normal durante el lanzamiento; a los cuatro segundos de vuelo, la maniobra de inclinación de cuarenta y siete grados se había ejecutado a la perfección. Aun así, Graf continuaba apuntando con sus binoculares hacia la dirección del quedo rumor. Los hombres del pelotón de despegue seguían agazapados en la trinchera con las manos sobre la cabeza: tras el desastre de la noche previa, nadie quería correr riesgos. Finalmente bajó los prismáticos.

—Se fue —anunció, tratando de ocultar el alivio en su voz—. El peligro ha pasado.

Los soldados se enderezaron despacio. El regimiento estaba formado por dos tipos de hombres, había observado Graf. Los cínicos veteranos del frente oriental habían visto tanta muerte que consideraban una gira por la Holanda ocupada como unas merecidas vacaciones; su prioridad ahora era sobrevivir a la guerra. Los adolescentes recién salidos de la instrucción estaban más comprometidos ideológicamente con la lucha, pero en general también más asustados. A juzgar por el número de ojos rojos y caras blancas y flojas presentes en ambos grupos esa mañana, debió de extraerse mucho metanol de los camiones cisterna durante la noche para consumo de los barracones. Graf no sabía si estaban impresionados por su exhibición de confianza, si lo consideraban un fanfarrón o si simplemente estaban resentidos con él por ser uno de los científicos que les habían endosado un arma tan poco fiable. Es probablemente las tres cosas.

Salió de la trinchera. Después del estruendo del lanzamiento todavía se notaba los oídos como si los tuviera envueltos con algodón. Tardó unos instantes en percatarse de que alguien lo llamaba. No podía ver quién era. Entonces vislumbró la cabeza del teniente Seidel asomar por la escotilla del carro de control de lanzamiento. El comandante del batallón estaba agitando el brazo.

—¡Graf!

—¿Qué?

El comandante se rodeó la boca con las manos y gritó algo ininteligible. Graf extendió las manos con una expresión de impotencia.

—No le oigo.

Seidel señaló a Graf con el dedo. El gesto parecía decirle que no se moviera de donde estaba. La cabeza del teniente desapareció.

Graf pateó el suelo con los pies y se sopló las manos. Era otra fría mañana de noviembre; seca por una vez, afortunadamente, pero gélida. El bosque aparecía cubierto de escarcha salvo en la zona que rodeaba la plataforma de lanzamiento, donde el hielo se había derretido. Le echó un vistazo y luego miró hacia otro lado. No podía quitarse de la cabeza la escena en la base de lanzamiento 76, el cráter de seis metros de profundidad, el carro de control de despegue ardiendo como un horno, los restos humanos y los retazos de uniforme colgando de los abetos derribados, cual macabros adornos navideños. Doce hombres —la mitad del pelotón de despegue— habían muerto o no podían ser identificados. Graf había permanecido en la escena hasta que se llevaron al último herido. Cuando finalmente regresó a su habitación del hotel, tardó mucho en conciliar el sueño, y cuando lo hizo, soñó con Wahmke en Kummersdorf, embutido en su bata blanca de laboratorio, fumando un cigarrillo, volviéndose hacia él con una sonrisa antes de acercar el quemador de queroseno al chorro de peróxido de hidrógeno; después se descubría corriendo aterrorizado entre los árboles mientras la reventada plataforma de pruebas, con los cuerpos calcinados, y la escena en el bosque se fundían. Despertó con las manos aferradas a la manta con tanta fuerza que le dolían.

Seidel se acercó por el sotobosque balanceando los brazos para aflojar la rigidez después de su confinamiento en el carro blindado.

—Buenos días, Graf. —Con él no era necesario el saludo hitleriano—. ¿Ha dormido?

—Un poco. ¿Usted?

—¿Yo? Yo siempre duermo. ¿Se ha enterado de que el pobre Stock falleció esta mañana?

—No lo sabía. Cuando se lo llevaron aún respiraba. —La imagen apareció de golpe en su mente y Graf cerró brevemente los ojos.

—Pues el pobre hombre ha muerto. Es lo mejor que le podía pasar. Ahora tendremos que reorganizar su batallón. Huber ha convocado una reunión en el cuartel general y se requiere su asistencia.

—¿Se requiere?

—Se ordena, si lo prefiere.

—¿Con qué fin?

—Determinar qué falló, imagino.

—¿Qué falló? —repitió Graf—. ¡Lo que falló fue su insistencia en lanzar doce cohetes en un día!

—En ese caso, mi querido Graf, tendrá la oportunidad de decírselo en persona. Entretanto, Huber quiere que inspeccionemos la zona en busca de pistas. Venga, iremos en mi coche.

Echaron a andar por la carretera en dirección al coche del teniente. Tras dejar atrás el área de lanzamiento, Graf sacó una cajetilla y ofreció un cigarro a Seidel, que lo aceptó de inmediato. Se detuvieron mientras Graf los encendía. Eran un sucedáneo asqueroso, como fumar serrín. Graf dio una calada y contempló la punta brillante. No le apetecía lo más mínimo volver a la escena del accidente.

—¿Qué clase de «pistas» espera el coronel que encontremos?

Seidel le lanzó una mirada compasiva.

—Ninguna. Solo quiere cubrirse el culo cuando informe a Kammler.

Kammler era el general de las SS al mando de la ofensiva con armas V; en opinión de todos, un loco.

Graf rio a su pesar.

—Es usted un cínico, Seidel.

—Antes de la guerra ejercía de abogado. Me formaron para ser cínico.

Cinco minutos después estaban en el pequeño Kübelwagen de Seidel, con sus asientos de cubo y su flamante capota de lona, dirigiéndose a Wassenaar. Una breve extensión de bajas dunas grises que descendían hasta el mar daba paso rápidamente a los inevitables árboles. A diferencia de los bosques próximos a Scheveningen, este estaba tachonado de casas elegantes. A sus adinerados propietarios los habían desalojado dos años antes para crear una zona de seguridad de tres kilómetros a lo largo de la costa. Seidel redujo la velocidad y viró a la izquierda en dirección al mar. Se detuvieron en una garita, mostraron sus pases y prosiguieron. A un lado y otro de la carretera, las altas verjas de hierro dejaban ver los caminos de grava que la oscuridad había mantenido ocultos la noche previa. Transcurriendo entre hierba crecida y mantos de hojas sin recoger, desembocaban en imponentes casas de tejados inclinados. Algunas eran grandes como palacios. Todas parecían vacías excepto una, advirtió Graf, que tenía un coche oficial aparcado delante.

—¿Qué se cuece ahí?

Seidel redujo la velocidad y miró la verja abierta por encima de su hombro.

—Es el burdel.

—¿Me toma el pelo? Pensaba que el burdel estaba en Scheveningen.

—¡Ni se le ocurra ir allí! Ese garito sifilítico era para los hombres. Este es para los oficiales.

El teniente pisó de nuevo el acelerador. Después de la última casa había una franja de terreno abierto que, por su aspecto, podría haber sido un campo de golf antes de la guerra, y a continuación la carretera se convertía en un camino de tierra que se adentraba en un bosque de caza. Eso era lo que Graf recordaba de la noche anterior: la sensación de naturaleza salvaje. Había un letrero: ¡ÁREA RESTRINGIDA! ¡DISPARAREMOS SIN AVISAR! La barrera de seguridad estaba levantada, y la garita, vacía.

Cuando los árboles los envolvieron, Graf esperó ver indicios de actividad —hombres recogiendo objetos, despejando la zona—, pero el área de lanzamiento parecía abandonada. En el centro de la arboleda la vegetación estaba calcinada, las ramas desnudas, el suelo arrancado, las raíces asomando. Ya tenía el aspecto de un lugar fantasma. Parecía que los tocones ennegrecidos de los árboles hubieran sido bombardeados. A Graf le recordaron a las fotografías del frente occidental. Seidel detuvo el coche en medio del camino y apagó el motor. El silencio era absoluto, inalterado por los habituales trinos de los pájaros o el graznido hueco de las tórtolas.

Bajaron del coche y se dirigieron a la base de lanzamiento. Cada paso elevaba una nube de cenizas. En el aire flotaba un hedor tóxico a hollín y combustible incinerado. Había fragmentos del V2 por todas partes: la renegrida cubierta del fuselaje, trozos de tubos del motor y los depósitos de combustible, una turbobomba, boquillas de escape. Parte de una aleta estaba incrustada en el tronco de un árbol. La plataforma de lanzamiento se encontraba derretida y combada. El pesado carro de control, reventado por la explosión de la ojiva y calcinado durante el infierno subsiguiente, semejaba un escarabajo gigante tumbado boca arriba.

—Dios mío —dijo Seidel—. ¿Qué ocurrió? ¿Usted lo vio?

—Solo de lejos —respondió Graf—. Tuve suerte. —Se instó a concentrarse en los objetos grandes y evitar todo lo que fuera más pequeño. Su imaginación se encogía al pensar en lo que podría ver si miraba con demasiada atención o en lo que podrían estar pisando—. El cohete apenas se elevó por encima de los árboles y luego pareció perder empuje. Cayó en picado y los depósitos de combustible explotaron. Poco después estalló la ojiva. Allí. Se lo enseñaré.

Cuando llegaron al borde del cráter, Graf se llevó una mano al bolsillo, con la otra se tapó la boca y la nariz y examinó el revoltijo de tierra, raíces y fragmentos metálicos. En algunos lugares salía humo de fuegos que todavía ardían bajo la tierra.

Seidel meneó la cabeza.

—Han creado algo tremendamente destructivo, Graf.

—Lo sé. Ojalá hubiéramos dispuesto de tiempo para hacerlo más fiable.

Eran incontables las veces que había visto el cohete fallar en Peenemünde, pero por lo menos casi siempre había sido desde una distancia de seguridad de un kilómetro y el misil no iba armado con una ojiva. El motor prendía y empezaba a torcerse incluso mientras se elevaba; los giroscopios sobrecorregían y el cohete zigzagueaba en el aire como una aguja de coser. A veces se estabilizaba y desaparecía sobre el Báltico para acabar Dios sabía dónde. Otras veces estallaba en el aire, a lo lejos, como un crisantemo rojo. O rizaba el rizo y se hundía en el mar o en el bosque. O subía unas decenas de metros y permanecía erecto mientras se desplazaba tímidamente hacia un lado. O la cubierta se partía y el combustible brotaba en láminas llameantes antes de explotar. O caía cuan largo era como una doncella presa de un vahído. O simplemente permanecía sobre la plataforma de lanzamiento y explosionaba, llevándose consigo la plataforma. Oh, sí, Graf era un experto en lanzamientos fallidos.

—¿Alguna teoría? —le preguntó Seidel.

Graf se encogió de hombros.

—¿Cuántas quiere?: una soldadura defectuosa, una válvula congelada, un fallo en el motor, un cortocircuito en uno de los compartimentos de control... Tal vez se produjo una ráfaga de viento repentina y una de las aletas se enredó con la rama de un árbol. Parece ser que hubo un fallo en el control por radio y no pudieron cortar el motor a tiempo.

En una era o en un país más cuerdo, el proyecto se habría abandonado o, cuando menos, ralentizado mientras se resolvían los problemas técnicos. Pero Von Braun se había excedido en sus promesas a fin de obtener financiación, estas habían sido escuchadas y Peenemünde había crecido impulsado por su creíble e irreprimible optimismo. Para el segundo año de contienda, además de las bases de pruebas, las oficinas, los talleres y los túneles aerodinámicos, había una inmensa fábrica para la producción en masa —supuestamente la primera de tres— más grande que dos campos de fútbol juntos. Solo su construcción requirió una población de miles de personas. Había un pueblo para los ingenieros y sus familias, con un colegio y un cine. Había incluso una red ferroviaria para trasladar al personal, equipada con los mismos trenes modernos S-Bahn que Berlín, y todo por un misil que aún tenía que volar.

Seidel dijo:

—¿Por qué no camina usted en esa dirección y yo en esta? Así podremos decir que hemos inspeccionado toda la zona y largarnos de aquí cuanto antes.

Se adentró en el bosque. Graf contempló unos segundos más la fosa humeante; era como asomarse al cráter de un volcán. «Un Vesubio hecho por el hombre», pensó. Se dio la vuelta y echó a andar entre los árboles ennegrecidos. Encontró una pieza intacta. Tenía la longitud de su brazo y la forma de la pala de un remo y era de metal, pero sorprendentemente ligera: uno de los timones de grafito que controlaban el penacho del cohete. Había constituido un gran avance. Lo giró en sus manos, examinándolo con cariño. Antes de surgir la idea del grafito, habían empleado sin éxito estabilizadores de chorro hechos de aleaciones de tungsteno y molibdeno. Rememoró el día que finalmente consiguieron que el cohete volara a la perfección. Un sábado de octubre de 1942. Cuatro de la tarde. Un cielo báltico despejado y azul. Las dos tentativas anteriores de un bautismo aéreo —una en junio y otra en agosto— habían sido un fracaso humillante frente a una multitud de personas VIP, y no era una exageración afirmar que si ese tercer intento fallaba, abandonarían el programa al completo.

Graf se hallaba con Von Braun y un grupo de ingenieros y de oficiales del ejército en la azotea del edificio de ensamblaje del cohete, a dos kilómetros de la base de lanzamiento, mirando por los prismáticos el misil titilando en aquel calor inusual con el mar de fondo. Un enlace de televisión mostraba imágenes en directo en una pantalla cercana. La cuenta atrás se transmitió por altavoces instalados por todo Peenemünde. Miles de personas estaban fuera, presenciando el acontecimiento. Había un extraño desfase entre lo que podían ver en neblinoso color por sus prismáticos y en tembloroso blanco y negro por la pantalla de televisión: el destello del encendido del motor y el subsiguiente estruendo sordo cuando el sonido los alcanzó. Tras una espera angustiosa, el cohete despegó.

Una señal electrónica *doppler* transportada por los altavoces aumentó mientras el cohete se elevaba. Una voz neutra y tranquila procedió a relatar cada segundo del vuelo. A los cuatro segundos el cohete se inclinó. A los veinticinco segundos rompió la barrera del sonido y Graf contuvo la respiración. Pero no se desintegró contra la masa de aire comprimido, como habían vaticinado numerosos aerodinamicistas. A los cuarenta segundos una senda blanca apareció contra el azul del cielo y por un momento Graf tuvo el convencimiento de que había explotado. Sin embargo, no era más que su estela atravesando ya los vientos laterales. El cohete seguía volando como un diminuto punto brillante en el extremo de una lanza de vapor blanco. La señal fue desvaneciéndose conforme el cohete ascendía hacia el espacio.

Cuando la gente que abarrotaba las calles comprendió lo que acababa de suceder, un fragor de vítores y aplausos se elevó hasta la azotea. Von Braun se volvió hacia Graf y le estrechó la mano y el codo. Azules como el ardiente cielo báltico, sus ojos estaban exageradamente abiertos y con un brillo extraño. Los ojos de un visionario. Los ojos de un fanático.

—¡Lo hemos conseguido!

Esa noche, Dornberger ofreció una cena a los ingenieros al mando del proyecto. Acabaron todos borrachos. Dornberger dio un discurso grandilocuente que después imprimiría y regalaría junto con el menú; menos mal, porque nadie podía recordar lo que había dicho. Graf todavía guardaba su copia en algún lugar. Se lo sabía de memoria: «Los siguientes puntos pueden considerarse de una importancia decisiva en la historia de la tecnología. Hemos invadido el espacio con nuestro cohete y por primear vez —recuerden mis palabras— hemos utilizado el espacio como puente entre dos puntos de la tierra. Hemos demostrado que la propulsión del cohete es viable para los viajes espaciales. A la tierra, al mar y al aire puede añadirse ahora el espacio infinito como futuro medio de tráfico intercontinental. Este día, 3 de octubre de 1942, es el primero de una nueva era del transporte: la de los viajes espaciales».

Eso demostraba hasta qué punto Dornberger —el ambicioso artillero que había comenzado deseando construir una versión mejorada del cañón de París— había caído bajo el hechizo de Von Braun. Incluso Hitler había sucumbido. Von Braun y Dornberger volaron al cuartel general del Führer en Prusia oriental cargados con una filmación en 35 mm del vuelo de prueba, una carpeta llena de planos y una caja con maquetas de madera del cohete, de los vehículos de lanzamiento y de un búnker que el ejército proponía construir en la costa del Canal, que en aquel entonces era como imaginaban que emplearían el misil contra los ingleses. No hacía mucho de la derrota en Stalingrado y Hitler estaba buscando algo —lo que fuera— lo bastante grande y revolucionario para volver la guerra de nuevo en favor de Alemania; otros miles de aviones o tanques no cambiarían la situación. La hora del cohete había llegado.

—¿No estabas nervioso? —le preguntó Graf.

—¡En absoluto! Aterrizamos en medio de un gran bosque y nos llevaron a su complejo. En tu vida has visto un sistema de seguridad igual. Zonas dentro de zonas. En medio había una sala de cine muy lujosa con varias filas de asientos. Colocamos todas las maquetas sobre una mesa, cargamos la película en el proyector y esperamos su llegada. Y esperamos, y esperamos. Las horas iban pasando. Entonces alguien gritó «¡El Führer!», e hizo su entrada acompañado de Keitel, Jodl, Speer y todos sus ayudantes. Debo decir que tenía un aspecto horrible, estaba blanco como la nieve y encorvado, y su brazo izquierdo parecía tener vida propia. Cuando se sentó, tuvo que agarrarse la muñeca con la otra mano para que dejara de temblar. Se instaló en la primera fila, entre Keitel y Speer. Yo me coloqué al lado de la pantalla y dije: «Mein Führer, con su permiso, queremos informarle sobre los progresos del Waffen Prüfen Once». Acto seguido chasqueé los dedos, las luces se apagaron y pude ver cómo el Führer se iba inclinando hacia delante en su asiento, y cuando el cohete despegó, sus ojos se abrieron como platos y se le cayó la mandíbula.

»Cuando la demostración concluyó y se encendieron las luces, el Führer se quedó un rato ahí sentado, mirando la pantalla vacía, absorto en sus pensamientos. Nadie se atrevía a hablar. Entonces se levantó y estas fueron sus palabras exactas: «Caballeros, gracias. Si hubiéramos tenido esos cohetes en 1939, esta guerra jamás se habría producido. Nadie se habría atrevido a oponerse a nosotros. A partir de ahora, Europa y el mundo serán demasiado pequeños para contener una guerra.

Con estas armas, la humanidad será incapaz de soportarla». Y me concedió el título de profesor ahí mismo.

—Felicidades. ¿Y ahora qué?

—¿Ahora? —Por primera vez Von Braun se había mostrado incómodo—. Ahora quiere que construyamos diez mil.

—¡Graf! —gritó Seidel desde algún lugar entre los árboles—. ¿Ha terminado? ¿Podemos irnos?

—¡Voy!

El estabilizador de chorro era un objeto de gran belleza, perfectamente confeccionado. Pasó la mano por la suave silueta, notando las muescas estriadas que le ayudaban a dirigir el penacho del gas en llamas. Sus dedos se apartaron cubiertos del residuo negro y pegajoso de la explosión. Presa de un asco repentino, dio la espalda al cráter y arrojó el estabilizador de chorro a los arbustos calcinados.

Agazapada en el suelo lo observaba una figura.

Estaba demasiado sorprendido para reaccionar. La figura también permanecía inmóvil, delgada, una sombra no más grande que un muchacho a tres pasos de él, semioculta detrás de un árbol. Por debajo de una gorra de obrero azul marino, un par de ojos en una cara blanca lo miraban fijamente.

Pasaron varios segundos durante los cuales Graf trató de registrar esos detalles. ¿Era un superviviente del pelotón de lanzamiento en estado de shock y abandonado sin querer durante la noche? ¿Era un fantasma, incluso, aunque no creyera en ellos? Notó que se le erizaba el pelo de la cabeza. Avanzó medio paso y la aparición se metió detrás del árbol, giró sobre sus talones y echó a correr. No era un fantasma, al parecer.

—¡Seidel! —gritó—. ¡Hay alguien aquí!

Graf le fue a la zaga. Quienquiera que fuera, era veloz pero no lo bastante fuerte para abrirse paso con rapidez por los matorrales, y el ingeniero, sin perder de vista su objetivo, enseguida le dio el alcance necesario para alargar el brazo hacia su chaqueta. La primera vez se le escapó, pero la segunda lo agarró del cuello de la camisa y tiró de él hacia atrás, lo arrastró hasta el suelo, se sentó a horcajadas sobre él y le inmovilizó los brazos con las rodillas, como si fueran niños jugando. Y justamente eso era la criatura que se retorcía en el suelo, advirtió: un muchacho de rostro delicado y pequeño, de facciones angulosas. Pero cuando le quitó la gorra y vio la mata de pelo rubio, se dio cuenta de que estaba sentado sobre una joven de unos dieciocho o veinte años. Apartó el pelo para verle mejor la cara. La joven giró la cabeza y le mordió en el dedo pulgar. Graf la maldijo y retiró bruscamente la mano.

—¡Graf! ¿Dónde está? —Seidel parecía hallarse todavía a cierta distancia.

Al oír la voz de otro hombre, la joven corcoveó y se retorció impotente bajo el peso de Graf, luego se dio por vencida y yació inmóvil. Tenía los ojos clavados en los de Graf, asustados y desafiantes, como los de un animal aprisionado en una trampa.

La voz del teniente se oyó de nuevo, más cerca esta vez.

—¿Está bien, Graf? ¡Estoy aquí! —Lanzó un disparo con su pistola. El estallido retumbó en el bosque.

Graf se volvió hacia el lugar de donde provenía el disparo y luego miró a la chica. ¿Qué debía hacer? Si se la entregaba a Seidel, el oficial del ejército se vería obligado a dejarla en manos de las SS. Seguro que la fusilaban. Era poco más que una niña. La idea le resultaba intolerable. Puso el peso de su cuerpo en una pierna y luego en la otra, se levantó y se apartó con cuidado. La joven no se movió. ¿Era tonta? ¿Le había hecho daño? Le hizo una seña con la cabeza y susurró:

—¡Vete!

La muchacha se puso en pie sin decir palabra y se perdió entre los árboles.

—¡Graf!

—¡Estoy bien! ¡Quédese donde está, voy para allá!

Regresó presto por el sotobosque. El teniente se hallaba en el borde del cráter con la pistola bajada y el semblante irritado.

—¿Qué demonios ha sido eso? ¿Por qué gritaba? —Miró

por encima del hombro de Graf, como si temiera que lo hubieran seguido.

—Me pareció ver a alguien, pero estaba equivocado. Lo siento. Este sitio me pone los nervios de punta.

—Lo oí correr.

—Estaba persiguiendo una sombra.

Seidel lo miró de arriba abajo. Graf reparó por primera vez en la tierra y las hojas que llevaba enganchadas en el abrigo. Las sacudió. La mano le sangraba ligeramente por el mordisco de la joven. Tenía que dar algún tipo de explicación.

—Me caí.

—¿Se cayó? —Por el tono y por la manera en que enarcó la ceja, era evidente que el jefe de batería no le creía, pero tras una pausa devolvió la pistola a la cartuchera—. Vayámonos de aquí.

10

El Dakota estaba descendiendo muy deprisa, temblando tan violentamente en medio de la turbulencia que Kay podía ver su fuselaje retorciéndose. No había que esforzarse mucho para imaginarlo vibrando hasta romperse en pedazos. En los últimos cinco minutos otros dos pasajeros habían vomitado el desayuno. El hedor en la gélida cabina era empalagoso, ineludible, contagioso; tenía que contener sus propias náuseas cada vez que el avión corcoveaba y el cinturón del asiento se le clavaba en el estómago.

Se obligó a mirar la sucia gasa de nubes por la ventanilla que tenía enfrente. Los riachuelos de lluvia trepaban por el cristal cual gotas de sudor. Se agarró a los puntales metálicos del asiento. Con un último descenso vertiginoso que le recordó a un ascensor expreso, emergieron de la base de nubes. El color de la ventana pasó bruscamente del blanco al gris. Se volvió hacia la ventanilla que tenía detrás. Estaban sobrevolando una ciudad. Podía distinguir calles y casas de tejado rojo, varios campanarios cuadrados y, a lo lejos, un ancho río navegable con muelles y grúas y la forma de una llave de mortaja de brazo recto y paletones cortos. Conocía el característico patrón por Medmenham, de manera que cuando la sargento a su lado le preguntó:

—¿Dónde estamos, señora?

Fue capaz de responder:

—En Gante.

Kay esperaba que el avión aterrizara en un aeródromo como el de Northolt, y conforme perdían altura no cesó de buscarlo con la mirada, pero en el último momento se percató de que estaban descendiendo sobre un prado. Los árboles pasaron alarmantemente cerca y se preparó para el impacto. Golpearon el suelo una vez y volvieron a elevarse, luego lo golpearon una segunda vez y una tercera antes de dar tumbos a gran velocidad por el terreno irregular. El Dakota frenó en seco y los impulsó hacia delante. Los motores se apagaron.

—¡Señor! —farfulló uno de los oficiales del ejército—, ha sido horroroso.

Kay rio con los demás.

Jamás se había alegrado tanto de llegar a su destino como esa mañana de noviembre. Acarreando su maleta a lo largo del fuselaje, emergió de la fétida cabina al aire fresco y bajó hasta la hierba húmeda. El campo de aviación de la RAF no tenía mucha cosa: dos tiendas grandes, una cisterna de combustible, dos camiones, un coche oficial y media docena de jeeps, uno de ellos con una ametralladora instalada detrás. Pero lo emocionante para ella era justamente su primitivismo. Paseó arriba y abajo, hizo varias respiraciones profundas y apretó el zapato contra el mullido suelo. De modo que esto era Bélgica, un país ocupado por el enemigo hacía menos de tres meses. En eso había consistido todo. Esto era la guerra. El hecho de que las demás WAAF siguieran ignorándola no le molestó lo más mínimo.

Una de las oficiales de sección dio unas palmadas.

—Bien, presten atención, por favor. Como pueden ver, nuestro transporte está listo. Las sargentos viajarán en el camión. —El anuncio fue recibido por algunos gruñidos bienhumorados—. Lo siento, chicas. Las oficiales viajarán en los jeeps.

Kay cogió su maleta. Las oficiales estaban formando grupos de tres: dos irían detrás y una delante con el conductor. No quería viajar con el comandante de ala y la oficial de vuelo

Sitwell, así que aguardó al final de la cola y esperó a que alguien se compadeciera de ella. Al final dos mujeres se separaron de las demás y se acercaron a ella. Una era alta, rubia, rolliza y bonita, con un rostro ancho y abierto; la otra era más delgada, más baja, morena.

La rubia le tendió la mano.

—Hola, soy Joan Thomas.

—Kay Caton-Walsh.

—Y ella es Louie Robinson.

Les estrechó la mano.

—¿Delante o detrás? —le preguntó Joan.

—Me da igual.

—¿Qué tal si vamos nosotras detrás y tú delante?

Las dos mujeres subieron al jeep con sus maletas. Kay se instaló delante. No había mucho espacio. Tuvo que girar las rodillas hacia un lado y sujetar la maleta contra su pecho. El conductor las saludó afablemente.

—Señoritas.

Louie dijo:

—Para usted somos oficiales, soldado.

—Lo siento, señora.

El jeep con la ametralladora instalada detrás pasó junto a ellos y se situó en la cabecera del convoy. Kay dijo:

—¿Llevamos una escolta armada?

—Todavía hay algunos alemanes rondando —explicó el conductor. Puso el motor en marcha—. Mantengan los ojos bien abiertos.

La columna arrancó. Kay vislumbró los rostros pálidos de un par de sargentos mirando desde la penumbra del camión cubierto. No las envidiaba. No porque el jeep fuera mucho más cómodo. Tenía el techo de lona y estaba abierto por los costados. Se ciñó el abrigo para protegerse las rodillas del frío. Abandonaron el aeródromo dando botes, continuaron por un camino de tierra y por último doblaron a la izquierda para tomar una carretera.

Los asientos de detrás estaban más altos que los de delante. Joan se inclinó y le gritó al oído:

—¿De dónde vienes, Kay?

Kay echó la cabeza hacia atrás para responder.

—De Medmenham. ¿Deduzco que sois todas de Stanmore?

—En efecto. Sala de filtrado.

—Me siento un poco fuera de lugar.

—¡Oh, no digas eso! Somos un grupo muy simpático, ¿a que sí, Lou?

Lou soltó un gruñido.

—Me alegra saberlo —dijo Kay—. Gracias.

—De nada.

Joan se recostó contenta en su asiento. Kay vio por el retrovisor que las dos mujeres iban cogidas de la mano. «Vaya, vaya», pensó antes de devolver su atención a la carretera.

El paisaje de Flandes se extendía plano y desnudo a ambos lados, sin la protección de los setos a los que Kay estaba habituada en Inglaterra. Dejaron atrás granjas y graneros, un enorme invernadero vacío con todas las ventanas rotas, una hilera de álamos deshojados como los dientes de un peine roto. Apenas había tráfico, aparte de algún que otro viejo sobre una bicicleta tambaleante. No había nadie trabajando en los campos invernales, no había ganado. La vastedad del cielo solo servía para aplanar aún más el paisaje. Capas de nubes monocromas avanzaban desde el horizonte. Comenzó a chispear.

El primer pueblo al que llegaron parecía cerrado a cal y canto. Delante de una iglesia, junto a un elaborado monumento a los caídos de 1918 de cobre cubierto de verdín, un corrillo de niños alargaban el brazo como mendigos. Los vehículos del ejército pasaban por su lado sin reducir la velocidad. El optimismo del otoño, cuando los civiles liberados cubrían de flores los tanques británicos, parecía haber quedado muy atrás. Casas destrozadas por las bombas y el fuego de artillería habían perdido el tejado y se abrían al cielo gris. Los escaparates de las tiendas estaban vacíos. «Dios mío —pensó conmocionada Kay—, este lugar pasa hambre».

Condujeron hacia el este durante una hora. Las huellas de la guerra estaban por todas partes: camiones cisterna estacionados en un camino secundario, los cañones de una batería antiaérea asomando por encima de una empalizada de sacos de tierra, un puente de piedra desconchado por las balas y custodiado por soldados. Un campo era un paisaje lunar de agujeros perfectamente circulares inundados de agua. Se preguntó si era cierto que aún quedaban alemanes en la zona. Parecía poco probable. El frente de batalla había arrasado con ellos semanas atrás. Quizá solo fuera una historia que el conductor se había inventado para asustarlas.

En torno al mediodía vislumbró una señal para Malinas y, poco después, el convoy penetró en los aledaños de una ciudad zumbando por una angosta calle de adoquines flanqueada de casas pequeñas. Las franjas negra, amarilla y roja de la bandera belga pendían de un par de ventanas superiores. Más adelante, por encima de los tejados, asomaron los chapiteles gemelos de lo que semejaba una iglesia grande.

El camión, seguido por la columna de jeeps, llegó al final de la calle y tomó un puente bajo que se extendía sobre un amplio canal. A lo lejos, en lo que parecía un descampado que descendía hasta el borde del agua, dos grandes camionetas cuadradas de color verde aceituna, con reflectores parabólicos y antenas de radio en el techo, estaban aparcadas detrás de una alambrada. Los reflectores estaban dirigidos hacia el norte. «Hacia La Haya», supuso Kay. Se dio la vuelta para compartir su descubrimiento, pero Joan y Louie ya las habían visto.

Con el tono de una experta, Louie dijo:

—GL Mark Tres. Lo último en radares móviles.

Al final del puente, un letrero amarillo señalaba Amberes y San Nicolás a la izquierda, Heist-op-den-Berg, Lovaina y Bruselas a la derecha. Lo que Kay había confundido con una iglesia resultó ser una gigantesca puerta medieval fortificada sobre la que habían plantado, aparentemente como una ocurrencia posterior, dos feos chapiteles de pizarra negra. El convoy la rodeó, cruzó una calle ancha y agradable con grandes casas y tiendas de fachada plana y se detuvo.

Louie expresó su sorpresa desde el asiento de atrás.

—¿Es aquí?

El conductor asintió.

—Sí, señora. Cuartel general, Ala 33.

Kay había dado por hecho que el cuartel general se hallaba en medio del campo, en un caserón como Danesfield. En lugar de eso, se encontraron con una casa adosada del siglo XIX con un balcón de hierro, grande pero anodina. Se apeó del jeep y empujó el asiento hacia delante para dejar bajar a sus compañeras. Advirtió que el camión había desaparecido.

—¿Dónde están las sargentos?

—Han ido directamente a los barracones —explicó el conductor—. El cuartel general es solo para oficiales.

Joan señaló un letrero con gruesa caligrafía germánica en lo alto de la puerta: SOLDATENHEIM. Soltó una risa nerviosa.

—¡Ya sería hora de que lo bajaran!

Las WAAF procedieron a congregarse en la acera con sus maletas. Llovía más fuerte ahora. Un viejo tranvía de color crema pasó por delante, medio vacío; algunas caras curiosas se volvieron a mirarlas. El comandante de ala Knowsley puso los brazos en jarras y contempló el edificio de tres plantas. Su pequeño bigote sufrió un ligero tirón; como los bigotes de un ratón, pensó Kay. Parecía pensativo, como la tarde previa en el Ministerio del Aire: un hombre que quizá había ofrecido más de lo que podía dar y al que le gustaría no haber salido de Londres. Caminó hasta la puerta y llamó al timbre. Un sargento de la RAF acudió a abrir casi al instante.

—Bienvenido a Malinas, señor. —Se puso firme—. Lo estábamos esperando.

Kay dejó pasar primero a las demás oficiales. El sargento aguardaba en un vestíbulo poco iluminado.

—Si deja la maleta a los pies de la escalera, señora, podrá recogerla más tarde. En la primera planta la esperan una taza de té y un sándwich.

Había huellas por todas partes de los inquilinos anteriores: en los grabados a media tinta de lagos y montañas bávaros que forraban la pared de la escalera, en los letreros góticos de las puertas que daban al rellano de la primera planta: RAUCHERRAUM, ESSZIMMER, BIBLIOTHEK. Cubriendo un tablón había anuncios e instrucciones del ejército alemán. El sargento advirtió que Kay estaba examinándolos.

—Lo siento, señora. —Procedió a retirarlos—. Llevo tiempo queriendo hacerlo.

Un cabo segundo estaba sirviendo té en el amplio salón con vistas a la calle. En una mesa bajo la ventana había una lata de leche evaporada al lado de dos fuentes repletas de sándwiches de pasta de pescado y carne de sabor indistinguible. Kay se detuvo delante de la ventana con su taza y contempló la calle. Al otro lado, el camión del ejército había reaparecido y estaba aparcado enfrente de lo que parecía un banco.

—Venga, Kay —dijo Joan—, no te quedes en el rincón. Es hora de que conozcas a las demás. —La condujo asida por el brazo hasta el centro de la estancia. La conversación cesó al tiempo que cinco pares de ojos se volvían a escudriñarla—. Ellas son Joyce Handy, Barbara Colville, Gladys Hepple, Molly Astor, Flora Dewar... —Kay repetía los nombres conforme estrechaba las manos a fin de fijarlos a un rostro concreto. Todas eran de su estilo y edad; jóvenes inglesas de clase media con estudios, a excepción de Flora, que sonaba escocesa.

Barbara dijo:

—¿De modo que tú eres la chica de Medmenham?

—En efecto.

—Debes de ser bastante especial.

—¿Por qué lo dices?

—Tuvimos que dejar atrás a Evelyn para hacerte sitio a ti.

Así que ese era el motivo de su hostilidad. Ni por un momento se le había pasado por la cabeza que pudiera ser necesario expulsar a otra persona de la unidad.

—Lo siento mucho, no lo sabía.

—La muchacha se llevó un disgusto tremendo —se lamentó Flora con su acento de Aberdeen—. No le dijeron que no iba a venir hasta que estaba a punto de subir al autobús.

—¡Pobre chica! Menuda faena.

Joyce preguntó:

—¿Eres matemática, Kay?

—No.

—Pero has monitoreado la incursión de aviones enemigos, ¿no?

—Me temo que no.

—Eso demuestra entonces —dijo Barbara con una sonrisa fría como el hielo— lo importante que es tener amigos en las altas esferas. —Era irritantemente atractiva, con pómulos de modelo.

«Amigos en las altas esferas...». La insinuación quedó flotando en el aire. Las chicas lo sabían, o por lo menos les había llegado el rumor. «Si no le planto cara —pensó Kay—, estoy acabada».

Dulcemente, dijo:

—Verás, Barbara... Es Barbara, ¿no? Me pareció una misión tan glamurosa (sándwiches de pasta de pescado en Bélgica en pleno invierno) que, como es natural, decidí mover todos los hilos para conseguirla.

Dos de las chicas rieron. Molly miró atrás y dijo:

—La verdad es que están asquerosos.

Barbara frunció el entrecejo.

—Seguro que hacen lo que pueden. No todas tenemos un gusto tan refinado.

La oficial de vuelo Sitwell se acercó al grupo.

—¿Ya se van conociendo?

Sin apartar los ojos de Bárbara, Kay dijo:

—Sí, señora, mucho.

—En ese caso, lamento interrumpirlas, pero tenemos trabajo que hacer. Dejen sus maletas donde están y síganme.

Devolvieron las tazas a la mesa. Conducidas por Sitwell, abandonaron el salón, bajaron las escaleras, salieron a la calle y cruzaron la amplia calzada. Caminaban en fila de una. «Como una manada de gansos», pensó Kay. Algunos transeúntes se detuvieron a mirarlas. Una mujer mayor sonrió a Kay y ella le devolvió la sonrisa.

El banco, como la casa, era del siglo XIX, con una fachada de densa piedra gris. Un soldado custodiaba la entrada.

Entraron detrás de la oficial de vuelo y se detuvieron sobre el lustroso suelo de madera, delante del mostrador de los cajeros. Había mucho polvo y el aire olía a rancio. Daba la impresión de que el banco llevaba años sin utilizarse.

—Cierren la puerta —dijo la oficial de vuelo Sitwell. Aguardó unos instantes—. Bien, a partir de ahora, cada vez que entren en este edificio deberán enseñar su documento de identidad para asegurarnos de que no se lo han dejado.

Levantó una sección del mostrador de caoba y abrió la puerta baja. Una de las ventanas estaba abierta para dejar pasar un racimo de cables eléctricos que transcurría junto al zócalo. Las furgonetas radar móviles se divisaban a cierta distancia. Las mujeres siguieron a la oficial de vuelo entre las hileras de mesas vacías y bajaron por una escalera hasta la cámara acorazada. La puerta de una caja fuerte gigante, forrada de pequeñas cajas de seguridad, estaba abierta. En la tenue luz, bajo un techo de escasa altura, las sargentos estaban en pleno trabajo moviendo mesas para crear un espacio de trabajo en el centro, instalando lámparas de estudio, colocando sillas con ruedas, colgando gráficos, subiendo una pizarra a un caballete y sacando cestas de alambre, papel cuadriculado, reglas de cálculo y libros de logaritmos. El comandante de ala Knowsley se hallaba en un rincón, sentado a una mesa con tres teléfonos delante. Soldados del cuerpo de transmisiones estaban desenrollando cables en torno a sus pies.

La oficial de vuelo Sitwell dijo:

—Acérquense, señoritas. —Esperó a que obedecieran—. Este es el lugar donde trabajarán a partir de ahora. Informaremos directamente desde aquí al Grupo 11 de la sala de filtrado. Los GL Mark Tres estacionados entre este edificio y el canal forman parte de un destacamento operado por una unidad informante anticipada móvil nueva. La 105 MARU dará el aviso en cuanto detecte el lanzamiento de un V2. El equipo de vigilancia, integrado por dos oficiales, trazará las primeras coordenadas de su trayectoria, tal como practicamos en Inglaterra. Además del radar, habrá datos de respaldo procedentes de los espejos acústicos parabólicos, pero deberán tomarlos como una referencia secundaria más que primaria. En caso de duda, utilicen las lecturas del radar.

»En cuanto Stanmore tenga las coordinadas del punto de impacto confirmadas, será tarea de ustedes extrapolar la curva parabólica de vuelta al punto de lanzamiento. Cada oficial trabajará de forma individual y luego cotejará sus hallazgos con su compañera de equipo. En caso de discrepancias, volverán a comprobar los cálculos, ya sea conmigo o con el comandante de ala Knowsley, hasta que demos con el resultado correcto. A continuación, el equipo B, formado por dos sargentos, convertirá los datos a coordenadas cartográficas, las cuales serán igualmente cotejadas antes de enviarlas por radio al Mando de Caza».

»Nuestro objetivo es completar los cálculos en los seis minutos siguientes a la recepción de todos los datos. Es el intervalo óptimo para permitir a nuestros bombarderos sobrevolar los objetivos antes de que el enemigo tenga tiempo de desmontar completamente su equipo. Cada segundo es oro. ¿Alguna pregunta hasta el momento?

El perfil anguloso de Sitwell giró como una torreta de ametralladora en torno al círculo de oficiales WAAF. Louie Robinson levantó la mano.

—¿Cuándo empezaremos, señora?

—Mañana por la mañana, a las ocho en punto. Nos llevará hasta entonces montar y poner en marcha el sistema. Se dividirán en cuatro grupos de vigilancia formados por dos oficiales. Cada pareja hará un turno de seis horas. Obviamente nuestros aviones solo pueden atacar las bases de lanzamiento a la luz del día, de modo que se dará prioridad a los dos primeros turnos, pero no se desanimen si las pongo en los turnos de noche; de acuerdo con la resistencia holandesa, los alemanes regresan a las mismas bases de lanzamiento y las utilizan de nuevo, de manera que lo que hagamos durante la noche proporcionará objetivos para atacarlos más tarde.

—¿Dónde nos alojaremos cuando no estemos trabajando? —preguntó Barbara.

—Me temo que en el cuartel general no hay espacio para dormir, aunque podrán pasar allí sus horas de descanso. También se servirán comidas. Además, por razones de seguridad, preferimos que estén repartidas en vez de congregarse en un único lugar. Se han hecho los arreglos necesarios para que cada una de ustedes se hospede con una familia de la ciudad y pueda acudir al cuartel general a pie. No me cansaré de subrayar que el trabajo que van a realizar aquí es absolutamente secreto. No hablen con nadie. Repito, no hablen con nadie de las razones por las que están en Malinas. Recuerden que los alemanes pasaron aquí más de cuatro años y solo hace dos meses que se marcharon. No tenemos garantizada la lealtad de la población local. Desconfíen de los desconocidos, por amables que se muestren, y sean especialmente precavidas durante el trayecto entre el cuartel general y su alojamiento. Comandante de ala, ¿le gustaría añadir algo?

Knowsley estaba hablando por uno de los teléfonos.

—¿Hola? ¿Hola? ¿Puede oírme? —Sacudió el auricular y lo fulminó con la mirada. Miró a las oficiales de la WAAF—. ¡Maldito trasto! —Estampó el auricular contra su soporte y rodeó su mesa.

Los mapas que Kay había visto cargar en Northolt aparecían ahora sujetos a grandes tablones de corcho que pendían de la pared situada junto a la caja fuerte. Uno de ellos mostraba Londres y la esquina sureste de Inglaterra; otro comprendía la costa desde Ostende hasta Ámsterdam y el territorio en dirección sur hasta Bruselas; un tercero abarcaba el sureste de Inglaterra y el mar del Norte hasta la costa holandesa. El cuarto —que Kay conocía bien por Medmenham— era una carta a gran escala de Holanda desde Hoek van Holland hasta Katwijk aan Zee.

Knowsley cogió una caja de alfileres de colores.

—Bien, nosotros estamos aquí —dijo, clavando un alfiler rojo en Malinas—, y los V2 vienen de algún lugar de por aquí. —Puso un alfiler en La Haya—. Eso es una distancia de unos cien kilómetros. Como pueden ver, estamos a solo veintisiete kilómetros al sur del puerto de Amberes, que es la única ciudad aparte de Londres que en la actualidad recibe ataques de los V2. Ambas ciudades soportan aproximadamente el mismo número de misiles. Por el momento, estamos concentrándonos en los ataques contra Londres, pero nuestro objetivo en las próximas dos semanas es extender nuestra cobertura para incluir las bases de lanzamiento que apuntan a Amberes. Por tanto, aunque aquí las calles parecen tranquilas, nunca olviden que estamos en un campo de batalla, que es la razón por la que nos encontramos debajo del suelo, en una cámara acorazada, y por la que estarán repartidas por la ciudad cuando no estén de servicio. Nos hallamos ante una nueva clase de guerra (la guerra del futuro, me atrevería a decir) y estamos probando algo nuevo como parte de la lucha. El primer cohete golpeará Londres dentro de cinco minutos. Tienen seis minutos para detener el segundo cohete. Quiero que se vuelquen en esto. Mucha gente depende de ustedes. ¿Entendido? —El comandante de ala paseó la mirada por el grupo asintiendo vagamente, como si se avergonzara de su dramatismo—. Bien, adelante. —Regresó a su mesa y sus teléfonos silenciosos con patente alivio.

Sitwell dijo:

—Que cada una busque un asiento.

Kay ocupó una de las ocho sillas que rodeaban las mesas agrupadas en el centro de la estancia. En cada puesto había una regla de cálculo, un cuaderno de tablas logarítmicas, papel cuadriculado, una libreta y dos lápices. En la pizarra, la oficial de vuelo estaba escribiendo algo con la tiza. Se hizo a un lado para que pudieran verlo.

$$y = ax^2 + bx + c$$

—Empezaremos por lo básico. —Paseó la mirada por la mesa. Sus ojos se detuvieron en Kay—. La chica nueva, ¿qué es esto?

Kay notó que se le secaba la boca. Decidió arriesgarse.

—Es la fórmula para calcular una curva parabólica, señora.

—Gracias a Dios —dijo Sitwell—. Aunque habría que ser bastante lerda para no llegar a esa conclusión teniendo en cuenta por qué estamos aquí. —Se puso a escribir de nuevo con movimientos secos que enviaban polvo de tiza al suelo.

—Veamos si puede decirme... Si la ecuación es esta... —señaló la pizarra:

$$f(x) = 2x^2 + 8x$$

—... ¿cuáles son los valores de *a*, *b* y *c*?

Miró de nuevo a Kay. La oficial de vuelo tenía un brillo sádico en los ojos que le recordó a la hermana Angela, una de las monjas que le había enseñado álgebra en el colegio y que le pegaba en la mano con la regla cada vez que cometía un error. Durante unos segundos interminables el pánico le nubló la mente, hasta que los años con la hermana Angela y los días y las noches en la sala de Fase Tres de Medmenham acudieron en su rescate.

—Yo diría... que *a* es igual a dos... *b* es igual a ocho... y *c* es igual... —titubeó antes de añadir—: ¿Cero?

—Felicidades. —Sitwell parecía ligeramente decepcionada—. Ha aprobado su examen de ingreso. —Limpió la pizarra—. Ahora, señoritas, nos pondremos seriamente con la trigonometría.

Trabajaron toda la tarde. Durante una hora practicaron las operaciones algebraicas necesarias para calcular una curva parabólica. A continuación la oficial de vuelo sacó un cronómetro y anunció que pasarían a los simulacros. Anotó en la pizarra una serie imaginaria de altitudes y velocidades proporcionadas por una unidad de radar, esperó cinco minutos y, seguidamente, les dio las coordenadas del lanzamiento-caída del misil.

—¡Adelante! —Puso en marcha el cronómetro.

La secuencia de cálculos requería trazar la altitud y la distancia, descubrir el ápice de la curva, calcular la posición del lanzamiento convirtiendo la distancia en millas y, a continuación, localizar el origen del arco sobre el mapa a gran escala y proporcionar las coordenadas cartográficas. Todo ello exigía tal nivel de concentración que a Kay le daba vueltas la cabeza. La regla de cálculo resbalaba en sus manos sudadas.

—¡Seis minutos! —ladró la oficial de vuelo—. ¡Ya deberían haber terminado! —Y luego—: ¡Diez minutos! ¡Vamos, señoritas! ¡Si no espabilan, esos desgraciados alemanes estarán fuera del bosque y de vuelta en la cantina bebiendo cerveza!

Se paseó por detrás de las chicas, tan cerca que Kay podía oír el rápido tictac del cronómetro. Finalmente, la gafuda Joyce Handy levantó la mano.

—¡Lo tengo, señora!

La oficial de vuelo detuvo el cronómetro.

—Doce minutos y ocho segundos. ¡Un desastre! —Se inclinó para comprobar los cálculos de Joyce. Las demás WAAF alargaron el cuello. Se volvió rauda hacia ellas—. ¡Sigan con lo suyo, aleladas! Continúen hasta que todas lo hayan sacado.

—Reinició el cronómetro con un clic furibundo. Kay bajó de nuevo la cabeza.

Una a una fueron terminando y levantando la mano. Kay fue la cuarta. Agotada, se recostó en la silla mientras Sitwell recogía su hoja. Barbara, observó complacida, acabó la última. La teniente de vuelo revisó las respuestas.

—Bueno, por lo menos lo han resuelto todas, al final. —Suavizó el tono—. Buen trabajo pero lento, ¡demasiado lento! Recuerden que los pilotos estarán arriesgando la vida a partir de lo que ustedes hagan. Imaginen que es su hermano o su novio el que está en esa cabina. Por su bien, no los envíen a una misión peligrosa e inútil porque no han sido capaces de hacer su parte a tiempo. —Rasgó las hojas y las arrojó a la papelera—. Bien, vamos a repetirlo.

Esa segunda vez fue mejor —diez minutos y medio— y Kay fue la primera en terminar el tercer simulacro, en ocho minutos y dos segundos. Sitwell les facilitó en dos ocasiones unas coordenadas falsas y dejó que se esforzaran por encontrarles sentido antes de detenerlas.

—Si los datos son claramente erróneos, por lo que más quieran, díganlo de inmediato para que podamos pedirles a Stanmore y a la MARU que los comprueben.

Para su sorpresa, Kay se dio cuenta de que estaba disfrutando. Encontraba placer en la absorción mental, en hacer aparecer arcos y puntos en el mapa a partir de lo que parecían números aleatorios. Y encontraba liberador no poder pensar en nada más. Perdió la noción del tiempo y del lugar y casi se llevó una decepción cuando la oficial de vuelo anunció que habían terminado el último ejercicio práctico con el mejor tiempo del día: seis minutos y quince segundos.

—Tómense un descanso, señoritas, mientras delibero con el comandante de ala.

Kay empujó su silla hacia atrás y se levantó. Tenía el cuello y los hombros agarrotados por la tensión. Giró la cabeza hacia los lados. Notaba un dolor gratificante en una zona específica de su cerebro que asoció al esfuerzo mental. No se había sentido así desde sus exámenes finales en Cambridge. Joan dijo:

—Buen trabajo, Kay. ¿Te apetece fumar?

—Me apetece que me dé el aire.

—Pues vamos.

—¿Crees que podemos?

—¿Por qué no? Preguntémoslo. —Joan se acercó a Sitwell, que estaba hablando con el comandante de ala—. Señora, ¿podemos salir unos minutos a la calle?

—De acuerdo, pero no se alejen demasiado.

Subieron las escaleras. Mientras estaban en la cámara acorazada, la luz natural había desaparecido. Fuera caía una lluvia fina. Las diminutas gotas giraban como volutas de humo bajo la luz de la farola. En algunas ventanas del cuartel general situado al otro lado de la calle había luz. Joan encendió un cigarrillo. Kay se detuvo en mitad de la acera, se quitó la gorra y dejó que la lluvia le refrescara la cabeza. Podía oír las voces de algunas de sus compañeras emergiendo detrás de ellas y hablando en murmullos. Bostezó y tardó un instante en cubrirse la boca.

—Lo siento, creo que nunca he estado tan cansada.

—Yo lo llamo la jaqueca de final de turno. —Joan dio una calada a su cigarrillo y la punta brilló—. ¿Qué hacías antes de la guerra, Kay, si no es mucho preguntar?

—Estudiaba. Me reclutaron cuando estaba en la universidad. ¿Y tú?

—Yo trabajaba en una agencia de corredores de bolsa de la City.

—¿Cuándo ingresaste en la WAAF?

—En 1940, justo antes de la batalla de Inglaterra. Jamás imaginé que acabaría aquí.

Kay estaba demasiado fatigada para hablar. Se alisó el pelo húmedo y se puso la gorra. Pensó en los soldados alemanes que había en los bosques situados a cien kilómetros de allí. En Medmenham no habían sido capaces de averiguar cómo lanzaban los V2. En julio habían revisado la antigua cobertura de Peenemünde al completo en busca de alguna pista. Detrás de una de las gigantescas excavaciones elípticas había una franja de costa con forma de abanico, completamente desnuda, que creían era la base de lanzamiento. Kay la había observado largo rato antes de caer en la cuenta de algo obvio. Llamó a Starr.

—Mire esto, señor.

El hombre se inclinó y le puso la mano en el hombro.

—¿Qué ocurre?

—No hay vías de tren.

—¿Y?

—Eso significa que pueden acercar los cohetes por carretera. En cuyo caso, no necesitan un búnker especial desde donde lanzarlos. Cualquier trozo de hormigón o asfalto viejo puede servir.

A menudo, lo más difícil de encontrar era lo que tenías justo delante.

Una de las otras WAAF se acercó.

—¿Me das un cigarrillo, Joan? Luego te lo devuelvo. —Era Barbara. Miró a Kay—. Parece que lo has pillado deprisa.

—A saber por qué. Supongo que hay muchas matemáticas en lo que hacemos en Medmenham.

Barbara se colocó el cigarrillo entre los labios y musitó:

—Perdona por lo desagradable que estuve antes.

—No pasa nada.

Flora Dewar apareció detrás de ellas.

—La oficial de vuelo Sitwell quiere que bajemos de inmediato.

Barbara devolvió el cigarrillo sin encender.

—Maldita Sitwell.

Regresaron a la cámara acorazada y ocuparon sus asientos alrededor de la mesa central. Kay intercambió saludos con algunas compañeras. Joyce, Gladys, Molly... Esa era la mejor parte de la guerra, la facilidad con que se hacían amigas. Así había ocurrido desde el primer día de su formación básica.

Mujeres con las que normalmente no habría pasado ni cinco minutos acababan siendo como de la familia. La adversidad cultivaba la intimidad. Ya empezaba a sentir que hacía años que las conocía.

La oficial de vuelo Sitwell estaba limpiando la pizarra. Tras borrar la última operación, se volvió hacia ellas.

—Seguiremos el mismo patrón de turnos que en Inglaterra. Y hemos formado las siguientes parejas. —Cogió una hoja de la mesa—. La oficial de sección Colville y la oficial de Sección Caton-Walsh harán el primer turno, empezando mañana por la mañana a las ocho. —Kay se volvió hacia Barbara, pero esta mantuvo la mirada al frente—. Las oficiales de sección Robinson y Dewar harán el segundo turno, a las catorce horas. Las oficiales de sección Hepple y Astor harán el tercero, a las veinte horas. Me temo que eso significa que a las oficiales de sección Handy y Thomas les toca la franja de madrugada, de las dos a las ocho.

»Si tienen preguntas, quédense, por favor. De lo contrario, pueden volver al cuartel general. Desde allí las trasladarán a sus alojamientos. Cada una recibirá una pequeña cantidad de comida que regalará a la mujer de la casa en la que se hospeden. Recuerden, por favor, que muchos civiles en Bélgica están al borde de la hambruna. No dudo de que también ustedes pasan hambre, pero sean discretas y coman con moderación. Les ruego que se lleven su regla de cálculo y sus tablas de logaritmos y practiquen y practiquen hasta que puedan realizar los cálculos dormidas. Hasta mañana.

Las tardes en Flandes eran oscuras, húmedas y silenciosas. Kay viajaba en el asiento delantero del jeep y la maleta y la pequeña caja de comida iban detrás. Le habían dado un nombre —doctor Maarten Vermeulen— y una dirección, eso era todo. Nada más abandonar el cuartel general se hizo patente que el conductor no conocía el camino. Tenía un mapa pequeño trazado a mano, y de vez en cuando se detenía y Kay tenía que bajar para intentar leer el nombre de la calle. Cruzaron una plaza vacía y un puente. Una farola se reflejaba débilmente en las oscuras aguas. En algunas casas de una calle ancha y desierta se veía luz detrás de gruesas cortinas. Era la parte antigua de la ciudad, eso sí podía verlo. Los altos edificios, con sus lisas fachadas de ladrillo y sus elaboradas ventanas le traían vagos recuerdos de pinturas flamencas. No le habría sorprendido ver a un sereno con un farol.

Después de retroceder un par de veces y pasar en dos ocasiones junto a la misma iglesia, el jeep se metió por una callejuela empedrada con altos muros de ladrillo a ambos lados en los que se insertaban puertas de madera antiguas y pesadas. Detrás de cada muro se elevaba la silueta de una casa. El conductor frenó, alumbró con su linterna el mapa y seguidamente el número de la casa y anunció que habían llegado.

—¿Está seguro?

—Es lo que dice aquí, señora.

Bajaron del jeep. El conductor estaba nervioso. Farfullando que tenía otra WAAF a la que dejar en la ciudad, sacó la maleta y la caja de comida, dejó ambas cosas sobre la acera mojada, le dio las buenas noches y se marchó. Kay miró a su alrededor. No tenía ni idea de dónde estaba y menos aún cómo encontrar el camino de regreso al banco mañana. Por primera vez sintió una punzada de pánico, pero la sofocó al instante. En lo que a peligros se refería, no podía compararse con volar a solas doce kilómetros por encima de Berlín. Giró el anillo de hierro de la puerta, recogió la maleta, se colocó la caja de cartón bajo el brazo y empujó la hoja de madera. Las bisagras chirriaron y cedieron a regañadientes.

Un gastado camino de piedras cruzaba un jardín pequeño y enlodado hasta una segunda puerta. Llamó al timbre y retrocedió para contemplar la casa. En una ventana del piso superior brillaba una rendija de luz, que se extinguió con rapidez cuando la cortina se cerró. Al rato escuchó unos pies que se arrastraban, unos cerrojos que se descorrían, una llave que giraba. La puerta se abrió parcialmente. La mitad del rostro de un hombre mayor la miró por encima de la cadena.

—¿Doctor Vermeulen?

—*Ja?*

—Soy la oficial de sección Angelica Caton-Walsh de la Real Fuerza Aérea Británica.

Un ojo legañoso rodó exasperado hacia arriba, mostrando un blanco amarillento. Irritado, el hombre dijo algo en flamenco.

—Lo siento, no le entiendo —respondió Kay.

—*Je ne parle pas anglais!*

—*Peut-on parler français?*

El hombre emitió un gruñido reticente.

—*Oui.*

Por segunda vez ese día, las monjas de Nuestra Señora acudieron en su ayuda.

—*Je suis l'officier de section Angelica Caton-Walsh de la Force Aérienne Britannique. Vous m'attendez?*

Escudriñó el rostro de Kay, miró la caja de comida y levantó de nuevo la vista.

—*J'ai dit à l'officier anglais: non!*

Le dije al oficial inglés: no.

—No me diga —murmuró Kay para sí. De pie bajo la lluvia, estaba empezando a perder la paciencia. Señaló el cielo—. *Je suis désolé* —dijo con firmeza—, *mais je suis ici!*

El hombre la fulminó con la mirada unos segundos más y, con un suspiro, retiró la cadena y abrió la puerta.

El recibidor le recordaba a la casa de su abuela: un suelo de baldosas blancas y negras, una alfombra deshilachada, muebles de madera pesados, un gong para anunciar las comidas, un crucifijo de metal, imágenes de santos y varios textos religiosos bordados colgando de las paredes, el tictac de un reloj de pie y un vago olor a algo…; no exactamente muerto, pero mohoso, vetusto, de otro tiempo. Hacía más frío que en el jeep. Dejó la maleta en el suelo, pero retuvo la caja de comida.

El doctor Vermeulen cerró la puerta, echó la llave y corrió los cerrojos. Aparentaba unos sesenta y cinco años y era calvo y huesudo, con manchas hepáticas en las manos y el cráneo. Una chaqueta verde botella pendía de sus hombros encorvados.

—¡Amandine! —llamó volviéndose hacia la escalera.

Los tablones de madera crujieron y enseguida empezó a bajar una mujer. Vestida como si se dispusiera a salir, con zapatos y un abrigo oscuro, probablemente había estado escuchando desde el rellano. Su pelo gris tenía un corte masculino, estilo casco. Miró a Kay a través de unas gafas de montura metálica. Vermeulen le dijo algo en flamenco, se volvió hacia Kay y encogió los hombros.

—*Ma femme*.

Kay le tendió la comida.

—Esto es para ustedes —dijo en francés—. Lamento la imposición.

La mujer cogió la caja y echó un vistazo al contenido. Levantó la vista con una expresión algo más cordial y, también en francés, dijo:

—Será mejor que entre, hace frío.

Kay pasó junto al reloj de pie y los siguió hasta la cocina. Las zapatillas del doctor Vermeulen abofeteaban las losetas del suelo.

Había un aparador grande lleno de vajilla azul y blanca; dos sillas de madera de respaldo alto, con cojines y mantas, estaban arrimadas a una estufa de hierro; sobre la mesa descansaba una pila de libros viejos encuadernados en tela y calcetines de lana a medio zurcir. La señora Vermeulen apartó la costura y dejó la caja en la mesa. Procedió a sacar los artículos y a examinarlos con una expresión de asombro: dos latas rojas de carne curada Fray Bentos, una lata de estofado de carne y verduras del ejército, un paquete de té, tres lonchas de beicon envueltas en papel antigrasa, una lata de leche condensada, una hogaza pequeña, una caja de huevos, una tableta de chocolate. Colocaba las cosas cuidadosamente en fila, como si fueran tesoros. Abrió la caja de los huevos y, boquiabierta, mostró a su marido los tres pequeños huevos blancos que contenía.

—No es mucho —dijo Kay—. Lo siento.

—*Vous êtes très gentil* —dijo el doctor Vermeulen. La miró desolado—. Discúlpenos —pidió de repente en inglés—. Les dijimos que preferíamos no alojarla con nosotros. Mi esposa tiene..., ¿cómo se dice? —Se dio unos golpecitos en el corazón—. *Angine.*

—¿Angina?

—*Oui*, angina...; claro, del latín. Y mi hijo tampoco goza de buena salud. Pero, como bien ha dicho, aquí está y debemos aceptarlo. Esperemos que no sea por mucho tiempo. —Le hizo una seña—. El abrigo, por favor. Siéntese y entre en calor.

Kay se quitó el abrigo y se lo tendió. Luego se instaló en una de las sillas y acercó las manos a la estufa. De modo que el hombre hablaba inglés, después de todo, pensó, y bastante bien, al parecer. Se preguntó por qué había fingido lo contrario.

Oyó un fuerte golpeteo a su espalda. Se giró y soltó un grito de alarma. En la ventana de la puerta de atrás, al otro lado del cristal esmerilado, se dibujaba el rostro distorsionado de un hombre.

—No se alarme —dijo Vermeulen—. Es mi hijo.

Descorrió el cerrojo de la puerta. Un hombre joven entró cojeando con un pequeño morral a cuestas. Lo dejó caer sobre la mesa, se volvió inmediatamente hacia Kay y se quitó la gorra, dejando al descubierto una abundante mata de pelo moreno, corto por los lados, pero largo en la parte de arriba.

Vermeulen dijo:

—Le presento a Arnaud. —Susurró algo en flamenco a su hijo.

El joven inclinó la cabeza, tomó la mano de Kay y la besó. Era más o menos de su edad, con un rostro pálido pero atractivo. Tenía la cara empapada de lluvia. El hambre le había afilado las facciones, pensó Kay. Sus ojos eran castaños y llenos de vida. Con un fuerte acento, le dijo en inglés:

—Es un placer conocerla. —Rebuscó en su morral y sacó cuatro patatas todavía cubiertas de tierra húmeda. Le guiñó un ojo y esbozó una sonrisa triunfal—. *Voilà!*

Kay le devolvió la sonrisa. «Las ha robado del huerto de alguien», se dijo.

El humor de los Vermeulen casi se volvió alegre al pensar en la comida. Arnaud se quitó la chaqueta mojada, tomó asiento y procedió a sacarse las botas. La señora Vermeulen lavó las patatas en el fregadero, las puso en una cacerola y las colocó sobre la estufa. Abrió la lata de estofado y volcó el contenido en una segunda cacerola. El doctor entró en una sala de aspecto frío y oscuro y regresó con una botella de advocaat. Sirvió cuatro vasitos minúsculos y los repartió. Propuso un brindis —«*À l'amitié!*»— y Kay chocó su vaso con los demás. La dulce bebida de huevo le hizo pensar en las natillas y, por la razón que fuera, en la Navidad, lo que la puso brevemente nostálgica.

Se sentaron alrededor de la estufa y observaron cómo se cocían las patatas. Vermeulen dijo en un tono amargo:

—Los nazis cogieron todas nuestras patatas antes de marcharse. ¡Como si no tuvieran patatas en Alemania!

La señora Vermeulen sirvió el estofado y las patatas. El doctor les puso otro dedo de advocaat. Comieron en un silencio ávido, Arnaud con la cabeza inclinada sobre el plato. Cuando hubo terminado, la madre le dio lo que quedaba en su plato y lo devoró también. En una o dos ocasiones Kay contempló con nostalgia el resto de la comida que había traído, pero estaba visto que los Vermeulen deseaban guardarla para otro día. A ese ritmo les dudaría una semana. Se reprendió por pensar eso: ella siempre podría encontrar algo en el comedor de los oficiales. Cuando acabaron de comer, la señora Vermeulen retiró los platos y cortó un cuadrado para cada uno del duro chocolate negro del ejército británico.

Arnaud le preguntó en francés:

—¿Qué está haciendo en Malinas, señorita, si no es mucho preguntar?

—Me temo que no tengo permitido contarlo.

—Pero ¿tiene su base cerca de aquí?

—Si le soy franca, no sé dónde está. Mañana he de presentarme a las ocho y todavía no sé cómo llegar.

—En ese caso, le dibujaremos un plano. ¿Cómo se llama la calle? ¿Puede decirnos eso? —Arnaud sonrió—. ¿O también es secreto?

—Creo que se llama Koningin Astridlaan.

—¡La conocemos! Es la calle principal de la parte sur de la ciudad, donde los boches tenían su cuartel general.

—Ahora es nuestro cuartel general.

Arnaud sacó una hoja de papel y un lápiz y los tres Vermeulen —con algún que otro desacuerdo en flamenco— juntaron las cabezas y le dibujaron un plano.

Kay estudió las calles cuidadosamente rotuladas. La ruta estaba marcada con flechas.

—¿Está lejos?

Arnaud se encogió de hombros.

—Quince minutos a pie como mucho.

—Gracias. —Kay dobló el plano y se lo guardó en el bolsillo—. Y dado que mañana he de madrugar, creo que es hora de que me vaya a la cama.

—Claro —dijo el doctor Vermeulen—. Le enseñaré su habitación.

Al inclinarse para recoger su abrigo, Kay advirtió que Arnaud la miraba.

—Buenas noches —dijo.

—Buenas noches. Que duerma bien.

En el recibidor, el doctor insistió en llevarle la maleta. Kay contempló el alto techo, los objetos religiosos, las grandes puertas de madera. Se le antojaba una decoración demasiado formal para una casa corriente.

—¿Es aquí donde recibe a sus pacientes?

El hombre rio.

—*Je ne suis pas ce type de docteur!*

Abrió la puerta que tenía más cerca y encendió la luz. Kay entró detrás de él. Era un estudio espacioso que le recordó al suyo de Cambridge, una biblioteca de trabajo con estanterías desde el suelo hasta el techo abarrotadas de volúmenes que se desparramaban por el suelo y el escritorio. Había pesadas cortinas de terciopelo negro, veteadas de polvo, totalmente cerradas y un penetrante olor a tabaco.

—Antes de la guerra enseñaba en la Universidad de Amberes. Soy doctor en Filosofía, una disciplina no muy útil en los tiempos que corren.

—Todo lo contrario. Necesitamos la filosofía más que nunca.

—¡Así es! —El doctor le dedicó la primera sonrisa auténtica que había esbozado esa noche. La cara le cambió por completo y Kay se dio cuenta de que no era tan viejo como le había parecido al principio.

Sobre el escritorio descansaban fotografías de familia en marcos de plata que se remontaban al siglo pasado: ciudadanos prósperos, sólidos, vestidos con ropas elegantes. En una aparecían dos muchachos posando con una pelota en una playa. Kay la levantó. Enseguida reconoció a Arnaud, el mayor, por la mata de pelo moreno. Aparentaba unos dieciocho. Su compañero era un par de años menor. El parecido entre ambos resultaba sorprendente; hasta la manera de entornar los párpados contra el sol era la misma.

—¿Tiene otro hijo?

Kay lamentó enseguida su curiosidad. La sonrisa del doctor desapareció. Le cogió la fotografía.

—Es Guillaume. Lo mataron en la guerra.

—Lo siento mucho.

—Gracias. —Puso la fotografía boca abajo y señaló la puerta—. ¿Vamos?

Kay siguió la espalda encorvada por la escalera hasta el primer rellano. Una segunda escalera, más estrecha, conducía a la parte superior de la casa, pero en lugar de continuar por ella, el doctor la condujo por un pasillo sombrío. Abrió la puerta del fondo y encendió la luz del techo. La habitación, espaciosa y austera, tenía una alfombra, una cama de bronce, una mesilla de noche, una cómoda sencilla, una silla de madera frente a un escritorio y un armario. Dos pesadas cortinas de terciopelo, similares a las del estudio, estaban corridas y tapaban la ventana. Sobre la cama pendía un crucifijo. La pantalla con borlas rosas ofrecía una luz tenue. Daba la impresión de que la habitación llevara años sin que la utilizaran o incluso la visitaran.

—El cuarto de baño está allí. —Vermeulen dejó la maleta en el suelo y señaló el pasillo—. Lo siento, no hay agua caliente, pero Amandine puede calentarle una tetera en la cocina si lo desea.

—No es necesario. Siento mucho las molestias que les estoy causando.

El doctor titubeó y alcanzó a esbozar una breve sonrisa.

—*Alors, bonne nuit.*

—Buenas noches. Y gracias.

Kay escuchó las zapatillas del doctor alejarse por el pasillo y bajar las escaleras. Cerró la puerta y contempló la habitación. Por lo menos no tenía goteras, a diferencia del cobertizo de Danesfield House, y era para ella sola, pero en ese momento habría dado lo que fuera por estar en Inglaterra con las demás, cotilleando después de su turno. ¡Qué ocurrencia tan estúpida! Sacudió la cabeza para ahuyentarla. Podía perdonarse cualquier pecado menos la autocompasión. Subió la maleta a la cama, la abrió y procedió a deshacerla. Guardó su uniforme de repuesto en la cómoda y el armario. Sobre la colcha extendió el camisón blanco de algodón. Puso la regla de cálculo y las tablas logarítmicas en el escritorio. No había traído ropa civil, tampoco libros o fotografías que le recordaran su casa. Dio cuerda al despertador y puso la alarma a las seis y media, abrió las cortinas y colocó las manos en círculo contra la ventana. No se veía nada en la negrura.

Se sentó a la mesa y abrió el libro de logaritmos. La oficial de vuelo Sitwell les había dado una lista de ecuaciones («Deberes, señoritas») para que practicaran cuando estuvieran fuera de servicio, y Kay trabajó concienzudamente con su regla de cálculo durante media hora, hasta que sus ojos estuvieron demasiado cansados para enfocarse en los minúsculos signos. La campana de una iglesia sonó a lo lejos. Contó los repiques. Nueve de la noche.

Se sacó la gorra y se retiró las horquillas del pelo, se desprendió de la guerrera y la colgó. Cargada con su neceser, cruzó el pasillo hasta el cuarto de baño y buscó la pastilla de jabón entre sus pinturas. Tras arremangarse, se lavó las manos y la cara y se secó con una toalla pequeña y fina que en su casa habrían utilizado para secar los platos. Se cepilló los dientes.

De regreso en su cuarto, se quitó la corbata, la camisa y la falda, se descalzó y enrolló las gruesas medias. El frío le erizó la piel. Se soltó el liguero. Al llevarse las manos a la espalda para desabrocharse el sujetador, se detuvo, recordando la manera en que Arnaud le había besado la mano y la había devorado con la vista cuando creía que ella no estaba mirando. ¿Debería dejarse puesta la ropa interior, o incluso apoyar la silla contra la puerta? Enseguida espantó sus miedos. Era evidente que lo habían herido de gravedad. Podría fácilmente con él. Se quitó el sujetador y las espantosas bragas de la WAAF, dotadas de elástico en la cintura y las piernas; apodadas Asesinas de la Pasión, Mike siempre había soltado un gruñido al verlas. Deseó que estuviera allí con ella, tendido en la cama, mirándola, esperándola. Sacudió de nuevo la cabeza. No tenía sentido seguir pensando en él. Se puso el camisón, abrió la colcha y puso las finas almohadas una encima de la otra. Hecho esto, se encaminó a la puerta, apagó la luz y regresó corriendo a la cama.

Las sábanas olían a humedad, como un chubasquero viejo. Se subió la manta hasta la barbilla. La vieja casa estaba en silencio. No podía oír nada, no podía ver nada. Su cabeza era un tiovivo de cálculos algebraicos. Le preocupaba que la mantuvieran despierta, pero a los dos minutos ya dormía. En sus sueños, un cohete sobre un penacho blanco de números y símbolos se elevaba a lo lejos contra el pálido cielo azul.

11

—Jaque —dijo Seidel.

Soltó el caballo y se reclinó en la silla con una sonrisa de satisfacción. Graf se inclinó sobre la mesa para estudiar el tablero. Tenía las piernas abiertas, los brazos apoyados en las rodillas. Las yemas de sus dedos chocaban nerviosamente entre sí.

—A ver qué tenemos aquí.

Normalmente él era el vencedor en esas competiciones, pero esta noche tenía la cabeza en otra parte y había permitido que su posición se debilitara. Había perdido la reina. El rey, con su pequeña pandilla de enclenques protectores, estaba cercado por las torres y los caballos de Seidel.

—¿Admite la derrota? —preguntó Seidel.

—De ninguna manera. —Seidel estaba ofreciendo que le derribara su caballo con el rey blanco, pero el sacrificio le permitiría hacer jaque mate en tres movimientos—. La esperanza es lo último que se pierde. —Graf desplazó su rey detrás de la línea de peones.

—¿Es consciente de que solo está prolongando su agonía? —Pero cuando el teniente se inclinó de nuevo sobre el tablero, cruzó los brazos y arrugó la frente, preguntándose si se le había pasado algo por alto.

Graf se puso cómodo. El comedor de los oficiales estaba en la primera planta del hotel Schmitt, en un pequeño salón que daba al paseo. Al otro lado de las cortinas, el mar resultaba invisible pero ruidoso en la oscuridad. El ambiente era sombrío. Algunas noches el coronel Huber tocaba el piano —«The Gendarmes' Duet» o una selección de *La viuda alegre* eran sus incondicionales—, pero hoy estaba sentado discretamente con el teniente Klein y otros dos oficiales. El gramófono permanecía callado. La silla junto a la ventana donde al teniente Stock le gustaba leer sus novelas del Oeste se hallaba vacía en señal de respeto. En el rincón, el Obersturmbannführer Drexler estaba fumando un puro y atendiendo a dos hombres de las SS que habían llegado del cuartel general de La Haya. El Sturmscharführer Biwack se encontraba con ellos. De vez en cuando echaba una mirada a Graf. Esa tarde, durante el análisis del accidente, había exigido saber por qué Graf no se hallaba en la base de lanzamiento cuando el misil explotó.

—¿Por qué? ¿Habría preferido que me hubiera calcinado?

—Por supuesto que no. Simplemente me pregunto por qué una patrulla de las SS informó de que en el momento del accidente usted estaba en la zona restringida junto al mar.

—Porque estaba haciendo señas a un submarino británico, como es obvio.

Cuando Seidel intentó contener una carcajada sin conseguirlo, Biwack se volvió hacia él.

—¡No tiene ninguna gracia, teniente!

—Lo sé. Stock era mi amigo. No necesito que me dé sermones.

—Basta, caballeros —ordenó Huber. Se volvió hacia Biwack—. Al doctor Graf lo han enviado a Peenemünde como oficial de enlace técnico debido a las numerosas modificaciones que precisan los misiles. No está obligado a asistir a todos los lanzamientos. Sería físicamente imposible.

—No estoy sugiriendo que el doctor Graf sea responsable, solo que si hubiera estado presente, podría haber reparado en algún defecto en el misil. Porque está claro que había un defecto, ¿no? ¿Creen que pudo ser un sabotaje?

—Es sumamente improbable —respondió Huber—. Imposible, de hecho. Pero la seguridad es competencia de las SS.

Todas las miradas se volvieron hacia el comandante de las SS. Drexler era muy superior en rango al oficial de Liderazgo Nacionalsocialista y debajo de su afable fachada se escondía un temperamento fuerte, pero Graf advirtió que estaba procurando mantener un tono educado.

—La seguridad es absoluta. Los cohetes están estrechamente vigilados desde el momento que abandonan la fábrica y durante todo el trayecto en tren desde Nordhausen, y cuando llegan aquí, están custodiados de forma permanente por el equipo técnico. Es cierto que al comienzo de la campaña hubo indicios de sabotajes perpetrados por trabajadores de la fábrica extranjeros, pero tomamos medidas severas para resolverlos y desde entonces no ha habido más denuncias.

«Medidas severas», pensó Graf. Prefería no imaginar lo que eso podía significar. Quiso decir: «Oigan, caballeros, ¿se han vuelto todos locos? Este cohete es la hazaña de ingeniería más avanzada tecnológicamente que ha visto el mundo, y ninguna de las personas implicadas en su diseño esperaba que lo introdujeran en una cadena de producción con el objetivo de fabricar un cohete cada noventa minutos». En lugar de eso, dijo:

—El equipo técnico revisa constantemente el cohete desde el momento de su entrega, de modo que a menos que el Sturmscharführer Biwack crea que hay saboteadores dentro del regimiento...

—¡Yo no he dicho eso!

—Entonces el accidente fue el resultado de un fallo técnico. O, debería decir, de una combinación de fallos técnicos. He visitado la escena con el teniente Seidel, pero no hay nada físicamente detectable que pueda decirnos qué fue mal. Debemos seguir a rajatabla los procedimientos de prelanzamiento y asegurarnos de que no nos los saltamos en nuestro deseo comprensible de lanzar el mayor número de V2 cada día.

Huber enrojeció y fulminó a Graf con la mirada, pero no respondió.

—Jaque —dijo Seidel.

Graf dirigió la mirada al tablero. Estaba pensando en la chica del bosque de Wassenaar. ¿Qué hacía allí? No lamentaba haberla dejado ir. Si la hubiera entregado a las SS, dado su humor actual, el fusilamiento habría sido el menor de los males. Posó el índice sobre su rey. Podría moverlo de nuevo. Quizá encontraría una salida si resistía el tiempo suficiente. Seidel no era un gran jugador. Pero le daba pereza. Tumbó la pieza.

—Me rindo.

—¡Por fin! —Como si temiera que Graf pudiera cambiar de parecer, Seidel se apresuró a retirar las piezas—. ¿Otra?

—Lo siento, estoy muy cansado.

—¿Una copa, entonces? —El teniente hizo señas al ordenanza—. Dos coñacs.

—No tenemos coñac, Oberleutnant.

—¿Qué tienen?

—Curasao.

Seidel arrugó la nariz.

—Mejor eso que nada.

Cuando el ordenanza se hubo marchado, Graf dijo:

—Sobre el burdel de esta mañana…

—¿Qué pasa con él? —Seidel estaba guardando las piezas en la caja.

—¿Quiénes son las chicas?

—Oh, hay de todo. Holandesas, francesas, polacas. Es muy legal. Lo dirige el ejército.

—¿Dónde las consiguen?

—La mayoría son prisioneras de los campos. También hay algunas profesionales de antes de la guerra. ¿Por qué?

—Es deprimente.

Seidel se encogió de hombros.

—La gente solo intenta sobrevivir.

—¿Ha estado?

—Una o dos veces.

El ordenanza regresó con dos vasos que contenían un líquido azul intenso.

Graf dijo:

—Parece sulfato de cobre.

—Y huele como tal. —Seidel le dio un sorbo—. En realidad no está tan mal. Pruébelo. —Aguardó a que Graf se llevara el vaso a los labios—. ¿Qué opina?

—Sabe a gasolina con un toque de naranja. —Aun así, se lo bebió de un trago. Jugó unos instantes con su vaso vacío y lo dejó en la mesa—. ¿Vamos?

—¿Adónde?

—A ese burdel.

Seidel rio.

—Mi querido Graf, ¡no hay día que no consiga sorprenderme! ¿Lo dice en serio?

—No, la verdad. —Graf sintió vergüenza—. Olvide que lo he dicho.

—Ahora ya me ha metido la idea en la cabeza. —Seidel apuró su vaso—. ¿Por qué no? Por lo menos, salgamos de este cementerio.

Graf era consciente de que los demás hombres los observaban mientras se dirigían a la puerta.

—¡Buenas noches, caballeros! —los despidió Huber.

Bajaron las escaleras, pasando junto a fotografías en blanco y negro de vacaciones de la preguerra, y salieron al desierto paseo. La brisa traía consigo el olor a salmuera y algas. En algún lugar flameaba un toldo. Un cable de acero daba golpecitos huecos contra un poste metálico. El gigantesco bloque del hotel Palace, con sus torres y su cúpula, despuntaba como un trasatlántico encallado. Un muro defensivo de cemento con una alambrada de púas en lo alto impedía ver la playa.

El Kübelwagen estaba aparcado solo en la entrada. Seidel encendió los faros, puso en marcha el motor y realizó un giro cerrado sobre el mojado asfalto. Graf sacó la mano por la ventanilla y notó el agua levantada por los neumáticos.

—¿Había mujeres en Peenemünde? —preguntó Seidel.

—Naturalmente. Centenares.

—¿Y cómo eran? ¿Jóvenes? ¿Viejas?

—La mayoría eran jóvenes. Secretarias, asistentes, algunas matemáticas. A los ingenieros les permitían llevar a sus esposas e hijos.

Seidel guardó silencio unos instantes.

—¿Está casado, si no es mucho preguntar?

—No. ¿Usted?

—Sí. ¿Por qué? —Lanzó una mirada de soslayo a Graf—. ¿Le parece mal que vaya a un burdel?

—En absoluto.

Seidel rio.

—Si había cientos de mujeres, hasta usted, Graf, debió de encontrar una.

—Así es.

—Continúe.

—Se llamaba Karin. Murió en un ataque aéreo.

—Vaya. Lo siento.

Graf sacó la cabeza por la ventanilla y dejó que la brisa le acariciara el rostro. En el mes o más que llevaba en Holanda, era la primera vez que mencionaba su nombre.

El intento de la RAF de destruir Peenemünde —Operación Hidra era su nombre en clave— se llevó a cabo en condiciones casi perfectas, bajo una luna llena sin nubes, la noche del 17 al 18 de agosto de 1943. A las 23.00, ocho Mosquitos arrojaron bengalas y dos docenas de bombas sobre Berlín para hacer creer a los alemanes que la capital era el principal foco del ataque. La Luftwaffe envió ciento cincuenta cazas para hacer frente a la amenaza. Mientras estos patrullaban los cielos vacíos sobre la ciudad y ochenta y nueve baterías de artillería antiaérea lanzaban más de once mil disparos a los supuestos agresores, justo pasada la medianoche, doscientos kilómetros al norte, seiscientos bombarderos pesados cruzaban la costa.

La población de Peenemünde aquella noche era de casi veinte mil personas: ingenieros, científicos y técnicos con sus familias; mecánicos, oficinistas, secretarias, mecanógrafas, guardias, cocineros, maestros, obreros de la construcción y mano de obra forzada extranjera, en su mayoría franceses y rusos. El atardecer del ataque, un martes, había sido cálido y tranquilo. Los esclavos estaban encerrados en sus barracones de madera, detrás de una alambrada electrificada. Los alemanes paseaban por los fragantes bosques de pino y se sentaban en la arena. En la playa, no lejos del edificio de ensamblaje de cohetes, se estaba jugando un partido de voleibol.

Graf nadó mar adentro y se tumbó boca arriba con los pies apuntando hacia el sol poniente, energizado por la salinidad del agua. Solo tenía que girar los brazos de vez en cuando para mantenerse a flote. La superficie estaba caliente después del largo verano, pero debajo podía notar el frío de las profundidades, podía sentir el tirón de la corriente arrastrándolo hacia el este, lejos de la costa, el movimiento de las olas moldeándole el cuerpo. Se dejó llevar hasta donde pudo su atrevimiento y luego rodó sobre el estómago y nadó con fuerza contra la corriente, en dirección a la orilla, donde Karin —el halo de su esbelta figura grabado en su memoria por el ocaso— lo esperaba con una toalla.

La había conocido en primavera. Era la nueva asistente personal de Walter Thiel, adjunto de Von Braun y superior inmediato de Graf. Sus funciones lo cubrían todo, desde llevar la agenda de reuniones de su irritable jefe hasta cuidar de sus dos hijos. Caía bien a todo el mundo, era guapa y tenía el don de transmitir serenidad. Cuando él le pidió una cita y ella aceptó, Graf se llevó una sorpresa. Después de la guerra, Karin quería enseñar en un jardín de infancia. Tenía veintitrés años. Él ya había decidido que quería casarse con ella, tenía intención de pedírselo, incluso puede que lo hubiera hecho esa noche si las cosas hubiesen ido de otra manera. Pero a Karin no le gustaba que Graf se alejara tanto de la costa y la angustia la había puesto de mal humor, algo inusitado en ella.

Graf salió del agua resoplando. Karin le tendió la toalla, se dio la vuelta con cara de enfado y subió de nuevo por la arena para recoger el pícnic. Graf se quitó el bañador por debajo de la toalla, aguantándose primero sobre una pierna y a continuación sobre la otra. Un breve beso en la mejilla cálida de Karin, un último gusto a sal marina, y de repente la vio echar a andar en dirección al viejo hotel de la preguerra donde vivía la mayoría de las mujeres solteras.

Irritado, su buen humor hecho trizas, Graf regresó por la carreta del bosque en la humedad del crepúsculo y cruzó la verja de seguridad hasta el recinto de Trabajos Experimentales. Su apartamento de soltero, uno de una docena asignada a ingenieros superiores, entre ellos Von Braun, se hallaba en la segunda planta del Edificio 5, junto a las oficinas centrales. Se dio una ducha de agua fría en un esfuerzo por tranquilizarse, puso el bañador a secar en el alféizar del cuarto de baño y se tumbó desnudo en la cama, bajo la sábana.

Contaba con un ataque aéreo enemigo tarde o temprano. Varias veces ese verano había levantado la vista y vislumbrado una fina línea de vapor, como el arañazo de una uña, en el cielo azul cobalto. Sospechaba que los británicos los estaban fotografiando. Aun así, cuando la sirena lo despertó justo pasada la medianoche, su primer instinto fue quedarse en la cama, atento al habitual zumbido de las formaciones enemigas al sobrevolar el «Corredor de Berlín» para bombardear la capital. Esperó el aviso de que el peligro había pasado. Transcurrieron unos minutos. Luego llegó la rápida ráfaga de fuego antiaéreo. Saltó de la cama y fue hasta la ventana. La luna llena brillaba con fuerza. Bajo su luz mercúrica, los edificios proyectaban sombras afiladas. Al otro lado de los talleres y laboratorios, una lluvia de fuego antiaéreo se elevaba desde la batería del puerto como una ristra de cuentas de cristal. Extrañas combinaciones de luces —rojas, verdes, amarillas— parecían flotar en el aire cual adornos navideños. Bengalas blancas descendían lentamente en paracaídas. El fuego de ametralladora restallaba desde las azoteas. Todo parecía estar ocurriendo en el sur de la isla. Graf se quedó un rato observando la escena, hasta que cayó en la cuenta de que debía buscar refugio. Estaba poniéndose los zapatos cuando una gran detonación hizo añicos la ventana frente a la que había estado hacía solo unos instantes.

Cruzó a la carrera el pasillo del bloque de apartamentos y bajó las escaleras. Reventada de sus bisagras por una mina aérea, la puerta de la calle yacía sobre los escalones. La hoja subió y bajó cuando pasó por encima de ella antes de salir a la niebla rosada creada por las cortinas de humo artificial. La escena era surrealista, propia de un sueño. La gasa química parpadeaba rosa y roja en los edificios incendiados. La luna llena parecía precipitarse por los huecos abiertos en la neblina. Podía ver una oleada de estrellas, los fulgurantes haces de los focos reflectores barriendo el cielo. Los bombarderos eran invisibles, pero podía oír sus pesados motores, muy bajos y muy fuertes, entre las explosiones ensordecedoras que zarandeaban el suelo. Siluetas oscuras pasaban corriendo por su lado presas del pánico. Graf quedó hipnotizado durante quizá un minuto, como si fuera meramente un miembro del público en un espectáculo de luces y sonidos. Solo cuando tomó conciencia del intenso calor, su miedo a una explosión lo devolvió a la realidad. Se precipitó calle abajo y giró hacia el refugio antiaéreo.

Al pie de la escalera, en la baja cámara de hormigón, una docena de figuras se acurrucaba contra las paredes. De reciente construcción, apestaba a cal. La lámpara del techo se columpiaba con cada detonación y la luz parpadeaba. Reconoció las caras de algunos ingenieros. Nadie hablaba. Tenían la mirada fija en el suelo. Poco a poco el tiempo entre explosiones se fue alargando y, tras cinco minutos de silencio, Graf decidió salir en busca de Karin.

Bajo la fulgurante luz de la luna pudo ver que habían destruido el edificio del cuartel general, y el bloque de diseño y el comedor, mientras que el túnel de viento y los laboratorios de telemetría permanecían intactos. Cruzó la verja de seguridad y tomó la carretera. Estaba cubierta de fina arena blanca, como si acabara de pasar una tormenta. Todavía podía oír un gran número de aeroplanos en el cielo. Restos diminutos de aviones, fragmentos de metralla y casquillos aporreaban la carretera y los árboles como piedras de granizo. Un bombardero Lancaster, con uno de sus motores escupiendo fuego, cruzó el cielo a baja altitud y se perdió en dirección al mar. Uno de los almacenes de cohetes de la zona de producción estaba en llamas, pero eran los edificios destinados a alojamiento los que parecían peor parados. Partes del complejo residencial y del campo de trabajadores forzados estaban ardiendo. Varios centenares de prisioneros con los uniformes a rayas estaban sentados junto a la carretera con las manos en la cabeza, vigilados por hombres de las SS armados con metralletas.

En cuanto llegó al edificio donde vivía Karin, supo que estaba muerta. El gran hotel había quedado destripado y carecía de techos y ventanas. Una hilera de cadáveres, algunos de ellos calcinados, cubría el camino. Haciendo acopio de valor, miró los rostros, pero no reconoció ninguno. Puede que, después de todo, estuviera viva. La gente vagaba de un lado a otro.

—Karin Hahn, ¿la ha visto? ¿Alguien ha visto a Karin Hahn?

Llevándose las manos a las caderas, se detuvo e intentó imaginar qué habría hecho ella cuando las bombas empezaron a caer, adónde habría podido ir. Desanduvo sus pasos en dirección al complejo residencial.

—He de encontrar al doctor Thiel. ¿Alguien sabe si la familia Thiel está bien?

Los encontró diez minutos después, tendidos en el vestíbulo del colegio. Su casa, descubriría más tarde, había sufrido un impacto directo. La trinchera situada delante de la misma, donde se habían refugiado, era ahora un cráter. Habían sido enterrados vivos bajo la tierra arenosa. Thiel tenía un aspecto diferente sin las gafas, pero, a diferencia de los cuerpos en la zona de mujeres, parecía tranquilo y, afortunadamente, no estaba desfigurado. Tampoco Martha Thiel y sus hijos, Sigrid y Siegfried; y tampoco, algo apartada de ellos, tendida con la cabeza ligeramente ladeada en un gesto inquisitivo que él conocía bien, Karin.

Se detuvieron en el puesto de control que custodiaba la entrada a la calle Wassenaar y esperaron con el motor en marcha. Un hombre de las SS alumbró con la linterna sus rostros y, a continuación, la documentación. Se la devolvió con un pequeño guiño.

—Que pasen una buena noche.

Otro guardia levantó la barrera.

Graf empezaba a lamentar su idea. Habría propuesto abandonarla, pero Seidel semejaba un sabueso siguiendo un rastro. Estaba sentado en el borde del asiento con la cabeza encorvada sobre el volante, escudriñando la carretera empedrada. Cada vez que llegaban a una casa, reducía la velocidad y le echaba un vistazo. Farfulló para sí:

—Es tan fácil saltársela con los cortes de luz…

Las mansiones se sucedían —silenciosas, oscuras, abandonadas— detrás de las verjas y setos descuidados, muy diferentes entre sí: rústicas, modernas, algunas recargadas como mini Versalles. «Aquí hay mucho dinero —pensó Graf—. Décadas de dinero, incluso siglos».

—Me sorprende que no las hayan saqueado —comentó.

—No lo crea. Pillaron a uno de mis hombres con un Vermeer debajo de la cama. ¡Nada menos que un jodido Vermeer! Lo enviaron al batallón de castigo del frente oriental.

—¿No es eso una condena a muerte?

—Prácticamente. Disciplina, mi querido Graf, ¡disciplina! El ejército se desvive por proteger la propiedad local. A los lugareños, no tanto. ¡Ah, hemos llegado!

Giró el volante y entraron en un camino de grava. La casa,

según pudo distinguir Graf a la débil luz de los faros, era del siglo XIX: cuadrada, tres plantas, construida al estilo francés, con postigos y un tejado alto. Aparcados delante había dos coches oficiales. Alrededor de la entrada se amontonaban las hojas. Las ventanas estaban tapadas y cuando Seidel apagó el motor, el silencio era sepulcral.

—¿Está seguro de que es aquí?

—Desde luego. ¿Todavía le apetece?

—¿Por qué no?

Graf subió los escalones detrás del teniente. Seidel llamó al timbre y, sin esperar que acudieran a abrirles, empujó la pesada puerta. Entraron en un amplio vestíbulo tenuemente iluminado por lámparas rojas. Justo delante había una escalera. Y puertas a ambos lados del recibidor. De algún lugar salía una música débil. De pronto, Graf se preguntó si había traído suficiente dinero.

—Por cierto, ¿cuánto cuesta?

—Cien. Más una propina para la chica. O las chicas.

Una de las puertas se abrió y una mujer —cuarenta y tantos, rolliza, morena— salió. Sus pechos pecosos forcejeaban con un escotado vestido negro de terciopelo. Graf se quitó el sombrero. La mujer reconoció a Seidel, o fingió que lo reconocía, y le tendió las manos.

—¡Teniente, qué alegría volver a verlo! Un beso para Madame Ilse. —Su alemán estaba generosamente condimentado con un acento de Europa oriental que Graf no conseguía ubicar. La mujer ofreció su cara a Seidel, que la besó en ambas mejillas, como si fuera su tía—. ¿Y a quién tenemos aquí?

—A un amigo mío. El doctor.

—¡Un doctor! Permítame cogerle el abrigo.

Graf se desabrochó el abrigo y se lo entregó junto con el sombrero. Seidel le dio la gorra. La mujer colgó con cuidado las prendas en un perchero. Había otras cinco gorras, observó Graf —tres grises de la Wehrmacht, dos negras de las SS— y un gabán de cuero.

—¡Síganme!

Cruzaron una puerta que daba a un bar. Un grueso manto de humo de cigarrillo flotaba inmóvil en la tenue luz rojiza. En un gramófono sonaba una canción sentimental de Mimi Thoma. Cuatro o cinco hombres fumaban despatarrados en cómodas butacas con las piernas estiradas y las guerreras abiertas. Sentadas en los brazos de las butacas había un par de chicas. En el sofá, un hombre de las SS con la barbilla caída sobre el pecho parecía haber perdido el conocimiento abrazado a dos mujeres que estaban hablando en susurros detrás de su cabeza. Había otras chicas en la barra. Una camarera, desnuda de cintura para arriba, portaba una bandeja con vasos vacíos. Ilse los acompañó hasta un rincón con poca luz y dos butacas colocadas frente a frente, e hizo señas a la camarera.

—¿Qué desean beber?

—¿Tienen coñac? —preguntó Seidel.

—Por supuesto que tenemos coñac. —La mujer parecía ofendida.

—Lo ve —dijo a Graf—, hemos hecho bien en venir.

—Coñac —dijo Ilse. La camarera se alejó—. ¿Han echado ya un vistazo? ¿Encuentran a alguna de su agrado?

Graf miró en derredor. No podía ver a la chica del bosque. Seidel dijo:

—Aquella pelirroja, Marta, ¿sigue aquí?

—Veré si está libre. ¿Y su amigo? —preguntó Ilse, volviéndose hacia Graf—. ¿Qué está buscando el doctor?

Graf estaba escudriñando la barra.

—Una rubia. Joven. Menuda.

Seidel rio.

—¡Es usted todo un enigma, Graf! ¿También ha de tener un número de pie concreto?

La madama asintió lentamente.

—Creo que tengo a la chica perfecta.

Se marchó a la barra. Seidel sacó un paquete de cigarrillos y ofreció uno a Graf. Llegó el coñac. Graf se bebió el suyo de un solo trago y alzó el vaso para que le trajeran otro. Se reclinaron en sus butacas. El teniente cerró los ojos y, dirigiendo la música con el dedo índice, empezó a cantar con Mimi Thoma. «Duerme, cariño, duerme, y sueña con las hadas...».

Ilse regresó con una joven alta de ensortijados cabellos rojizos que fingió alegrarse de ver a Seidel. Detrás de ella, diminuta en comparación, había una chica con cara de muñeca embutida en un vestido tubo de raso rojo sin mangas. Resultaba casi irreconocible con el carmín colorado y el denso rímel. En cuanto vio a Graf, su sonrisa profesional desapareció y se tambaleó ligeramente sobre los tacones. Marta se subió al regazo de Seidel y le pasó el brazo por el cuello. Ilse hizo avanzar a la chica por los hombros, como una madre presentando a su hija para una inspección.

—Ella es Femke. —Graf se levantó—. Mira lo educado que es, cielo —le susurró al oído—, ¡un auténtico caballero! Fíjate en cómo te mira. Es evidente que le gustas. ¿Por qué no te lo llevas arriba?

La chica titubeó. Ilse le propinó un firme empujón.

—Vamos, querida.

Despacio, mirando algún punto por encima del hombro de Graf, Femke le tendió la mano. Él la aceptó —no había fuerza en sus dedos fríos y delgados— y la siguió hasta el vestíbulo. En cuanto quedaron fuera de la vista de los bebedores, la chica apartó bruscamente la mano y apoyó la espalda en la pared. Bajando la voz, dijo en alemán:

—¿Qué es esto? ¿Eres de la Gestapo?

—No.

—Vistes como ellos.

—Pues no lo soy.

—¿Dónde está tu uniforme?

—No tengo uniforme. Soy ingeniero.

—Si no eres de la Gestapo, ¿qué quieres? —Sonaba casi irritada, como si Graf estuviera haciéndole perder el tiempo.

—¿En serio me lo preguntas? —Le enseñó las marcas en la base del pulgar—. ¿Qué crees que quiero? Hablar contigo.

La chica abrió la boca para responder. Arriba se cerró una puerta. Ambos levantaron la vista. Unos pasos pesados cruzaron el rellano y un hombre empezó a bajar. Asomaron unas botas militares, luego un pantalón negro y, por último, un oficial de las SS abotonándose la guerrera sobre su oronda barriga. Se detuvo al pie de la escalera y, mesándose el pelo, examinó su reflejo en el espejo. Se dio la vuelta y al verlos saludó afablemente a Graf con un gesto de la cabeza antes de pasar por su lado en dirección al bar. Femke aguardó hasta que hubo desaparecido. Miró a Graf y empezó a subir las escaleras. A medio camino se apoyó en el pasamanos.

—¿Vienes?

Esperó a tenerlo detrás y reanudó su ascenso, una figura delgada y recta, casi asexuada, dentro de su vestido rojo, haciendo equilibrios sobre los altos tacones negros. Retratos del siglo XVIII forraban las paredes. Los ojos de los prósperos burgueses los seguían con desaprobación. En el rellano había una mesa con un busto romano. Femke la dejó atrás y tomó una escalera más estrecha hasta la segunda planta. Abrió de golpe una puerta y se hizo a un lado para dejar pasar a Graf. Iluminada con velas, la habitación era seductora. Femke encendió la luz del techo, disipando el efecto, cerró la puerta y apoyó la espalda contra ella. Temblaba ligeramente. Al ver que él se percataba de ello, cruzó los delgados brazos para ocultarlo.

—¿Y bien? ¿Qué hacemos ahora? ¿Follamos?

Era tan joven —tan menuda y feroz— que Graf casi rompe a reír.

—No, no te preocupes. No te ofendas, pero no me apetece.

Se sentía muy cansado de repente y bastante borracho. Caminó hasta la cama y se sentó en el borde. De la habitación contigua llegaba un chirrido de muelles y el martilleo rítmico de un cabezal golpeando la pared. Una mujer gritó. Graf subió las piernas y se tumbó cuan largo era. El colchón era mucho más mullido que su cama de Scheveningen. La habitación empezó a dar vueltas y cerró los ojos. Podía oír a la chica moverse de un lado a otro. Cuando abrió de nuevo los ojos, estaba cernida sobre él con un cuchillo de cocina apuntando a su garganta.

—Si vas a denunciarme, mejor te mato. Por lo menos me llevaré a un puto boche conmigo.

—Si quisiera denunciarte, ya lo habría hecho. Aparta eso. —Graf volvió a cerrar los ojos. Se sentía como aquel atardecer en Peenemünde, antes del ataque aéreo: desconectado del mundo, dejándose llevar por aguas frías y profundas. La oyó alejarse de la cama y, seguidamente, abrir y cerrar un cajón—. ¿Cuántos años tienes?

Hubo una pausa.

—Dieciocho.

—¿Qué hacías en el bosque esta mañana?

—Escuché la explosión de la noche y quise echar un vistazo a la luz del día.

—¿Por qué?

—Sentía curiosidad y los soldados se habían ido.

Graf abrió los ojos y se apoyó en un codo. La chica estaba con la espalda apretada contra el tocador, observándolo.

—Femke, ¿verdad? ¿Es un nombre holandés? —Ella no contestó—. Debías de sentir mucha curiosidad para arriesgarte a que te pegaran un tiro. Tú no eres tan estúpida. No sé si creerte.

Femke dirigió la mirada al suelo con un mohín.

Graf se incorporó perezosamente y plantó los pies en la moqueta. Paseó la mirada por la habitación. Semejaba una cápsula del tiempo procedente de otro mundo. Una butaca pequeña tapizada de rosa. Cortinas rosas. El motivo del papel de pared eran caniches con lazos rosas brincando, jugando y aupándose sobre las patas traseras. Se acercó al ropero, lo abrió y acarició los vestidos. De una percha pendía una chaqueta de montar pequeña. Formando una ordenada hilera en el suelo del armario había zapatos de niña, botas de montar, unas zapatillas de ballet. Cerró el armario, caminó hasta la cómoda y procedió a abrir los cajones: blusas, calcetines, lencería. Dejó los cajones colgando, se puso de rodillas y miró debajo de la cama. Nada. Se levantó.

Señaló el tocador.

—Apártate, por favor.

La chica titubeó. Graf colocó las manos en sus hombros escuálidos y la empujó con suavidad a un lado. Ella lo observó mientras abría el cajón. Al lado del cuchillo y de un paquete de preservativos proporcionados por la Wehrmacht (unos Vulkan Sanex), dispuestos ordenadamente sobre una hoja de periódico, había media docena de fragmentos del motor del cohete V2, no más grandes que su puño, ennegrecidos por el fuego. Entre las piezas reconoció parte de la turbobomba, una boquilla de enfriamiento de la cámara de combustión, una válvula de retención del depósito de alcohol y varias porciones de más cosas.

—¿Qué demonios pensabas hacer con estos trozos?

—Los encontré interesantes.

—¡Venga ya! ¡Dime la verdad!

Femke se encogió de hombros.

—Pensé que alguien podría estar dispuesto a pagarme por ellos.

—¿Quién? ¿Los ingleses? Ellos pueden recoger pedazos como estos en las calles de Londres cualquier día de la semana.

—¿Quién ha hablado de los ingleses?

—Eres de la resistencia, ¿verdad?

La joven desvió la mirada y no respondió.

—¿Te ocupas de escuchar a los oficiales de los cohetes mientras beben? ¿De sacarles información en la cama? ¿De transmitir lo que oyes?

El golpeteo del cabezal contra la pared aumentó el ritmo. Esta vez la mujer soltó un alarido. El golpeteo se detuvo en seco. «Dios mío —pensó Graf—, ¿en qué nos hemos convertido?».

Procedió a guardarse los fragmentos del cohete en los bolsillos.

—Me los llevo. Si te pillan con ellos, te pegarán un tiro.

—¿Y a ti qué más te da?

Graf cerró el cajón. Tenía las manos manchadas de hollín, los bolsillos abultados.

—¿Qué te gustaría saber? —preguntó de repente—. Puedo contarte algo que te resulte útil, si quieres. El misil no es fiable, actualmente tenemos un índice de despegues fallidos de uno de cada diez. Pero el verdadero problema es la escasez de oxígeno líquido. Han invadido nuestra principal planta de producción en Francia. Hay siete plantas en Alemania produciendo doscientas toneladas al día, lo cual es solo suficiente para veinticinco lanzamientos operativos. Di a tus amigos que adviertan a los británicos de que si quieren detener los cohetes, no se molesten en intentar bombardear las bases de lanzamiento y se concentren en las fábricas de oxígeno líquido y las vías férreas.

La chica arrugó la frente.

—¿Estás loco o qué? —Graf hizo ademán de encaminarse a la puerta, pero ella le cortó el paso—. Si bajas demasiado pronto, sospecharán.

—De acuerdo.

Se tumbó de nuevo en la cama. La joven se sentó en la butaca. Permanecieron callados un par de minutos. Para sorpresa de Graf, fue ella la que rompió el silencio.

—Todos creíamos que Alemania había perdido la guerra. Entonces volvisteis con los cohetes. ¿Significa eso que vais a ganar?

—No, vamos a perder.

—¿Cuándo?

—Pronto. El año que viene, quizá. ¿Cuánto tiempo llevas en Wassenaar?

—Tres meses.

—¿Dónde estabas antes?

—En un campo, por robar.

—¿De dónde eres?

—De Groninga.

—¿Está en el norte?

Ella asintió.

—¿Crees que podrías intentar volver? Podría pedir prestado un coche y esconderte en el maletero. —Graf sabía que el plan era absurdo incluso mientras lo planteaba.

Femke negó con la cabeza.

—Está demasiado lejos. —La puerta de la habitación contigua se abrió y se cerró. Escucharon unos pasos de hombre alejarse por el pasillo—. Debería ir a verla y comprobar si está bien. Ya puedes irte.

En la puerta, Graf sacó su cartera y contó doscientos marcos.

Ella negó con la cabeza.

—Págale a Ilse.

—No, esto es para ti.

—No he hecho nada. —La joven abrió la puerta.

Graf vaciló.

—De acuerdo. Buena suerte.

Devolvió el dinero a la cartera y se marchó.

12

Kay tenía que reconocer que el despertador que le había regalado su madre el día que la WAAF la reclutó siempre conseguía despertarla, por profundamente dormida que estuviera. Poseía un timbre agudo y persistente, como si le hubieran insertado un taladro en el oído. Tanteó las desconocidas superficies para pararlo. En el bendito silencio posterior se acercó la esfera luminosa a la cara. Las seis y media.

Se desplomó de nuevo en las delgadas almohadas. La habitación estaba totalmente a oscuras. Tardó unos instantes en recordar que no se hallaba en Inglaterra, a punto de comenzar su turno, sino en Bélgica ¡y en guerra! Salió de debajo de las mantas y paseó la mano por la pared buscando el interruptor de la luz. El repentino fulgor la estremeció. Se puso el abrigo encima del camisón y cogió el neceser. Abrió la puerta con sigilo y aguzó el oído. La casa estaba en silencio. Cruzó de puntillas el gélido pasillo hasta el cuarto de baño.

Le preocupaba en exceso llegar tarde para entretenerse con sus acostumbrados rituales matutinos. Además, hacía demasiado frío. Se enjuagó la cara con el agua helada, se lavó los dientes y pasó el cepillo tan salvajemente por los enredos de su pelo que tuvo la sensación de que el cuero cabelludo le sangraba. De regreso en su cuarto, las ropas estaban tiesas, como si el frío las hubiera almidonado, y notó los dedos entumecidos y torpes cuando procedió a abrocharse los botones y anudarse la corbata. Cuando estuvo por completo vestida, hizo la cama y estudió el plano bajo la luz del techo. Una ruta que le había parecido complicada cuando los Vermeulen la dibujaron la noche previa se le antojaba ahora indescifrable. ¿Cómo iba a encontrar el camino por las calles oscuras sin una linterna?

Recorrió el pasillo con los brazos al frente, como una sonámbula. Para su alivio, en el rellano había un débil trasluz procedente de la planta baja que le permitió bajar las escaleras, y cuando alcanzó el recibidor vio una rendija de luz en la cocina.

Arnaud estaba frente a la estufa de hierro. En la tetera hervía agua. Llevaba la misma ropa que la noche anterior. Cuando Kay entró, se enderezó y se volvió con una sonrisa.

—*Bonjour, mademoiselle. Voudriez-vous du thé que vous nous avez donné?*

Kay acertó a desenterrar suficiente francés para responder:

—Gracias, pero me temo que no tengo tiempo. ¿Podría indicarme la dirección correcta para la calle a la que tengo que ir?

—Puedo hacer algo mejor. Puedo acompañarla.

Kay vaciló. En Medmenham les habían enseñado a ser cautas a la hora de mostrar a la gente dónde trabajaban. Con todo, no veía qué mal podía haber en ello, y dudaba de que fuera capaz de encontrar el camino sola.

—¿Está seguro?

—Insisto. Hay toque de queda, pero nadie nos parará con su uniforme. En serio, tiene tiempo de sobra para tomarse un té.

—Aun así preferiría salir ya, si no le importa.

Arnaud se encogió de hombros.

—Como quiera. —Retiró la tetera de la estufa y abrió la puerta de atrás.

Una senda de ladrillos cubierta de escarcha resbaladiza transcurría por el costado de la casa. Había un poco de luna y algunas estrellas; lo suficiente para mostrar el contorno del muro del jardín y su aliento titilando en el frío. Arnaud se adelantó renqueando y abrió la verja. Los adoquines de la calle brillaban débilmente. Cerró la verja tras de sí y señaló a la izquierda.

—Por aquí.

Malinas parecía silenciosa y medieval en la oscuridad, foránea para Kay en un sentido difícil de definir: un ligero olor en el aire que era diferente del de Inglaterra, una falta de familiaridad con las calles tortuosas y las formas de los altos edificios adosados. Procuró memorizar el trayecto para poder hacerlo sola en el futuro. Izquierda, derecha, izquierda, zigzagueaban por la ciudad durmiente.

Kay preguntó:

—¿Siempre madruga tanto? —Le daba igual la respuesta, pero le parecía de mala educación no darle conversación.

—Sí, bastante a menudo.

—¿Trabaja?

—Claro.

—¿Dónde?

—Oh, en varios lugares. Unas veces en la fábrica de muebles, otras en la destilería, cuando tienen malta y lúpulos. A veces descargo barcos. Falta mano de obra. A casi todos los hombres de mi edad los obligaron a ir a Alemania a trabajar. Yo me libré por la pierna. —Miró a Kay—. *Ma bénédiction est ma malédiction.* —Se lo tradujo, como si estuviera orgulloso de la poética expresión—. Mi bendición es mi maldición.

—¿Le hirieron, si no es mucho preguntar?

—Qué va. Tuve la polio cuando era un bebé. Soy lo que se dice un «tullido de nacimiento».

—Lo siento. Eso es tener mala suerte. —Kay lamentó una vez más su falta de tacto. Aun así añadió—: Siento mucho lo de su hermano.

—¿Por qué? No necesita disculparse por cosas que no son culpa suya.

Tomaron una calle ancha flanqueada de tiendas. Un hombre estaba retirando las contraventanas de una panadería. Un aroma a levadura y pan recién hecho flotaba en el aire. Arnaud se dio unas palmadas en el estómago.

—Ese olor me abre el apetito.

—¿Tiene hambre a menudo?

—¡Siempre!

Al final de la calle había un edificio grande con pilares y un tejado de cristal abovedado que a Kay le recordó a una estación de tren victoriana.

—Es más rápido si atajamos por aquí —dijo él.

La luna iluminaba tenuemente el vasto espacio vacío a través del tejado de cristal. El estrepitoso revoloteo de unas palomas en los travesaños de hierro la sobresaltó. Se alegró de no estar sola.

—¿Dónde estamos?

—En el mercado de comida. Cuando hay comida, claro.

Salieron por el otro extremo y Arnaud comentó con despreocupación:

—La semana pasada vi las furgonetas radar junto al canal.

—Ah, ¿sí? —Kay se puso en guardia de inmediato.

—¿A eso se dedica? ¿A los radares?

—Anoche ya le dije que no puedo hablar de ello.

—Perdone, no sabía que fuera algo tan secreto. Ahora soy yo el que le pide disculpas.

Parecía ofendido y alargó la zancada, balanceando airado la pierna dañada mientras sus fuertes hombros se mecían de un lado a otro. Kay se mantuvo rezagada para evitar más conversación, y cuando llegaron al puente sobre el río y los dos chapiteles aparecieron a lo lejos, dijo:

—Gracias, Arnaud. A partir de aquí ya conozco el camino.

Él se detuvo en la entrada del puente.

—¿Está segura? Siga hasta la Puerta de Bruselas y gire a la derecha. El edificio de los boches se encuentra a este lado de la carretera.

—Lo recuerdo.

—¿A qué hora sale? Si quiere, puedo recogerla y acompañarla a casa.

—No es necesario. Creo que sabré llegar sola.

—Bien. —Arnaud le tendió la mano. Ella la tomó. Él se llevó su mano a los labios y la besó.

—*Au revoir* —dijo Kay—, *et merci*.

Siguió andando. Transcurrido medio minuto, miró atrás. En la menguante oscuridad, Arnaud seguía observándola desde la entrada del puente. Kay levantó la mano. Él la imitó, giró sobre sus talones y se perdió en las callejuelas. Ella aceleró el paso, rodeó la puerta de la ciudad vieja y tomó la amplia carretera. Un camión del ejército pasó por su lado con soldados acodados en la parte de atrás. Uno de ellos le lanzó un silbido. Kay bajó la cabeza.

Cuando llegó al banco cinco minutos después, encontró la puerta cerrada. Cruzó la carretera hasta el cuartel general, donde las luces estaban encendidas, y llamó con los nudillos. Como nadie aparecía, entró. La recibió un delicioso olor a beicon frito. Arriba, en el comedor, un par de tenientes del Regimiento de Reconocimiento estaban sirviéndose té de un samovar. Al lado, sobre una plancha caliente, había una pila de sándwiches de beicon.

—¿Té? —Uno de los tenientes insistió en servirle una taza.

El otro le ofreció un sándwich.

—¿Eres una de las calculadoras?

—Sí.

—Sandy Lomax.

—Bill Duffield.

—Kay Caton-Walsh.

Cubrieron las tazas con los platos y se dieron la mano torpemente.

Bill, que tenía acento de Yorkshire, dijo:

—¿Por qué no desayunas con nosotros?

Ocuparon la mesa más alejada de la puerta. Probablemente había llegado un camión, pues el comedor empezó a llenarse de oficiales que bostezaban con ojos soñolientos. El comandante de ala Knowsley asomó la cabeza por la puerta, al parecer buscando a alguien, y la retiró.

—¿Cuándo llegasteis? —preguntó Kay.

—El miércoles. Disculpa. —Sandy se tapó la boca con la mano y terminó de masticar—. El miércoles. ¿Y tú?

—Ayer.

Kay sostuvo el sándwich con ambas manos, saboreando el momento, y le dio un bocado. Le pareció la cosa más deliciosa que había probado en su vida. No había servilletas. Se retiró la grasa de la barbilla con el dorso de la mano.

Bill la estaba mirando.

—Hay hambre, ¿eh?

—Mucha.

—Aun así, ni te acerques a la comida local.

—¿Por qué?

—Por lo visto abonan los cultivos con desechos humanos. Perdona que sea tan grosero. Un par de hombres ya han caído enfermos con algo muy desagradable. Viven prácticamente en las letrinas. Limítate a la comida en lata y no bebas del grifo, solo agua embotellada. En algunas ciudades los alemanes envenenaron el agua.

—Vale.

Kay terminó su sándwich y echó una mirada a la plancha, preguntándose si sería un abuso ir a por otro, pero la conversación la había desanimado.

La puerta se abrió de golpe y Barbara Colville entró con desenfado.

—¡Menos mal, pensaba que llegaba tarde! Buenos días a todos. Qué bien huele.

Arrojó su regla de cálculo y sus tablas logarítmicas sobre la mesa y se encaminó al samovar.

Kay contempló la regla de cálculo con consternación. Sandy le ofreció un cigarrillo de una pitillera de plata. Negó con la cabeza.

—No, gracias.

Los tenientes encendieron sendos cigarros.

Barbara regresó con su té y su sándwich y tomó asiento enfrente de Kay, que seguía mirando la regla de cálculo.

—¿Qué te pasa?

—Soy una imbécil. Con el miedo a llegar tarde me dejé mis cosas en la habitación.

—No te preocupes, seguro que hay de sobra. —Barbara dio un bocado a su sándwich—. ¿Qué tal tu alojamiento?

—Espartano. ¿El tuyo?

—La verdad es que he tenido suerte. Estoy con una viuda que ha decidido hacerme de madre. Ayer me preparó un pastel de verduras.

—Espero que no lo hayas tocado —dijo Bill.

—¿Por qué? —preguntó Barbara.

—Bill ha oído rumores sobre la comida local. —Kay le presentó a los dos tenientes.

Mientras Bill repetía sus lúgubres advertencias y Barbara adoptaba las debidas expresiones de horror, Kay dio sorbos a su té y se maldijo por su descuido. Se imaginó a Dorothy Garrod susurrándole al oído, como había hecho la primera vez que llegó a Danesfield House: «Concéntrate, Kay, concéntrate».

Barbara aceptó un cigarrillo de Sandy y se inclinó sobre la llama de la cerilla. Kay observó que le rozaba de modo breve la mano. Se reclinó en la silla y sacó un chorro de humo por la nariz. La puerta se abrió y la oficial de vuelo Sitwell entró en el comedor seguida de un comandante con un bigote francés. Los tres fumadores apagaron rápidamente los cigarrillos en el cenicero. Se levantaron y saludaron.

El comandante dijo:

—Bien, que empiece el espectáculo.

Sitwell miró con desagrado el humeante cenicero y se volvió hacia Kay y Barbara.

—Buenos días, señoritas.

—Señora.

—Cuando estén listas.

Abandonaron juntos del comedor y salieron a la calle. El día empezaba a clarear. Algunos transeúntes se dirigían al trabajo. Las ventanas del banco aparecían ahora iluminadas. Un guardia ocupaba su puesto junto a la entrada. El grupo se separó deseándose buena suerte. Los tenientes doblaron a la izquierda y siguieron al comandante por el vestíbulo hasta una puerta trasera que, presumiblemente, daba al descampado donde estaban estacionadas las furgonetas radar. Kay y Barbara doblaron a la derecha detrás de Sitwell, pasaron junto al mostrador y bajaron a la cámara acorazada. Knowsley estaba sentado a su mesa, hablando por teléfono. En un escritorio contiguo había un cabo del Cuerpo de Transmisiones. Al otro lado de la sala, tres sargentos de la WAAF aguardaban ya detrás de una hilera de mesas. Kay y Barbara ocuparon sus antiguos asientos en el centro. Kay respiró aliviada al ver que las mesas estaban equipadas con reglas de cálculo, tablas de logaritmos, lápices y libretas. Se quitó el abrigo y lo colgó en el respaldo de la silla.

Sitwell se colocó delante de la pizarra. Detrás, un viejo reloj de estación marcaba las ocho menos dos minutos.

—Todo lo que necesitamos ahora es un V2 —dijo—. Y mientras esperamos, practicaremos. Veamos cuánto han olvidado. —Se dio la vuelta y empezó a escribir a toda velocidad.

A lo largo de la mañana la cámara acorazada se fue llenando de actividad. Sargentos de la WAAF yendo y viniendo. Mensajeros llegando en motocicleta. Un coronel del Regimiento de Reconocimiento, impecablemente uniformado y tieso como un centinela, deliberó con Knowsley y, a continuación, se paseó por la sala. Examinó los mapas y los teléfonos, miró su reloj, tomó asiento en un rincón y pasados cinco minutos se levantó y se fue. Knowsley se sentó en el borde de la mesa del centro y observó a Kay y a Barbara manejar la regla de cálculo, consultar las tablas de logaritmos y llenar de operaciones una hoja detrás de otra. Sitwell medía el tiempo con su cronómetro. Siete minutos veinte, insuficiente. Seis minutos quince, se iban acercando. Cinco minutos cincuenta y dos, mucho mejor. El comandante de ala encendió una pipa y la sostuvo entre los dientes. Nubes de acre humo azul pasaban frente a los mapas. Su pie golpeteaba nerviosamente la pata de la mesa.

Justo antes de las diez, la oficial de vuelo Sitwell anunció que habían practicado suficiente.

—Tómense un descanso. Si necesitan ir al cuarto de baño, ahora es el momento. Está arriba. Pero vayan de una en una. Dense prisa y no salgan del edificio.

Barbara dijo a Kay:

—¿Quieres ir?

—Necesito un minuto. Ve tú primero.

Barbará corrió escaleras arriba. Kay se levantó para estirar el cuerpo y girar la cabeza. En la habitación se había hecho el silencio. No se oía nada salvo el tictac del reloj. Knowsley estaba pensativo.

—Parece que hoy se están tomando su tiempo. Lo normal, a esta hora, es que ya hubiesen lanzando algún cohete.

—¿Existe un patrón, señor?

—No. A veces pasan tres o cuatro horas entre lanzamientos. A veces envían dos cohetes casi al mismo tiempo. —Knowsley dio una calada a su pipa y examinó la cazoleta. Estaba jugando con ella, comprendió Kay, para calmar los nervios, hablando para llenar el silencio—. No creo que sigan un programa concreto. Supongo que tienen muchos problemas técnicos y simplemente lanzan cuando están listos. —Se había fumado todo el tabaco. La pipa emitió un silbido—. Me encantaría ver el despegue de un cohete.

—¿En serio?

—Desde luego. Debe de ser impresionante. ¿A usted no?

—Nunca me he parado a pensarlo.

—Qué curioso. Quizá solo sea una cosa masculina. Freud y todo eso.

Sonó un teléfono. Ambos se volvieron a mirarlo. El cabo del Cuerpo de Transmisiones descolgó rápidamente, escuchó durante unos segundos, tapó el auricular con la mano y anunció:

—¡Han lanzado!

Empezó a sonar un timbre. «Como en el colegio», pensó Kay. Todo el mundo regresó raudo a su puesto. Notó que el corazón se le aceleraba. Barbara bajó a toda prisa y corrió a sentarse. Le hizo una mueca a Kay por encima de la mesa.

—Siempre igual. Ha de ocurrir justo cuando tengo las bragas en los tobillos.

—¡Silencio! —gritó Sitwell.

Kay aguardó con el lápiz sobre la libreta. Pasaron unos segundos. El cabo escuchaba con atención. Tenía la mano en alto, como un comisario sosteniendo una bandera al comienzo de una carrera.

—Ángulo de contacto dos seis cero, altitud cincuenta y siete mil, velocidad cuatro cero tres ocho...

—Dios mío, qué rápido...

—¿Alguien tiene ya las posiciones del eje de ordenadas? —preguntó Sitwell.

Una sargento de la WAAF estaba escribiendo con rapidez.

—Sí, señora.

El cabo anunció:

—Pérdida de contacto.

—Ya está fuera de alcance —dijo Knowsley—. ¡En fin! —Meneó la cabeza y dejó ir un suspiro—. Ahora ya solo queda esperar.

Una sargento estaba sentada con el teléfono encajado debajo de la barbilla, en comunicación directa con Stanmore, y un lápiz en la mano. Otra se hallaba junto al mapa de Londres y el sureste de Inglaterra, sosteniendo una lata de alfileres.

En la sala se hizo de nuevo el silencio. Pasaron los minutos. Era espeluznante imaginar el cohete elevándose hacia el espacio, pensó Kay, la curva de su trayectoria aplanándose, el giro gradual, la velocidad de su descenso. «Habrá personas en Londres, como fue mi caso, ocupándose de sus vidas una mañana corriente de un martes, llenas de planes y preocupaciones triviales, completamente ajenas al hecho de que las matemáticas de la curva parabólica ya las han condenado». Bajó la vista hacia su hoja de papel con los números escritos a lápiz que representaban los valores del ángulo, la altitud, la velocidad y la posición. Los números enteros de la muerte. Rememoró el momento en que acababa de meterse el vestido por la cabeza en Warwick Court y se produjo un cambio en la atmósfera, como si el aire hubiera sido succionado, y luego la explosión sónica, el rugido del cohete entrante, todo ello engullido por el estruendo del edificio derrumbándose.

—Informe del impacto —anunció la sargento de la WAAF al teléfono. La voz devolvió a Kay al presente. Otra pausa mientras los radaristas de Defensa Nacional en Inglaterra hacían sus cálculos—. Ángulo de latitud cincuenta y uno punto treinta, tres uno punto seis uno cuatro seis. Longitud cero, cero, treinta y siete punto ocho siete nueve dos.

La sargento clavó un alfiler en el mapa. Kay cogió la regla de cálculo. Sus elucubraciones sobre lo que estaba pasando en Londres se evaporaron de inmediato. Le sorprendía su propia serenidad. Su mente se bifurcó: una parte se concentró en el procedimiento que había que seguir, la otra se aseguró de que sus cálculos fueran precisos. El cursor de la regla de cálculo se desplazaba adelante y atrás con una precisión reconfortante. El mundo se redujo a los números. A los seis minutos exactos levantó la mano y pasó su libreta a Barbara. Knowsley y Sitwell se reunieron sobre el hombro de Barbara para verla cotejar los cálculos de Kay con los suyos. Kay observó sus rostros. Ahora sí estaba nerviosa. Le habría gustado un cigarrillo. Al cabo de un minuto, Sitwell se llevó la libreta hasta el mapa que mostraba Londres y el mar del Norte hasta la costa holandesa. Midió la distancia.

—Ángulo de latitud, cincuenta y dos punto siete, cuatro punto dos siete cero dos. Longitud, cuatro punto uno siete, cincuenta y dos punto tres cero nueve ocho.

—Ángulo de latitud, cincuenta y dos punto siete... —Una sargento de la WAAF, con el refinado acento de una locutora de la BBC y una voz clara y tranquila, repetía las coordenadas por teléfono al Mando de Caza.

Barbara sonrió a Kay.

—Tranquila, cielo, lo has clavado.

En la RAF de Coltishall, quince kilómetros al norte de Norwich, cuatro pilotos de Spitfire —miembros del escuadrón 602 (Ciudad de Glasgow)— que habían estado sentados en sus cabinas durante horas, recibieron la orden de despegar. Sus aviones de combate eran Tipo 16, recién salidos de la fábrica y especialmente modificados para servir como bombarderos. El escuadrón había dedicado varios días a estudiar fotografías de reconocimiento a gran altitud de La Haya, familiarizarse con el Tipo 16 y practicar el bombardeo en picado. Afanándose bajo el peso de dos bombas de ciento trece kilos, una debajo de cada ala, avanzaron por la pista y despegaron hacia un cielo de nubes bajas. Volando en estrecha formación, viraron hacia el este, cruzaron la larga playa arenosa entre Waxham y Winterton-on-Sea y se dirigieron por encima del mar del Norte hacia la costa holandesa, a doscientos kilómetros de distancia. Las coordinadas del ataque fueron transmitidas por radio desde la torre de control. A una velocidad máxima de cuatrocientos ochenta kilómetros por hora, llegarían a su objetivo en veinticinco minutos.

Sitwell se acercó al mapa de La Haya, volvió a comprobar con detenimiento los ángulos y clavó un alfiler en el corcho. Kay se levantó y rodeó la mesa para examinarlo. La cabeza roja

—«Como una gota de sangre», pensó— estaba colocada en el centro exacto del bosque de Scheveningen.

El teléfono sobre la mesa del cabo sonó. Todas las miradas se volvieron hacia él mientras contestaba. Escuchó, asintió y tapó el auricular con la mano.

—Han lanzado un segundo cohete.

13

En opinión de Graf, el primer misil del día había despegado sin complicaciones. Un minuto después de que desapareciera entre las nubes, el equipo había emergido de la trinchera y procedido a enrollar los cables eléctricos. El vehículo de control de despegue había salido pesadamente de su madriguera y retrocedido hasta la plataforma de lanzamiento. Más tarde, cuando mirara atrás, reconocería que no había habido la sensación de urgencia debida. No obstante, hacía tanto tiempo que los hombres no veían un avión enemigo —*Jabos*, los llamaban; de *Jagdbomber*, cazabombardero— que cierta laxitud era comprensible.

Un sargento asomó la cabeza por la ventanilla del semioruga.

—¿Quiere que lo llevemos?

—Gracias, pero he de ir a ver al pelotón de Schenk.

Como un médico haciendo visitas a domicilio, Graf iba de un cohete a otro. Quinientos metros al oeste de la primera base de lanzamiento, un segundo V2 se alzaba sobre su plataforma, listo para despegar. Se había producido otro fallo en el transformador y el lanzamiento se había retrasado dos horas mientras lo sustituían por otro. El sargento Schenk, el veterano del frente oriental que había dejado sus orejas congeladas en un hospital de campaña cerca de Leningrado, se encontraba a los pies del misil. Los compartimentos de control estaban cerrados.

Cerca del depósito de oxígeno líquido salía aire condensado. El cohete estaba listo para elevarse.

Schenk dijo:

—¿Quiere quedarse a mirar?

—Paso, si no le importa. He de regresar a la base.

—No se preocupe, con su firma basta. —Schenk le tendió la tablilla para que Graf confirmara que se había llevado a cabo la reparación—. He oído que enterrarán al teniente Stock y a los demás mañana por la mañana. Será todo un acontecimiento.

Graf se preguntó si el comentario pretendía transmitir reprobación, pero no vio indicios de ello en el rostro maltrecho del sargento.

—Eso tengo entendido. —Firmó la confirmación y le devolvió la tablilla.

—Así es la guerra, ¿no? Algunos de estos chicos son tan novatos que aún tienen la leche de sus madres en los labios.

—Nadie conoce esta guerra mejor que usted, sargento. —Estaba ansioso por librarse de una de las historias de terror de Schenk sobre la lucha contra los rusos—. Hasta luego.

—Hasta luego.

Echó a andar por la carretera.

Hacía una mañana tranquila, fría, gris. Se hallaba en el mismo trecho de carretera que había recorrido con Biwack la mañana del sábado, yendo de este a oeste por el bosque de Scheveningen, con sus vistas al lago. No había nadie. Agradeciendo la soledad, aminoró el ritmo para poder disfrutar de ella. A su espalda tronó el encendido del motor de un cohete. Detuvo sus pasos y se volvió a mirar. Un segundo después, el misil de Schenk despegó y se elevó entre los árboles.

—Vamos, cabrón, inclínate —farfulló, y como si le hubiera escuchado, la trayectoria del V2 se aplanó justo antes de desaparecer en el cielo encapotado. Bien. No habría más lanzamientos durante una o dos horas. Vislumbró un banco con vistas al lago y decidió tomarse un descanso.

Todavía le duraba la resaca de la noche previa. Sobre él pesaba una combinación de curasao y coñac y el recuerdo de su conversación con la chica en el burdel. ¿En serio le había contado todo eso del índice de despegues fallidos y la escasez de oxígeno líquido? Se quitó el sombrero y se frotó la frente con el dorso de la mano. «Debo de estar volviéndome loco». Se prometió que no volvería a pisar el burdel. Pero la imagen de la joven seguía visitándolo. Mientras regresaban en el coche, Seidel le había dicho:

—Esa muchacha era pequeña y flacucha. ¿Qué te hizo elegirla?

—No lo sé. Puede que me recordara a alguien a quien conocí.

La explicación pareció satisfacer la curiosidad del teniente.

—Está claro que sobre gustos no hay nada escrito. Yo siempre me pido a Marta justamente porque no me recuerda a nadie.

Graf encendió un cigarrillo, estiró las piernas y descansó los brazos a lo largo del respaldo del banco. Dado que el terreno descendía ligeramente hacia el lago, disfrutaba de una buena vista. Los lagos poseían un aire melancólico en invierno que encajaba con su estado de ánimo. Se había deshecho de los fragmentos del motor quemado del cohete esa misma mañana repartiéndolos por el bosque. Supuso que con ello se había convertido en cómplice de Femke. Barajó una vez más la idea de intentar rescatarla y llevarla en coche a su ciudad. Pero seguro que los paraban. Quizá hubiera alguien en la resistencia que pudiera esconderla en La Haya. Él podría conducir esa corta distancia, ¿no? El plan era factible. Puede que, después de todo, regresara al burdel y se lo propusiera.

Seguía dando vueltas a la idea cuando el aullido de la sirena que anunciaba un ataque aéreo llegó procedente de la ciudad.

Era la primera vez que oía el aviso desde hacía semanas. Lo primero que pensó, como en el caso de Peenemünde, fue que probablemente se trataba de un simulacro. Se encontraba a solo trescientos metros de las carpas del equipo de técnicos. Pero en lugar de correr carretera arriba para refugiarse en sus trincheras, se quedó en el banco y escudriñó el cielo. A juzgar por la manera en que los V2 habían desaparecido esa mañana, casi en cuanto comenzaron a inclinarse, calculó que la cobertura de nubes debía de estar alta, quizá a tres mil metros, peligrosamente alta ahora que lo pensaba. De súbito, contra el gris del cielo, vio asomar diminutas manchas negras, como brotes de tinta de calamar, seguidas del lejano pum-pum-pum de las baterías antiaéreas abriendo fuego desde sus posiciones en Oostduinen.

Eso lo levantó del banco.

La táctica de una formación de cazas Spitfire en un bombardeo era aproximarse desde una altitud de unos dos mil quinientos metros, identificar el objetivo, rodar sobre el lomo y descender en fila de manera abrupta, en un ángulo de setenta y cinco grados, hasta una altitud de mil metros; soltar las bombas desde una posición casi vertical, empezando por el cabecilla; y seguidamente tirar de las palancas de mando hacia atrás y elevarse a toda velocidad. Esa era la maniobra que el Escuadrón 602 había estado practicando sobre las marismas de Anglia oriental los últimos días, y ese era el espectáculo que Graf presenció esa mañana de noviembre: cuatro puntos emergiendo de las nubes por el norte, en una fila perfecta, aumentando con rapidez de tamaño y ruido, el tono agudo de sus caídas en picado alcanzando su punto culminante, apuntando directamente hacia él. La precisión era tan extraordinaria —el fuerte pistoneo de los célebres motores Rolls-Royce Merlin tan diferente de todo lo que había escuchado hasta entonces— que el ingeniero que llevaba dentro permaneció clavado al suelo, incluso mientras veía las bombas separarse de las alas de los aviones de combate. Solo cuando oyó el silbido de su descenso tomó conciencia del peligro.

Se arrojó al suelo, apretó la cara contra la hierba húmeda y se cubrió la cabeza con las manos justo cuando los estallidos de las explosiones empezaron a retumbar sobre el lago. Cada detonación vibraba en su estómago. Se sentía terriblemente expuesto con la espalda mirando al cielo. Se imaginó el patrón de las bombas aproximándose. Contó ocho en total. Cuando la última reverberación se disipó, permaneció otro minuto tendido en el suelo, escuchando el zumbido de los motores de los Spitfire perderse en la distancia, perseguidos por el martilleo del fuego de las ametralladoras de grueso calibre.

Se puso en pie. Un manto de humo negro estaba elevándose por encima de los bosques del otro lado del lago. Algunos de los delgados pinos cercanos a la orilla ardían por completo, como hierros de marcar.

¿Había terminado de verdad? En Peenemünde el bombardeo se había alargado durante casi una hora, oleada tras oleada. Oteó el cielo, pero no había nada que ver salvo algunas volutas de humo marrón, el residuo de los proyectiles detonados, que ya empezaban a desintegrarse.

Echó a andar por la carretera. Al doblar la curva, varias decenas de hombres con monos grises comenzaron a emerger del carril lateral que conducía a las carpas del equipo técnico. Cruzaron la calzada y se congregaron para contemplar la escena del otro lado del lago. Un Kübelwagen apareció detrás de ellos haciendo sonar la bocina para que despejaran el camino. El coronel Huber se apeó del asiento de delante, seguido del teniente Klein por el lado del conductor. Biwack saltó del asiento de atrás. El Obersturmbannführer Drexler bajó detrás de él, retorciendo el cuerpo para abrirse paso por el estrecho espacio. Huber levantó unos prismáticos y examinó el fuego. Graf estaba tratando de decidir si sumarse o no a ellos cuando Drexler reparó en él y le hizo señas para que se acercara.

—Doctor Graf, ¿está bien?

—Sí. ¿Hay heridos?

—Es lo que estamos intentando determinar.

Huber seguía mirando por los prismáticos.

—Medio kilómetro más cerca y nos habrían aniquilado. —Se volvió hacia Klein—. ¿Tenemos almacenes en esa zona?

—Que yo recuerde, no, coronel —dijo Klein.

Huber reanudó su inspección del fuego.

—No parece que haya gente. —Pasó los prismáticos a Drexler—. Deberíamos ir para asegurarnos. —Miró a Graf—. También usted.

Subieron al Kübelwagen. Graf se escurrió al lado de Biwack en el asiento de atrás. Tal vez fueran imaginaciones suyas, pero tenía la sensación de que el oficial de Liderazgo Nacionalsocialista lo estaba ignorando. Klein, que había sido mecánico antes de la guerra, conducía hábil pero rápidamente, zarandeándolos de un lado a otro. Graf se agarró a la puerta. Justo antes de llegar al puesto de control de las SS, el teniente giró el volante con brusquedad hacia la derecha. Abandonaron la carretera principal y descendieron por la ladera herbosa en dirección al lago. Desde allí se divisaba mucho mejor el fuego. Chorros de llamas naranjas sobresalían con su brillo en la mañana gris. Mientras bordeaban la orilla podían oír el fuego restallando, devorando la vegetación. Arrastrados por el viento, el humo y las cenizas sobrevolaban el lago. Las bombas habían caído en la pequeña isla además de en la orilla.

Klein dijo:

—Es posible que hayan lanzado bombas incendiarias, coronel.

—Es absurdo intentar apagar eso —dijo Huber—. Es más seguro dejar que arda. Pare aquí.

Bajaron y se detuvieron en la orilla para inspeccionar el fuego desde una distancia de cien metros. Graf tuvo su turno con los prismáticos. Una de las bombas había dejado un cráter profundo, como si el pulgar de un gigante hubiese aplastado la tierra. Cuando el viento viró en su dirección, pudo notar el calor.

—No creo que tuviéramos nada almacenado allí, coronel —dijo Klein—. De lo contrario, ya habría explotado.

Huber asintió.

—Hemos tenido suerte.

—¿Ha sucedido esto antes?

—Nunca —dijo Huber—. Los *Jabos* atacaron nuestra antigua base de lanzamientos de Rijsterbos hará unas seis semanas, pero solo después de que hubiéramos abandonado la zona para venir aquí.

Biwack frunció el entrecejo.

—En ese caso, me pregunto por qué ha sucedido esto hoy.

—Quién sabe.

—Puede que una patrulla de la RAF divisara algo —apuntó Klein.

—¿Qué hay que divisar? —dijo Huber—. Los misiles no salen del depósito hasta que ha oscurecido. La Luftwaffe ha examinado la seguridad de nuestro camuflaje desde el aire y asegura que es excelente. Somos indetectables.

Biwack había sacado su libreta.

—Excepto durante los lanzamientos, imagino.

—Cierto. —Huber echó una mirada irritada a la libreta—. Pero jamás lanzamos si se nos informa de la presencia de aviones enemigos en cincuenta kilómetros a la redonda.

—Entonces puede que alguien de tierra les haya revelado nuestra localización. —Biwack se volvió hacia Drexler.

—Imposible —dijo el comandante de las SS—. Tenemos toda la zona acordonada y la población local hace tiempo que se fue. No hay civiles holandeses en un radio de por lo menos cuatro kilómetros.

—Doctor Graf —dijo Biwack—, ¿qué opina usted?

—¿Yo? —Graf lo miró con cara de sorpresa. Estaba pensando en la chica del burdel—. ¿Por qué debería tener una opinión? Yo solo sé de ingeniería. La seguridad no tiene que ver conmigo.

—Puede que haya sido una mera coincidencia —sugirió Klein—. Una patrulla rutinaria que decidió arrojar sus bombas antes de regresar a casa.

—No tiene pinta de ser una coincidencia —dijo Biwack—. De hecho, parecía una maniobra muy precisa.

—¡Dejemos de partirnos la cabeza, caballeros! —dijo secamente Huber—. No es ningún desastre. ¡Miren, solo le han dado a los árboles! —Cruzó los brazos y contempló la columna de humo—. Tomémonoslo como un toque de atención. Quizá nos hayamos confiado demasiado. Deberíamos endurecer los procedimientos de los lanzamientos, asegurarnos de evacuar el lugar durante los diez minutos siguientes al despegue. ¿Por qué no…?

El aullido de la sirena de ataque aéreo lo interrumpió. Se miraron.

Biwack preguntó con intención:

—¿Otra coincidencia?

—No es posible que estén de vuelta —dijo Drexler—. Ya han lanzado sus bombas. Debe de ser una segunda oleada.

—O una falsa alarma —añadió Klein.

—Sea lo que sea —dijo Huber—, deberíamos ponernos a cubierto. Podrían utilizar el fuego como punto de mira. —Miró en derredor. Estaban a plena vista. No había dónde refugiarse—. Regresemos a la base técnica, y deprisa.

Se apretujaron de nuevo en el Kübelwagen. Klein dio marcha atrás antes de que Graf tuviera tiempo de cerrar la portezuela. Recularon a toda velocidad, frenaron y, levantando un chorro de barro, el coche hizo un giro cerrado y arrancó. Subieron dando botes por la ladera y al llegar a la carretera ya podían oír los rápidos estallidos del fuego antiaéreo.

—¡Pare! —ordenó Huber. El viejo artillero ladeó la cabeza y aguzó el oído—. Viene de la batería costera de Rijnsoever. Olvídese de la base técnica. Regresemos al cuartel general.

Klein giró a la derecha. Cuando llegaron al puesto de control de las SS, apretó el claxon con el pulpejo de la mano y lo mantuvo allí hasta que el guardia salió de su trinchera y levantó la barrera. La carretera principal que conducía al pueblo estaba desierta. Había vehículos abandonados en la cuneta mientras sus ocupantes buscaban refugio. Pasaron zumbando junto a las fondas y hoteles en dirección al paseo marítimo.

Klein frenó en seco frente al hotel Schmitt y los pasajeros fueron lanzados hacia delante. Huber fue el primero en bajar. Se detuvo en la acera y estudió el cielo con los prismáticos.

—Parece que están atacando Wassenaar. ¿Dónde está la maldita Luftwaffe? —Ajustó el enfoque—. ¡Ah, por ahí viene!

Al sur, por encima de los tejados, Graf podía ver los aviones británicos —de nuevo cuatro— aproximarse desde el mar y caer en fila casi verticalmente. El rugido de los motores de alto rendimiento ahogaba los demás sonidos. Fulgurantes ristras de fuego trazador ondeaban contra las nubes. Se fijó en que otros dos aviones habían aparecido en el cielo, por encima de los *Jabos*. La escena se le antojaba curiosamente remota e inofensiva, como observar el vuelo de unas pocas moscas. El estruendo de las bombas al explotar traspasaba el martilleo del fuego antiaéreo. Las ventanas del hotel vibraban. Una vez más, Graf se descubrió contando las detonaciones: ocho en total.

Biwack dijo:

—¿No deberíamos ir al refugio?

—No es necesario —dijo Huber—. Ya han lanzado sus bombas.

—¿Cómo sabe que no habrá más?

—Porque cazan en manadas de cuatro y es evidente que van a por las bases de lanzamiento. No les interesa el pueblo, de lo contrario ya lo habrían bombardeado. Pero baje al sótano si lo desea, mi querido Sturmscharführer. Yo me voy a mi despacho.

El coronel giró sobre sus talones y entró en el hotel seguido de Drexler y un Klein sonriente. Tras un breve titubeo, Biwack hizo lo propio. Graf se quedó en la acera, reacio a marcharse de allí. Todavía podía oír el zumbido de los aviones a pesar de que ya no eran visibles. La artillería antiaérea seguía tronando, pero solo de manera esporádica. Pensó de nuevo en Femke y en su exigua colección de fragmentos. Parecía improbable que tuviera una conexión directa con algo de eso. Pero ¿qué sabía él? ¿Quizá era la resistencia pasando información a los británicos? Se sintió súbitamente intranquilo, cómplice.

El despacho del coronel se hallaba al fondo de la planta baja del hotel, y para cuando Graf llegó, Huber ya estaba sentado a su mesa, hablando por teléfono. Detrás había una fotografía enmarcada del Führer con una guerrera gris y los brazos cruzados, mirando malhumorado al infinito. Graf no recordaba haberla visto antes. Se preguntó si el coronel la había colgado para complacer a Biwack. Drexler también estaba al teléfono, en un escritorio situado en un recodo. Del refugio habían subido dos oficiales subalternos. Biwack estaba estudiando un mapa a gran escala de La Haya que mostraba las posiciones de las bases de lanzamiento del regimiento —las localizaciones utilizadas en el pasado estaban señaladas con alfileres verdes y las empleadas en la actualidad con alfileres rojos— desde Hoek van Holland y Loosduinen, al oeste, hasta Scheveningen, el Haagse Bos y Wassenaar, una franja de costa de más de veinte kilómetros.

—Sí, sí —estaba diciendo Huber—. Bien, entendido. Llámeme cuando tenga más información. —Colgó y se acercó al mapa—. Parece que hemos vuelto a tener suerte. Seidel dice que las bombas cayeron en los bosques de Duinrell. —Dio unos golpecitos en el mapa con el dedo—. Eso está a un kilómetro de nuestras posiciones de lanzamiento. ¿A qué demonios están jugando?

Biwack dijo:

—¿No es evidente? Deben de estar recibiendo información secreta de la población local.

—En ese caso, su servicio de espionaje deja mucho que desear. Nunca hemos lanzado desde Duinrell.

Drexler colgó.

—Una de nuestras patrullas de las SS ha atrapado a un muchacho en el bosque. Asegura ser el hijo de un granjero. Van a traerlo para interrogarlo.

Huber gruñó.

—¿Cree que el hijo de un granjero es el responsable? No parece muy verosímil.

—Estaba en una zona restringida.

Sonó el teléfono del coronel. Uno de los oficiales se apresuró a descolgar. Escuchó durante unos instantes y luego se puso firme.

—Sí, Herr Gruppenführer, se lo paso de inmediato. —Tendió el teléfono a Huber—. Es el Gruppenführer Kammler, coronel.

La temperatura del despacho pareció descender varios grados. Huber contempló el auricular como si estuviesen pasándole una granada de mano con la anilla retirada. Tiró del fondo de su guerrera para alisarla, caminó hasta su mesa y tomó asiento. Cogió el auricular y tapó el micrófono con la mano.

—¿Les importaría salir, por favor? —Esperó a que hubieran desfilado. Desde el pasillo, Graf le oyó decir—: Sí, mi Gruppenführer, Huber al habla. —Tras lo cual el oficial cerró la puerta. Klein lanzó una mirada desalentadora a Graf y se pasó el dedo por la garganta.

Se dirigieron al vestíbulo. Klein se desplomó en una butaca y encendió un cigarrillo. Graf tomó asiento a su lado. No sabía muy bien qué hacía allí. Los dos hombres de las SS se retiraron a un rincón y se pusieron a charlar en voz baja.

Graf preguntó:

—¿Qué cree que significa todo esto?

No conocía a Klein tan bien como a los demás, aunque reconocía a los de su clase: un mecánico, más a gusto entre motores que entre personas. Se decía que gozaba de la simpatía de sus hombres.

—Nada bueno. —Klein contempló la punta de su cigarrillo—. ¿Conoce a Kammler?

—Claro.

—Entonces sabrá que cualquier cosa es posible. ¿Conoce la historia de lo que le sucedió al regimiento en Rijs?

—No.

Klein trasladó la mirada del extremo de su cigarrillo a Graf e hizo una pausa antes de proseguir.

—Llevábamos tres semanas emplazados allí mientras la lucha continuaba en Arnhem. Kammler nos había sacado de La Haya, por si acaso los aliados la tomaban, y eso significaba que los cohetes ya no podían alcanzar Londres. Así pues, nos dijo que en su lugar disparáramos al este de Inglaterra. Cuando decidió que era seguro para nosotros regresar, dijo que le preocupaba que nuestra seguridad se hubiera visto comprometida en Rijs porque la gente del pueblo había visto lo que estábamos haciendo. —Se interrumpió, frunciendo el entrecejo—. ¿Seguro que no ha oído antes la historia? Pensaba que todo el mundo la conocía.

Graf negó con la cabeza.

Klein echó una ojeada a Biwack y Drexler. A continuación se inclinó hacia delante y dijo en voz baja:

—Kammler ordenó al coronel que reuniera a todos los civiles de la zona, o sea, unas quinientas personas, y los fusilara. Sus palabras exactas fueron: «Ya es hora de que sus hombres aprendan a ver correr la sangre».

—¡Dios mío! ¿Y qué hizo Huber?

—Ignoró la orden. Esa misma noche nos fuimos y vinimos aquí al abrigo de la oscuridad. Al día siguiente, la RAF atacó los bosques de Rijs. De modo que a lo mejor sí fuimos traicionados por los lugareños, quién sabe.

—¿Kammler dijo algo?

—Ni una palabra, que yo sepa. Probablemente se olvidó del asunto. Ya lo conoce, salta de un capricho delirante a otro. En fin, que por eso el coronel se pone un poco tenso en presencia de las SS y en particular de nuestro amigo del Liderazgo Nacionalsocialista.

Graf miró a Biwack. Seguía conversando con Drexler y estaba agitando el dedo para enfatizar algo. Klein apagó bruscamente el cigarrillo e hizo un gesto con el mentón. Huber había aparecido en el vestíbulo. Se pusieron en pie.

El coronel estaba frotándose las manos con nerviosismo.

—Drexler y Biwack, el Gruppenführer quiere hablar con

ustedes. Sigue al teléfono en mi despacho. —Los dos hombres se alejaron con paso presto. Huber los observó partir y esperó hasta que hubieron desaparecido y la puerta quedó cerrada—. Bien, caballeros, resulta que el Gruppenführer está en Holanda. Se encuentra en Hellendoorn inspeccionando la SS 500.

—Ah —gruñó Klein con cierto desprecio—, ¡su favorita!

La batería SS Werfer 500 había sido creada como rival de los regimientos del V2 de la Wehrmacht —«Para enseñar al ejército cómo deben hacerse las cosas»—, pero hasta la fecha no habían conseguido lanzar tantos cohetes, para irritación de Kammler.

Huber continuó:

—Ha decidido hacernos una visita y evaluar la situación en persona. Tiene intención de dirigirse a los hombres en el funeral de mañana, para levantarles la moral, dice. Fue idea de Biwack, por lo visto. Y esto le interesará a usted en particular, doctor, dada la conversación que mantuvimos en la cena la otra noche. Vendrá acompañado del profesor Von Braun.

14

En la cámara acorazada del banco de Malinas reinaba la calma desde hacía varias horas.

El comandante de ala Knowsley había abandonado su mesa y subido al vestíbulo. La oficial de vuelo Sitwell estaba redactando un informe sobre las actividades de la mañana para el Ministerio del Aire. Las sargentos de la WAAF y el cabo del Cuerpo de Retransmisiones estaban mirando al vacío. Barbara dormitaba. De vez en cuando levantaba la cabeza y miraba en derredor para ver si alguien se había dado cuenta, tras lo cual le volvía a caer casi al instante. Había realizado el último cálculo en seis minutos y medio, justo por delante de Kay, y tras verificarlo había unido las manos sobre la cabeza, como un campeón de boxeo.

Kay sacó punta a su lápiz y observó la mata de pelo rubio de Barbara. El color parecía natural. ¡Lo que daría por tener un pelo como ese! Recogió las virutas con la mano, las tiró en el cenicero y siguió garabateando círculos y dameros en los márgenes de su libreta.

En Medmenham siempre había algo que hacer. Los días que el mal tiempo mantenían en tierra los vuelos de reconocimiento, los intérpretes repasaban las fotografías antiguas para comprobar si se les había escapado algo. Era como estar atrapados un día lluvioso dentro de una casa de campo repleta de rompecabezas incompletos, y era en tales momentos de calma cuando se habían realizado los descubrimientos más significativos en los análisis de Peenemünde. Pero en este trabajo, si no se lanzaban V2, no podían hacer otra cosa que permanecer ociosas. Kay se preguntó quién había sido el primero en decir que la guerra consistía en largos periodos de aburrimiento salpicados de momentos de puro terror. La gente no cesaba de repetirlo. Alguien tenía que haber sido el primero en decirlo.

Escuchó pasos en la escalera. Louie, la oficial de la WAAF de pelo corto y aspecto masculino, y Flora, la chica escocesa, entraron en la sala.

Sitwell levantó la cabeza y arrugó la frente.

—Señora. —Se cuadraron.

—¿Ya son las dos? —Sitwell giró sobre su asiento y miró el reloj—. Bien, señoritas, cambio de turno.

Kay alargó el brazo por encima de la mesa y tocó el hombro de Barbara.

—¿Barbara? Hemos terminado.

Entreabrió los ojos.

—¿Me he dormido?

—Tú podrías dormirte de pie —señaló Louie.

Flora se quitó el abrigo y la gorra.

—¿Cómo ha ido?

—Dos lanzamientos —dijo Kay—. Creo que terminamos las operaciones a tiempo, aunque es difícil saberlo. ¿Qué tal tu alojamiento?

—¿Les importaría hablar más bajo? —dijo Sitwell—. Todavía estamos en situación de alerta.

Kay recuperó su abrigo del respaldo de la silla y Flora ocupó su lugar.

—Oooh, qué calentito —susurró.

—¡Un momento, señoritas!

Knowsley bajó trotando las escaleras y caminó hasta el frente de la sala.

—Antes de que se vayan, tengo una noticia que me gustaría

compartir con ustedes. ¡Escúchenme todas! —Dio unas palmadas para captar su atención—. Nada de lo que me dispongo a decir debe ser repetido. Es información estrictamente confidencial, espero que quede claro. —Intentó mostrarse severo, pero no pudo reprimir una sonrisa—. Acabo de hablar por teléfono con Stanmore. Como resultado de nuestros esfuerzos de esta mañana, se organizaron dos ataques contra las bases de lanzamiento de Holanda. Todos nuestros aviones regresaron sanos y salvos, y el Mando de Caza ha informado de que destruyeron ambos objetivos.

Un murmullo de celebración recorrió la estancia. Kay miró a Barbara y pronunció con los labios:

—¡Felicidades!

Barbara alzó el pulgar.

—¡Felicidades a ti también!

Knowsley las miró con satisfacción.

—Las dos han hecho un trabajo excelente. Ahora que terminan su turno, ¿por qué no van al bar del comedor y se toman algo a mi cuenta?

—Es usted muy amable, señor —dijo Barbara—. ¿Sabe? ¡Creo que le haremos caso!

—En cuanto a las demás, me temo que tendrán que seguir esperando.

Hubo un gemido bienhumorado.

Una vez en la calle, Barbara se arrojó al cuello de Kay.

—¡No puedo creer que lo hayamos conseguido!

—Lo sé, es fantástico. —Kay le dio unas palmadas en la espalda. Por encima del hombro de Barbara vio que una pareja de belgas las observaba—. Creo que no deberíamos ser tan expresivas en público.

—Ay, sí, tienes razón.

Cruzaron la calzada y entraron en el cuartel general. Arriba, en el bar, Kay estudió el pequeño estante de las botellas.

—¿Qué crees que deberíamos beber? ¿Cerveza?

—¿Cerveza? Nos merecemos algo mejor. Dos gin-tonics

—dijo Barbara al camarero—. Dobles. Anótelo en la cuenta del comandante de ala Knowsley.

—Sí, señora.

—¿Y podemos comer algo? Acabamos de terminar nuestro turno.

—Veré qué tiene el cocinero.

Se encaminaron con sus bebidas a la mesa junto a la ventana. Barbara encendió un cigarrillo.

—A este paso casi acabará gustándome este lugar. ¡Dos blancos directos! Querida, entre las dos vamos a ganar la guerra.

Brindaron. El gin-tonic estaba caliente y empalagoso, demasiado fuerte para el gusto de Kay, sobre todo en mitad del día, pero se lo bebió de todos modos. «¿Dos blancos directos? ¿En dos asaltos?». No sabía si creérselo. Según su experiencia, la RAF siempre exageraba sus hazañas. Pero no quería ser aguafiestas. Una suerte de cálida relajación pareció extenderse por su cabeza. Señaló los cigarrillos con el mentón.

—¿Te importa si cojo uno? Te lo devolveré.

Barbara le dio fuego y se recostaron en el asiento con satisfacción. No había nadie más en el comedor. Todo el mundo debía de estar trabajando, pensó Kay. Tenía la sensación de estar haciendo novillos.

—¿Qué hacías antes de la guerra?

—Nada. Estudiaba en la universidad. ¿Y tú?

—Trabajaba en una galería. Un aburrimiento.

Kay la observó a través del humo de su cigarrillo. Sí, eso le encajaba. Podía imaginársela en una de esas galerías caras de Mayfair, atrayendo decorosamente a clientes adinerados; en cambio, le costaba más visualizarla en Stanmore.

—¿Tenías que utilizar las matemáticas?

—¿En la galería? —Barbara rio—. ¿Me tomas el pelo? ¡Qué va! Después de llamarme a filas descubrí que no se me daban mal. ¿Quién lo iba a decir? Así que me enviaron a un curso para formarme como oficial de filtrado. ¿Dónde estabas tú?

—En Medmenham. Reconocimiento fotográfico.

—Yo pasé un año en una estación de radar de Chain Home, en un gélido búnker de Suffolk trazando altitudes y ángulos de aproximación. ¿No es irritante la manera en que la sala de filtrado hace que parezcamos crupieres de un casino moviendo fichas con un rastrillo?

El soldado que atendía el bar llegó portando dos platos humeantes de pudin de bistec y riñones con la costra de sebo partida y vertiendo jugo sobre unas zanahorias de lata, pálidas y aguadas, y un par de patatas. Los dejó sobre la mesa con una brusquedad innecesaria. Barbara le hizo una mueca mientras se alejaba.

—Creo que no le gusta mucho servir a mujeres.

Apagaron los cigarrillos y empezaron a comer. Barbara con avidez, Kay más despacio, rompiendo el pudin con el tenedor para intentar separar los escasos trozos de bistec de los pedazos de riñón. De repente echó de menos su casa. Quizá fuera el gin-tonic. Acabó por apartar el plato.

—¿Puedo preguntarte algo?

—Adelante.

—¿Qué quisiste decir ayer cuando dijiste que yo tenía «amigos en las altas esferas»?

Barbara siguió masticando con la cabeza inclinada sobre el plato, como si no la hubiera oído.

—Olvídalo, no debí decirlo —respondió al rato.

—Cuéntamelo. No me importa.

—¡Dios, esto está asqueroso! —Cortó una zanahoria por la mitad y se la comió. Al fin, levantó la vista—. Está bien, tú lo has preguntado. Corre el rumor de que si estás aquí es únicamente porque tienes una aventura con un alto rango del Ministerio del Aire. —Se encogió de hombros con el cuchillo y el tenedor en las manos—. ¿Qué puedo decirte, cielo? La gente es cruel. De hecho, las mujeres lo son, yo la primera. Me aseguraré de que se sepa que no es cierto.

Kay se volvió hacia la ventana. Pasó un tranvía. Al otro lado de la calle, el guardia apostado en la entrada del banco estaba hablando con una pareja de civiles acodados sobre sus bicicletas. La balanza en su mente entre discreción y sinceridad, tanto tiempo inclinada hacia un lado, se desplazó de repente hacia el otro y soltó:

—Me temo que es cierto. O lo era.

—¿Lo era? ¿O sea que se terminó?

—Sí, definitivamente.

—Continúa. Ya que has empezado, será mejor que termines.

Kay vaciló unos instantes y, para su sorpresa, se descubrió relatando toda la historia por primera vez y a una mujer que apenas conocía: la primera visita de Mike a Medmenham (aunque se aseguró de no mencionar su nombre), y su segunda visita con los Churchill, y la copa en el pub, y sus citas secretas en el campo, y la desastrosa decisión de pasar el fin de semana en el piso de Mike, y el V2...

—¡No! —la interrumpió Barbara con los ojos azules como platos—. ¿Me estás diciendo que os cayó una de esas bestias?

... y el hecho de que él no le permitiera acompañarlo al hospital, y la pesadilla de conocer a su esposa en el vestíbulo del Ministerio del Aire...

—Así que decidí que lo mejor para mí era salir del país y hacer algo realmente útil. Esta me pareció la oportunidad perfecta y le pedí el favor.

—Y apuesto a que él estuvo encantado de quitarte de en medio.

—Dijo que no, pero yo podía ver que sí.

—En ese caso, cielo, si me permites que lo diga, me parece un completo cabrón. —Kay se rio de la ferocidad con que Barbara pronunció la palabra—. Te propongo algo. ¿Por qué no nos largamos de este antro y vemos si podemos encontrar una bebida como es debido?

Eran poco más de las tres, pero el día ya estaba decayendo, la temperatura descendiendo, las luces de los edificios brillando en la apagada tarde de invierno. Kay se detuvo en la puerta del cuartel general y se ciñó el abrigo. No le apetecía demasiado ir en busca de un bar. Habría preferido pasarse por el banco para ver si había habido más lanzamientos. Pero Barbara ya había echado a andar. Se dio la vuelta, retrocedió y la llamó.

—¿Vienes?

—¿Y si pasa algo? ¿Y si nos necesitan?

—No seas pesada, Kay. No nos necesitarán. Vamos.

Kay apretó el paso para darle alcance. Barbara la tomó del brazo y caminaron juntas hasta la Puerta de Bruselas y luego giraron a la izquierda, en dirección al río. La amplia calle empedrada estaba flanqueada de tiendas, la mitad cerradas, el resto ofreciendo escaparates vacíos en su mayor parte. Delante de la carnicería, un grupo de ciudadanos de aspecto pudiente, entre ellos una anciana con un abrigo de piel, estaba hurgando en los cubos de basura.

Más adelante había un café —una zona para sentarse en la acera, las sillas todas plegadas, las sombrillas bajadas— a todas luces cerrado durante el invierno. Aun así, Barbara llamó a la puerta con los nudillos y miró por el cristal el oscuro interior como si fueran a abrir especialmente para ella.

—Mierda —farfulló—. En esta ciudad está todo cerrado.

—¿Por qué no lo dejamos y volvemos al comedor?

—Démonos diez minutos más.

Cruzaron el puente que conducía a la parte vieja. Por debajo de ellas pasó una barcaza herrumbrosa y vacía. La gran plaza del mercado estaba rodeada de viejos edificios altos y delgados, medio torcidos y apretujados entre sí, como una ilustración de un cuento de los hermanos Grimm, coronados por una profusión de torrecillas, jarrones de piedra, veletas y bolas doradas. Detrás de ellos despuntaba el campanario de una catedral. Aparcados en el centro del espacio adoquinado había dos camiones del ejército británico. Los reclutas los rodeaban fumando, observados por una pandilla de niños. Uno de los hombres silbó cuando las dos mujeres pasaron, y Barbara se dio la vuelta y le lanzó un beso. Continuaron por una calle estrecha. Kay se volvió hacia la plaza, que en su opinión tenía más probabilidades de albergar un bar que adondequiera que estuvieran dirigiéndose. Se detuvo.

—¿Qué ocurre? —preguntó Barbara.

—Creo que estamos perdiendo el tiempo.

A su derecha había una enorme puerta de madera de doble hoja con las palabras SEMINARIUM ARCHIEPISCOPALE escritas sobre el dintel con pintura dorada descolorida. A su izquierda, una callejuela. Barbara dijo:

—Tomemos por aquí. Tengo un buen presentimiento.

Kay le echó un vistazo, dudosa.

—¿En serio? No creo que encontremos nada ahí.

—Démosle una oportunidad, ¿de acuerdo?

La calle era estrecha, tortuosa, medieval, cercada como un túnel por ruinosos edificios de ladrillo rojo y piedra desmigajada. Al final de la misma, inesperadamente, se alzaba la catedral. Kay creyó oír pasos y miró por encima de su hombro. Barbara empezó a decir algo, pero levantó la mano para que callara. Se detuvo y, ladeando al cabeza, aguzó el oído. Al ver que el silencio se alargaba, decidió que probablemente lo había imaginado.

Barbara estaba sonriendo.

—¿No me digas que crees que nos están siguiendo? ¡Qué emocionante!

—No estoy segura. —Kay se sentía un poco ridícula—. Nos dijeron que tuviéramos cuidado, ¿recuerdas? Hace nada que se fueron los alemanes y nosotras llamamos mucho la atención.

Barbara la miró divertida unos segundos más, meneó la cabeza y siguió andando.

—¿Adónde vas? —preguntó Kay, apretando el paso para darle alcance.

—Ya que estamos aquí, entremos.

La primera puerta que probaron estaba cerrada, pero más adelante el picaporte de la segunda cedió y la puerta se abrió con un fuerte chasquido amplificado por el desierto espacio del interior. Se detuvieron en la entrada de la gran nave —silenciosa y gélida, con el olor del incienso, llena de cúpulas y pilares—, un universo en sí misma. Por un momento, hasta Barbara pareció sobrecogerse.

—No creo que encontremos nada de beber aquí —dijo.

Kay rio y avanzó por el pasillo hacia el altar. Sus pasos retumbaban en el lustroso suelo de piedra. Por pura costumbre, hizo una genuflexión y se santiguó. Paseó la mirada por las estatuas de los santos. Ahora que lo pensaba, recordaba de forma vaga a un san Rumoldo de Malinas, al parecer de origen irlandés y seguramente la razón por la que las monjas le tenían tanta devoción. ¡Qué extraño que fuera a encontrarlo aquí! Las velas del ofertorio titilaban bajo un icono colocado sobre una mesa junto a la puerta. Sin pensarlo, Kay se acercó y encendió una; probablemente se habría arrodillado y habría pronunciado una oración si no hubiese tenido a Barbara mirándola con suspicacia con los brazos cruzados.

—Estás rezando por él, ¿a que sí?

—¡No! —Pero Kay comprendió, para su consternación, que había estado a punto de hacerlo—. Tienes razón, suficiente beatería por hoy.

Salieron de nuevo al inminente ocaso. Una farola vieja atornillada al edificio de la esquina se había encendido. Y entonces sucedió algo extraño. Al tomar la callejuela oyeron unos pies que corrían y, a continuación, por la esquina apareció una mujer aferrada a una hogaza de pan. Apartándolas de su camino, pasó como una bala entre las dos y Kay reparó en el terror dibujado en su cara. Un segundo después llegó el martilleo de más pasos y de súbito la callejuela ese convirtió en un mar de gente a la carrera: veinte o más personas, en su mayoría hombres, pero también algunas mujeres y niños cerrando la marcha. Las WAAF tuvieron que arrimarse a un portal para que no las pisotearan. La turba desapareció por la esquina; el pasaje se vació con la misma rapidez con que se había llenado.

Kay miró a Barbara.

—¿Qué ha sido eso?

—Quién sabe. Daba la impresión de que querían matarla.

—A lo mejor ha robado el pan.

Echaron a andar en la dirección en la que había desaparecido la turba.

—¿Vamos a ver qué pasa? —preguntó Kay.

Esta vez fue Barbara la que titubeó.

—No es asunto nuestro, ¿no crees?

—No, pero... —Kay dudó—. Por lo menos deberíamos comprobar que no van a matarla, ¿no crees?

—Supongo que sí.

Regresaron por la callejuela, dejaron atrás las puertas de la catedral y, tras rodear sus inmensos muros, salieron a un espacio abierto, adoquinado en sus bordes, con hierba y árboles en el centro. Bajo los árboles se había congregado una multitud en círculo. Parecía que estuviera observando algo. Constantemente se iba sumando gente desde las calles adyacentes. El instinto advirtió a Kay que se mantuviera alejada; la curiosidad la impulsó hacia delante.

Barbara la agarró de la manga.

—No te metas —pero siguieron andando juntas sobre la hierba, abriéndose paso a codazos a través del muro de espaldas, hasta llegar al centro de la multitud.

La mujer estaba de rodillas. Le habían bajado el abrigo hasta media espalda para inmovilizarle los brazos. Sin embargo, no estaba ofreciendo resistencia. Tenía las manos caídas a los lados, los ojos cerrados, la expresión resignada. Detrás de ella había un hombre empuñando unas tijeras grandes, agarrándole mechones de pelo y cortándolos. Trabajaba con rapidez y destreza, como si estuviera esquilando una oveja. La hogaza descansaba en el fango, junto a ella. Cada vez que el hombre le agarraba el cabello, la cabeza de la mujer sufría un tirón hacia atrás. La multitud permanecía callada.

Kay vociferó en inglés:

—Hagan el favor de parar esto. —Se sentía extrañamente

desconectada de la situación. «Escúchate —pensó—, hablas como una niñera». Dio un paso al frente con la mano extendida—. *Arrêtez!*

Por primera vez, la muchedumbre empezó a enfadarse.

—*Putain anglais femme!*

—*Occupe-toi de tes oignos!*

Un hombre la agarró del brazo y otro le cortó el paso. La mujer esquilada abrió los ojos y le imploró con la mirada que se marchara. Kay pensó: no quiere tu ayuda, solo estás empeorando las cosas. Podía oír a Barbara gritar su nombre. Aun así, trató de acercarse un poco más, hasta que otra mano, mucho más fuerte, la cogió por detrás y tiró bruscamente de ella. Se volvió indignada y vio que era Arnaud.

—Tienen razón —dijo en voz baja—. No es asunto tuyo.

Kay intentó soltarse. Él la agarró con más fuerza y la alejó de allí. Barbara la cogió del otro brazo. Al final se rindió y permitió que se la llevaran. El muro de espaldas se cerró tras ellos. Arnaud no la dejó ir hasta que salieron del espacio abierto y se adentraron en una callejuela. Kay se apoyó en la pared y se tapó la cara con las manos.

Barbara estaba acariciándole el brazo.

—¿Estás bien, cielo?

—¿Quién era esa mujer? —Kay bajó las manos y miró a Arnaud—. ¿La conoces?

—No.

—¿Qué ha hecho?

—Creen que es una colaboracionista.

—¿Creen?

—No suelen equivocarse. —Arnaud se encogió de hombros—. Alguien dijo que había tenido un hijo de un soldado alemán.

—¡Dios!

—No deberías ser demasiado dura con ellos. Han sufrido mucho.

—¿Eras parte de eso?

—¡No! —Arnaud se mostró ofendido.

—Entonces ¿qué hacías allí? —Como no respondía, Kay añadió—: ¿Nos estabas siguiendo?

Arnaud hizo una pausa.

—Pues sí —contestó con calma—. Os vi cruzar la plaza y me dije: esas dos podrían meterse en problemas. Y no andaba equivocado. —Se volvió hacia la multitud. Estaba empezando a dispersarse. Había gente caminando en su dirección. El reloj de la catedral marcó dos cuartos—. Deberíamos irnos de aquí. ¿Qué queréis hacer? ¿Volver al cuartel general?

—¿Hay algún lugar donde podamos tomar una copa? —preguntó Barbara.

Arnaud las condujo por un laberinto de callejas hasta el río. Para entonces había oscurecido. Una escalinata de piedra gastada descendía desde el puente hasta un embarcadero. Había barcazas amarradas muy juntas y la neblina se elevaba sobre el agua. Alargó la mano para ayudarlas a bajar.

No lo habrían descubierto aunque hubiesen estado un año buscando. Desde fuera semejaba un almacén abandonado, con un aparejo de poleas colgando por encima de dos puertas con una entrada más pequeña recortada en una de ellas. Dentro, el olor a cerveza y tabaco resultaba tan fuerte que era como estamparse contra una pared. Una luz débil proyectada por bombillas desnudas mostraba una capa de serrín sobre un suelo de ladrillos, un mostrador largo con barriles de madera detrás, sillas y mesas disparejas, una partida de tejo en marcha en un recodo y una clientela enteramente masculina. Esta se volvió a mirar a las dos inglesas de uniforme.

Arnaud encontró una mesa y retiró dos sillas. Kay dijo:

—Por cierto, te presento a Barbara Colville. Barbara, él es Arnaud Vermeulen. Me alojo con su familia.

Él le besó la mano.

—*Enchanté!*

Fue hasta la barra, dijo algo al camarero y se puso a hablar con un hombre que estaba bebiendo solo, sentado en un taburete.

Barbara dijo:

—Parece encantador, y bastante atractivo de rodillas para arriba. Como Byron con su pie deforme. «Loco, malo y peligroso». —Sacó una polvera, se miró en el espejito y se pintó los labios.

Kay la observaba con nerviosismo.

—No podemos quedarnos mucho rato. Hay toque de queda.

—Vale, tranquila. Te recuerdo que eres tú la que casi nos mete en una pelea. —Le ofreció el pintalabios.

—No, gracias.

La mayoría de los hombres había regresado a sus bebidas y partidas de naipes, pero unos pocos seguían mirándolas. Kay dudaba de que la gente de Malinas hubiera visto antes a mujeres del ejército británico. No formaba parte de la política oficial enviar a mujeres al extranjero. Se sentía expuesta y avergonzada. Había sido una ingenua al intentar intervenir hacía un rato. Una estúpida. ¿En qué estaba pensando?

Arnaud regresó.

—He pedido cerveza, si os parece bien. —Se sentó a la mesa, frente a ellas.

—Fantástico. —Barbara le ofreció un pitillo. Él aceptó y ella le dio fuego.

Arnaud le dijo a Kay:

—No deberías juzgarnos con tanta dureza. Si Inglaterra hubiera estado cuatro años ocupada, lo mismo habría sucedido allí.

—Desde luego —dijo Barbara—. Estoy segura de que a mí me habrían dejado calva.

Kay rio. Arnaud no.

—Cuando los soldados británicos llegaron, obligaron a los colaboracionistas a arrodillarse en el Grote Markt y limpiarles las botas. Yo mismo lo presencié.

Cayó un silencio incómodo que solo se interrumpió cuando un camarero con un delantal blanco mugriento llegó y dejó tres vasos de cerveza en la mesa.

—¿Por qué brindamos? —preguntó Barbara en un tono jovial.

—¿Por tiempos mejores? —propuso Kay.

—¡Bien! —asintió Arnaud—. En eso estamos de acuerdo.

Unieron sus vasos. El hombre con quien Arnaud había estado hablando bajó del taburete y se acercó a la mesa. Dijo algo a Arnaud en flamenco y, seguidamente, a todos en inglés:

—¿Puedo acompañaros?

—Os presento a Jens Thys —dijo Arnaud—, un viejo amigo. Ellas son Barbara y Kay. —El desconocido saludó con una inclinación de cabeza y tomó asiento. Aparentaba la edad de Arnaud, pero vestía más elegante, con traje y corbata—. Jens es maestro —explicó.

—Antes éramos colegas —añadió Jens.

—Pensaba que hacías trabajo manual —dijo Kay.

—Eso es ahora. Antes era maestro.

—¿Y qué hacéis en Malinas? —preguntó Jens.

—Oh, es todo muy confidencial —respondió Barbara—, no tenemos permitido decirlo.

—¿Confidencial?

—Ya sabes, ultrasecreto.

—Hacemos trabajo administrativo —dijo rápidamente Kay—. Mecanografiamos, archivamos; cosas así. Un aburrimiento.

—O sea, trabajo de mujeres —añadió Barbara en un tono sarcástico para indicar que antes bromeaba.

—¿No estáis siendo modestas? Puedo ver por vuestros uniformes que sois oficiales.

—Querido —dijo Barbara—, en la Fuerza Aérea Auxiliar Femenina todas somos oficiales.

Los cuatro rieron.

Después de eso, la velada transcurrió de forma agradable.

Para alivio de Kay, no hubo más preguntas sobre su trabajo. Felicitaron a Jens por su inglés y él les habló de unas vacaciones que había pasado en Inglaterra.

—En Guildford, ¿lo conocéis?

Barbara contó que su familia tenía una casa en un pueblo vecino. Jens insistió en otra ronda de cerveza. El juego del tejo quedó libre —*sjoelen* lo llamaban en flamenco— y Arnaud propuso una partida. Los intentos de los hombres de explicar las reglas se convirtieron en el foco de su conversación. De hecho, durante media hora Kay casi se olvidó por completo de la guerra. Era consciente de la cercanía de Arnaud, de la manera en que colocaba su mano sobre la de ella para enseñarle a deslizar los discos de madera. Jens hacía lo propio con Barbara. La cerveza era fuerte, el flirteo amable, de modo que cuando Kay miró el reloj y vio que eran casi las siete, no solo se sorprendió de lo rápido que había pasado el tiempo, sino que lamentó tener que poner fin a la velada.

—Barbara, tenemos que irnos.

—¿En serio? Pareces un prefecto.

—¿Qué es un prefecto? —preguntó Jens.

—Alguien que impide que la gente se divierta.

—Kay tiene razón —dijo Arnaud—. Es casi la hora del toque de queda.

Kay miró a su alrededor y comprobó que la mitad de la clientela se había marchado ya.

—Te acompaño a casa, Barbara —se ofreció Jens—. ¿Dónde vives? —Ella le dio el nombre de la calle—. Magnífico, está solo a diez minutos de aquí.

Los hombres se acercaron a la barra para pagar la cuenta. Kay susurró:

—¿No deberíamos ofrecernos a pagar nuestra parte?

—Por supuesto que no. Heriríamos su orgullo masculino. Además, no tenemos dinero belga.

—¿Y crees que es seguro que vuelvas a casa con él?

Barbara le lanzó una mirada compasiva.

—¿Con un maestro? ¡Por favor! Además es bastante guapo, ¿no crees?

—¡Oh, Dios!

—Deberíamos quedar con ellos otro día.

Arnaud regresó renqueando de la barra con una sonrisa. Señaló la puerta.

—¿Nos vamos?

Jens y Barbara salieron primero. Kay se disponía a seguirlos cuando alguien gritó:

—¡Eh, Arnaud!

Se dio la vuelta al mismo tiempo que él. Un hombre acodado en la barra golpeó los talones e hizo el saludo nazi con el brazo.

Arnaud fingió no haberlo visto.

Caminaron por el muelle, subieron la escalinata y se despidieron de los otros en el puente.

—Hasta mañana —dijo Barbara con un guiño—. No hagas nada que yo no hiciese. —Y se alejó con Jens.

Arnaud y Kay partieron en la otra dirección. Anduvieron un rato en silencio. El toque de queda había vaciado las calles. Finalmente, él dijo:

—Tu amiga es muy divertida.

—Sí. De hecho, la conocí ayer. Me cae muy bien. —Kay lo miró de reojo. Arnaud tenía la mandíbula tensa y la mirada al frente. Su buen humor había desaparecido—. ¿Ocurre algo?

—En absoluto.

—Lo sucedido al final, justo cuando nos íbamos, el saludo nazi, ¿a qué vino?

—A nada. Es solo una broma estúpida.

—Entonces ¿por qué estás enfadado?

—No lo estoy.

Dos soldados británicos se acercaban por la acera con los fusiles cruzados sobre el pecho y les cortaron el paso.

—Documentación, por favor.

Kay sacó su documento de identidad. Arnaud hizo otro tanto. Uno de los soldados alumbró con la linterna las fotografías y, seguidamente, sus rostros. El otro dijo:

—Está infringiendo el toque de queda.

—Lo siento —dijo Kay—. Ya vamos de regreso.

—Usted no, señora. Él.

—Yo respondo por él. Me alojo con su familia.

—Brazos arriba —ordenó el soldado señalando a Arnaud con él fusil. Este levantó las manos y el soldado lo cacheó—. Dese la vuelta. —Con gesto cansino, Arnaud se colocó de cara a la pared.

—¿Realmente es necesario? —dijo Kay.

—Él conoce las normas.

El soldado finalizó su registro.

—Esta vez lo dejaremos ir porque va acompañado de una oficial británica, pero que no vuelva a repetirse.

Los soldados les devolvieron la documentación y reanudaron la ronda.

—Lo siento —dijo Kay.

—¿Por qué? Los alemanes eran más hostiles. —Arnaud se guardó el documento de identidad en el bolsillo interior. Kay podía notar su resentimiento y humillación.

Cruzaron una sucesión interminable de plazas. La noche era gélida. La escarcha ya empezaba a cubrir los adoquines y refulgía a la luz de las farolas. Por encima de los pronunciados tejados habían aparecido algunas estrellas. Arnaud detuvo sus pasos, la tomó del brazo y apuntó con el dedo. Una estrella fugaz estaba descendiendo muy deprisa justo delante de ellos. La contemplaron uno o dos segundos y se desvaneció.

—¿Sabes qué ha sido eso? —Arnaud todavía la tenía sujeta del brazo. Kay podía sentir el movimiento de la respiración en su pecho.

—¿Un meteorito?

Él negó con la cabeza.

—Un cohete alemán haciendo impacto en Amberes. Hoy ya he visto dos. Tienen el ingenio del diablo. —Miró a Kay.

—Es terrible —dijo ella con cautela—. Toda esa pobre gente.

Arnaud pareció esperar que dijera algo más. Al ver que no lo hacía, se apartó.

—En cualquier caso —farfulló—, esos cabrones perderán pronto la guerra, con o sin cohetes. Deberíamos seguir. Ya casi estamos.

Tardaron otros cinco minutos. Cuando llegaron a la verja del jardín, Arnaud fingió que forcejeaba con el cerrojo unos segundos antes de darse la vuelta y besarla. Kay había imaginado que ocurriría, incluso había ensayado mentalmente su respuesta por el camino: un empujón suave, un educado «No puedo, lo siento», seguido quizá de un remilgado «No soy esa clase de chica». Pero llegado el momento, resultó que sí era esa clase de chica. La desconocida intimidad de tener la boca de otro hombre sobre la suya se le antojó inesperadamente natural. Arnaud tenía un sabor dulce a cerveza. Su piel era suave, no rasposa como la de Mike. Al carajo con Mike, pensó de repente. Con delicadeza, tomó la cabeza de Arnaud entre sus manos y respondió a su beso. Por segunda vez ese día parecía observarse desde cierta distancia. Empezó a reír.

—¿Qué te hace tanta gracia? —Arnaud se retiró con una media sonrisa de desconcierto.

—Nada. Ven aquí. —Kay volvió a besarlo. Él le desabrochó los botones del abrigo y deslizó las manos por su cintura. Ella se estremeció—. ¿Entramos?

Recorrieron el camino hasta la puerta. Estaba cerrada. Arnaud tanteó el dintel con la mano y bajó una llave.

El recibidor estaba en penumbra. En la cocina había la luz de siempre. A Kay le llegó el olor a beicon frito. El día terminaba como había comenzado. La puerta del estudio estaba cerrada.

Arnaud se llevó un dedo a los labios. Ella lo tomó de la mano y lo condujo por las escaleras a su habitación.

15

Esa noche, pasadas las nueve, el doctor Rudi Graf se hallaba delante del espejo de su cuarto de baño de Scheveningen, desnudo de cintura para arriba y con los dedos debajo del goteo tibio y herrumbroso del grifo, escuchando el traqueteo metálico de las tuberías del hotel mientras el agua realizaba su tortuoso progreso por el edificio. No iba a salir más caliente. La cuchilla de afeitar contaba seis meses ya y le costaba extraer espuma de su delgada pastilla de jabón. Así y todo, sacó el mentón y arrastró metódicamente su barba de un día. Había que mantener ciertas normas de aseo.

Durante la cena, el coronel Huber había anunciado que, dado el incremento de actividad de la RAF, a partir del día siguiente el regimiento lanzaría el setenta por ciento de sus cohetes por la noche. Los oficiales dirigieron la mirada al plato. Un lanzamiento era un proceso mucho más lento y frustrante cuando se llevaba a cabo a la luz de las linternas con los dedos entumecidos por el frío de los bosques y el oxígeno líquido envolviendo los tubos con una vaina de escharcha. Por una vez Graf había rechazado la propuesta de Seidel de una partida de ajedrez. Quería acostarse pronto.

Enjuagó la cuchilla debajo del grifo y se dispuso a secarse la cara cuando oyó el sonido de puños aporreando puertas y un griterío de voces.

Salió al rellano y se asomó al pasamanos. Por la escalera ascendía un martilleo de botas. Aparecieron dos casos. La luz titiló en los cañones de un par de fusiles. Los hombros de los hombres estaban cubiertos por el negro de las SS.

Graf se metió raudo en su habitación y cerró la puerta. La maleta con los rollos de microfilme seguía encima del armario. Miró en derredor. No había ningún lugar donde pudiera esconderla y, en cualquier caso, ya era tarde. La culata de un fusil estaba golpeando la puerta. Agarró su camisa y gritó:

—¡Un momento! —Pero la puerta se abrió bruscamente y los soldados de las SS irrumpieron en el cuarto.

Uno apoyó el fusil en el hombro y apuntó a Graf, que levantó de inmediato las manos mientras el otro abría la puerta del armario y acuchillaba la ropa con el cañón de su fusil. Se agachó para mirar debajo de la cama, empujando el polvo, y luego fue hasta la ventana, descorrió las cortinas, levantó el cristal y sacó la cabeza. La retiró y se volvió hacia Graf. No tendría más de dieciocho años.

—¿Está solo?

Graf seguía con las manos en alto.

—Como puede ver.

—¿Y a los demás hombres del edificio? ¿Los ha visto entrar con mujeres?

—No he visto a nadie en toda la noche.

El soldado de las SS arrugó la frente. Su mirada volvió a recorrer la habitación. Giró sobre sus talones y los dos hombres se marcharon.

Graf bajó las manos y, a toda prisa, terminó de abotonarse la camisa. Se puso la corbata y la americana, agarró el abrigo y el sombrero y corrió escaleras abajo. En el siguiente rellano había dos suboficiales en camiseta y calzoncillos. En la planta baja, las puertas estaban abiertas de par en par y el pasillo abarrotado de técnicos indignados. Graf se topó con Schenk, que iba en mangas de camisa, con los tirantes colgando a la altura de las rodillas.

—¡Jodidas SS!

—¿Han encontrado a alguien?

—No. ¡Imbéciles!

Fuera había una veintena de hombres de las SS, unos en medio de la calzada con sus ametralladoras, otros entrando y saliendo de los hoteles. Algunos tenían perros. En la parte trasera de un camión habían montado un reflector. El haz se desplazaba metódicamente por el edificio. Graf dobló la esquina. Estaban sacando a las mujeres a la fuerza de la pensión que hacía de burdel para los demás rangos; tiritaban en sus finos vestidos y acarreaban maletas. Una a una, espoleadas de vez en cuando por el cañón de un fusil, subían a la parte de atrás de un camión.

—Dios mío —murmuró Graf—, Dios mío, Dios mío.

Se dio la vuelta y echó a andar hacia el paseo marítimo. Los hombres de las SS habían acordonado el hotel Schmitt. Tuvo que mostrar su pase para poder entrar. Huber estaba frente a la ventana del comedor de oficiales con Seidel, Klein y dos hombres más, contemplando la calle.

—¿También están registrando aquí? —preguntó.

—Están registrando en todas partes —respondió Huber—. Órdenes de Kammler transmitidas a Drexler por teléfono. ¡Han registrado hasta mi habitación! ¡Como si yo pudiera tener a una espía escondida debajo de mi cama!

—Se han vuelto locos —dijo Seidel sin dejar de mirar por la ventana—. Fíjense en el camarada del partido Biwack dirigiendo la operación. ¡Cualquiera diría que está desalojando a los rojos en el frente oriental!

—Se están llevando a todas las chicas del burdel —dijo Graf—. ¿Qué les pasará?

Se hizo un silencio.

Huber meneó la cabeza.

—Nada bueno.

Graf se volvió hacia Seidel.

—¿Tiene su coche fuera?

—Sí.

—¿Me lo deja?

Seidel lo miró de hito en hito.

—¡Ni se le ocurra!

—Por favor. —Graf alargó la mano.

La expresión del teniente era de incredulidad. Suspiró. Se metió la mano en el bolsillo a regañadientes y sacó las llaves.

Las SS habían empezado a husmear seriamente en Peenemünde en cuanto se hizo patente que el cohete iba a funcionar. En diciembre de 1942, dos meses después del exitoso vuelo de prueba, el Reichsführer-SS, Heinrich Himmler, viajó hasta el Báltico para observar un lanzamiento. Graf estaba presente. Fue un fiasco —el cohete se estrelló a los cuatro segundos—, pero eso no desanimó a Himmler.

—Ahora que el Führer ha decidido apoyar su proyecto —dijo al general Dornberger—, su trabajo deja de ser del interés del Departamento de Armamento Militar, o incluso del propio ejército, y pasa a ser del interés del pueblo alemán. Estoy aquí para protegerlo contra posibles acciones de sabotaje y traición. Estoy sumamente interesado en su trabajo —añadió mientras subía a su aeroplano para regresar a Berlín—. Es posible que pueda ayudarlo. Volveré otro día solo y pasaré la noche aquí para que podamos tener una conversación privada con sus colegas. Lo telefonearé.

Eso, por lo menos, fue lo que Dornberger le contó a Von Braun que había dicho Himmler, y esa fue la conversación que Von Braun transmitió a Graf al día siguiente.

—Estuvo muy amable, según Dornberger. Aun así, a mí me suena a la visita de un gánster para ofrecer protección.

—¿Significa eso que las SS se van a involucrar en la producción?

—No hay manera de detenerlos. Hoy día están en todas partes.

Y Graf, la verdad sea dicha, no había expresado objeción alguna a recibir ayuda de las SS. Estaba tan interesado como los demás en conseguir que se construyeran los recintos de pruebas y las fábricas de misiles. Sin embargo, se llenó de estupor cuando, en mayo, un campo de barracones brotó con rapidez en el bosque rodeado de una alambrada de púas electrificada, estupor que fue en aumento unos días más tarde cuando vio una columna de quinientos prisioneros, con sus gorros y gruesos pijamas a rayas, desfilar por la carretera vigilados por guardias de las SS armados con metralletas. «¿Esclavos en pleno siglo XX? ¿En qué nos estamos convirtiendo?». Tal había sido su reacción instintiva por la mañana. No obstante, llegada la tarde, que Dios lo perdonara, era tal su obsesión por resolver los fallos de diseño del cohete que apenas reparaba ya en los esclavos, del mismo modo que apenas se percataba de los uniformes negros que empezaron a desplegarse cual hormigas por toda la isla durante las semanas siguientes —puestos de control, patrullas en los perímetros, vigilantes en las zonas en construcción—, mientras los prisioneros, en su mayoría rusos y franceses, seguían llegando a centenares.

En junio, Himmler acudió de nuevo —completamente solo, según lo prometido— a bordo de su coche con un fuerte blindaje pero modesto. Dornberger ofreció una cena en su honor en el club de oficiales para que conociera a algunos de los ingenieros, y Graf estaba invitado. ¿Puso finalmente objeciones esta vez? ¿Se negó a ir? No. Ni siquiera se sorprendió cuando Von Braun se puso el uniforme de las SS para la ocasión. Reciente el solsticio de verano, era una noche calurosa y la luz natural del Báltico se prolongaba durante horas. Himmler sudaba con profusión: delgado, húmedo, rosado bajo su gruesa guerrera negra, como un molusco dentro de su concha. Hablaba en un tono tranquilo, escuchaba mucho, y después de la cena, cuando pasaron del comedor al salón para tomar una copa, se reclinó en su sillón, rechazó todo licor, juntó las yemas de los dedos y les ofreció una visión general del mundo de la posguerra tras la victoria alemana.

—El Führer piensa y actúa por el bien de Europa. Se considera el último defensor del mundo occidental y su cultura...

Y siguió hablando: la necesidad de Alemania de liderar la Europa occidental, la amenaza que representaba la Unión Soviética si algún día pasaba de fabricar armamento a producir bienes de consumo, el hecho de que Alemania solo podía mantener al sesenta por ciento de su población en suelo propio y, por tanto, la necesidad de transferir el otro cuarenta por ciento a Ucrania.

—Obviamente allí habrá de producirse de algún modo un descenso del índice de natalidad. Ya tenemos suficientes colonos. Nos encargaremos de que los jóvenes campesinos alemanes se casen con chicas ucranianas de buena estirpe granjera y crearemos una generación fuerte adaptada a las condiciones de allí. El Führer calcula que la población de Alemania alcanzará los cien millones dentro de diez años. Debemos tener presente la grandeza de nuestra misión y sencillamente obligar a la gente a aceptar su buena fortuna. La industria europea debe trabajar por la gran causa. Toda la fuerza de trabajo que ahora controlamos debe emplearse en la lucha a vida o muerte...

Todo ello transmitido en un tono de calmada sensatez. Para cuando hubo terminado eran las cuatro de la madrugada y todavía había algo de luz. Mientras regresaban a su bloque de apartamentos, Von Braun se quitó la guerrera y se la echó al hombro.

—¿Lo he soñado o ha sido un discurso delirante?

—No solo delirante, también monstruoso.

—Supongo que sí.

El primer lanzamiento que organizaron para Himmler a la mañana siguiente fue otro desastre. El cohete no se inclinó como debía y voló a una altitud de doscientos metros en dirección oeste, sobre la isla hasta el campo de aviación, donde estalló al aterrizar, destruyendo tres aviones en el proceso. El segundo lanzamiento, efectuado por la tarde, transcurrió a la perfección. Himmler ascendió a Von Braun a Sturmbannführer.

Dos meses después la RAF bombardeó Peenemünde, y una semana más tarde, mientras seguían retirando lo peor del daño, Von Braun llamó a Graf a su despacho. Estaba ojeroso por la falta de sueño, demasiado cansado incluso para levantarse de su mesa. Indicó a Graf que tomara asiento.

—Acabo de recibir una llamada de Dornberger desde Berlín. Himmler ha hablado con el Führer. Por lo visto, tenemos que abandonar los planes de fabricar los cohetes en la isla, dada nuestra vulnerabilidad a los ataques aéreos.

—Entonces ¿se acabó?

—En absoluto. La producción se hará bajo tierra. Las SS tienen un lugar idóneo en las montañas de Turingia que, según Himmler, se ajusta perfectamente a nuestras necesidades. Su jefe de obras dirigirá la construcción de la fábrica. —Examinó su libreta—. Brigadeführer doctor Hans Kammler.

Graf encendió el motor. El Kübelwagen pegó un salto adelante y se caló. Pisó el embrague y probó de nuevo. Esta vez arrancó con lentitud, pero al intentar cambiar a segunda, no acertó a encontrar la marcha. La caja de cambios chirrió lo bastante fuerte para atraer la atención de un soldado de las SS, que emergió de las sombras del hotel y le hizo señas para que se detuviera.

—No se permite salir a nadie.

—Soy el doctor Graf, del Departamento de Armas Especiales del ejército. —Sacó su documento de identidad y lo sostuvo en alto—. He de ir a Wassenaar de inmediato. Se trata de una emergencia.

—Todo el personal debe permanecer donde está hasta que la operación de seguridad haya terminado.

—¡Se ha incendiado un cohete! ¿Quiere ser el responsable de un desastre? —Graf asomó la cabeza por la ventanilla y miró a un lado y otro del paseo marítimo. Un grupo de hombres de las SS estaban mirándolos desde la esquina—. ¿Dónde está el Obersturmbannführer Drexler?

—No lo sé.

—Tenemos que encontrarlo. ¿Cómo se llama?

El hombre titubeó.

—Schumacher.

—Bien. —Graf estiró el brazo y abrió la puerta del pasajero—. Suba, Schumacher.

—¿Por qué?

—Quiero que les diga a sus camaradas que esto es una emergencia. Deprisa.

El hombre obedeció.

Graf se obligó a conducir despacio. El grupo de los hombres de las SS se colocó delante del coche e hizo señas para que parara.

—Vamos, Schumacher, dígaselo.

Uno de los hombres se inclinó para hablar con su camarada.

—¿Quién es este?

—Dice que es uno de los ingenieros de los cohetes. Necesita llegar a Wassenaar. Hay un incendio.

—De acuerdo.

El hombre se apartó y les indicó que pasaran.

Lo mismo sucedió cien metros más adelante.

—Necesita pasar, es una emergencia. —El hombre de las SS parecía estar disfrutando de su sentimiento de importancia.

Graf dejó atrás la estación de tren. Después la carretera parecía despejada. Detuvo el coche.

—Puede bajarse aquí, Schumacher. Gracias. Le hablaré de usted al Obersturmbannführer.

Prosiguió su camino. Cuando miró por el retrovisor, el soldado estaba en la cuneta, mirándolo. Graf giró a la izquierda en dirección a Wassenaar.

A finales de agosto de 1943, Graf voló con Von Braun y un par de ingenieros para visitar la fábrica de cohetes propuesta. Von

Braun, que pilotaba el avión, descendió hacia los bosques y montañas del Harz y aterrizó con delicada precisión sobre una pista de hierba junto a la bonita ciudad de Nordhausen con su horizonte de altos campanarios. A lo lejos se alzaba, azulado, el Kohnstein, que más que una montaña resultó ser una colina boscosa y alargada. Kammler había tenido el detalle de enviarles un coche.

Era finales de verano, tiempo de cosecha. Viajaban en el asiento trasero de un Mercedes descapotable, aplastando las arañuelas que brotaban de los campos en medio de la calima, hacia la boca cuadrada de un enorme túnel. Una gran sombra se precipitó sobre el coche. La temperatura bajó bruscamente. Después del deslumbrante sol vespertino, sus ojos tardaron en acostumbrarse a la débil luz de las bombillas.

El Brigadeführer doctor Hans Kammler —su doctorado, descubrirían más tarde, era en Ingeniería civil— los esperaba con su plana mayor. De cuarenta y pocos años, era un hombre guapo, casi bello, terso, esbelto, inmaculado, un muñeco de cuerda de las SS con una extraordinaria rapidez de movimientos y gestos. Los condujo a pie por el túnel lanzando datos y estadísticas con el porte orgulloso de un terrateniente mostrando su hacienda.

El techo era lo bastante alto y el espacio lo bastante amplio para albergar un cohete en posición tanto vertical como horizontal sin tocar las paredes. La vasta galería se extendía hasta donde alcanzaba la vista; más de un kilómetro, les aseguró Kammler, hasta el otro lado de la montaña. Ese era el Túnel B. El Túnel A, que transcurría paralelo, estaba casi terminado. Unos túneles transversales conectaban las dos galerías. El lugar había sido una mina de yeso antes de la guerra y después un sitio de almacenaje de combustible y gas tóxico. La primera tarea consistía en vaciarlo por completo, y esa fase ya estaba en marcha. En la penumbra del túnel, figuras espectrales con uniformes a rayas se tambaleaban bajo el peso de sacos de cemento, vigas de acero, puntales de madera y bidones metálicos. De tanto en tanto, en la oscuridad, brotaban lluvias de chispas blancas procedentes de las cortadoras de oxiacetileno empleadas para desmontar los depósitos de gasolina. Después, prosiguió Kammler, abrirían más túneles transversales, trazarían vías férreas y construirían una estación ferroviaria. Con el tiempo, las piezas de los misiles entrarían en locomotoras por un extremo del complejo y los cohetes terminados partirían a bordo de camiones con plataforma por el otro. La capacidad de producción sería de novecientos misiles al mes y todo el proceso tendría lugar trescientos metros por debajo de la montaña, invisible a los vuelos de reconocimiento enemigos e inmunes a sus bombarderos. La producción sería responsabilidad del general Degenkolb, una autoridad en redes ferroviarias que se había forjado su reputación fabricando locomotoras en serie.

—¿Y cuándo comenzará la producción?

—En enero.

Uno de los ingenieros soltó un silbido. Von Braun dijo:

—El cohete tiene un mecanismo sumamente complejo, Brigadeführer. La maquinaria requiere alta precisión y operarios especializados. Mañana es 1 de septiembre. ¿Cómo pueden terminar una fábrica tan deprisa?

—Empleando un recurso del que Alemania posee un excedente indiscutible.

—¿Cuál?

—La mano de obra. —Kammler dio una palmada y rio ante sus caras de pasmo—. ¡Vamos, caballeros! Si los faraones pudieron construir sus pirámides dos mil quinientos años antes del nacimiento de Cristo, les aseguro que las SS son capaces de levantar una fábrica en mitad del XX y tenerla completamente operativa en cuatro meses.

—¿De cuánta mano de obra estamos hablando?

—¿Para la construcción de la fábrica y la futura producción? —Kammler abarcó el espacio con la mano—. Veinte mil hombres. Treinta mil. —Se encogió de hombros—. Los que hagan falta. La reserva es inagotable.

Cuando regresaban a la boca del túnel, Graf le preguntó si alguna vez había construido algo de similar envergadura bajo semejante presión de tiempo.

—Oh, sí, en el este. Los centros de recepción de judíos.

Ese había sido su primer encuentro con Kammler.

El segundo llegó seis semanas después, hacia mediados de octubre. Graf no quería volver a Nordhausen.

—¿Es necesario? —se quejó a Von Braun—. Hay tanto que hacer aquí.

Tras el fallecimiento del doctor Thiel, Graf había asumido buena parte de sus responsabilidades en el departamento de propulsión, donde todavía estaban intentando resolver los problemas con el sistema de los generadores de vapor de la turbobomba que habían conducido al excitable Thiel al borde de una crisis nerviosa.

—Tienes que venir —le dijo Von Braun—. Hemos de preparar el cohete para su producción en serie.

Una vez más, Von Braun pilotó el avión, y esta vez, al descender hacia el aeródromo, los llevó directamente por encima de la colina de Kohnstein. Entre los oscuros bosques de pinos, las canteras de yeso abandonadas destacaban como cicatrices blancas. En la llanura que se extendía al suroeste había un gran campo de prisioneros de guerra en construcción. Graf lo contempló con inquietud. Ninguno de los barracones tenía tejado. Si Kammler había traído a todos esos miles de peones extranjeros, ¿dónde los tenía alojados?

Encontró la respuesta en cuanto entraron en el Túnel B. Vivían bajo tierra, a lo largo de las paredes de los túneles transversales, en desvencijadas literas de madera de cuatro pisos, cual conejeras. Barriles cortados por la mitad con tablones de madera sobre los bordes servían como letrinas. En algunas conejeras yacían boca abajo hombres esqueléticos; uno de ellos, con los ojos abiertos de par en par, estaba claramente muerto. El hedor. Y el ruido. El rumor de las hormigoneras, el martilleo de las piquetas, el estruendo de las explosiones a medida que se excavaban nuevos túneles, el rugido de los generadores, el traqueteo de carretillas yendo y viniendo por los raíles, los ladridos de los perros guardianes, los gritos de los capataces de las SS. Y dondequiera que uno mirara en la escalofriante luz amarilla, el mar de uniformes rayados, una masa indiferenciada a menos que uno hiciera el esfuerzo de fijar la vista en una de las figuras macilentas y raquíticas que se movían de un lado a otro apresuradamente, siempre apresuradamente, nunca a un ritmo normal. Y en medio de todo aquello, la figura inmaculada de Kammler, acompañada de sus oficiales de gorra negra, paseándose por el centro del recién terminado Túnel A, señalando ese o aquel logro. Había que reconocer que en un mes y medio había conseguido un oscuro milagro. Los rasgos de una gigantesca cadena de producción ya empezaban a aparecer: grúas, talleres, áreas de montaje, plataformas de pruebas. Kammler condujo a los ingenieros a lo largo de la galería y salieron por el otro lado a la clara luz vespertina del otoño.

—Bien, caballeros, ¿qué opinan?

Graf encendió un cigarrillo.

Arthur Rudolph, el único de ellos que había sido nazi desde el principio —antes incluso de que Hitler subiera al poder— dijo de inmediato:

—Es fantástico.

Klaus Riedel, el utópico liberal que había aprendido a guardarse sus opiniones políticas, clavó la vista en el suelo y farfulló entre dientes que estaba abrumado.

Von Braun declaró:

—Jamás lo habría creído posible.

—¿Doctor Graf? —Kammler lo miró con expectación.

—No tengo palabras.

—¡Me lo tomaré como un cumplido! Ahora iremos a mi despacho de Nordhausen y tomaremos un refrigerio. Así podremos hablar más detalladamente de los planes de producción.

Cuando se dirigían a los coches, Graf se puso al lado de Von Braun.

—Debería volver a Peenemünde. Soy de mucha más utilidad allí.

—No. Hemos hecho un largo camino para llegar hasta aquí. Ninguno de nosotros va a dar marcha atrás.

Se alejó a grandes zancadas. Graf se detuvo y contempló la boca del túnel antes de levantar la vista al cielo. Se sentía como uno de los cohetes: una máquina humana, lanzada sobre una trayectoria fija, imposible de traer de vuelta, precipitándose hacia un destino ya marcado. Apuró el cigarrillo, lo tiró al suelo y fue a reunirse con los demás.

La noche era tranquila. No había tráfico. Sobre la negra masa de árboles que parecía adentrarse en el mar del Norte, una medialuna baja y brillante alumbraba la carretera. Ahora que había dejado Scheveningen atrás, Graf pisó el acelerador. La luna parecía seguirlo. *Frau im Mond.* Habían mantenido el dibujo del erótico símbolo de la productora en el fuselaje de los cohetes hasta las pruebas de Peenemünde. Únicamente cuando los misiles empezaron a producirse en serie se hizo imposible continuar con semejante extravagancia.

Llegó a los aledaños de Wassenaar y redujo la velocidad en busca del desvío. Dio con él, frenó y dobló a la izquierda. Enseguida lo detuvo la barrera. Los inevitables guardias de las SS salieron de su garita.

Les enseñó el pase y el documento de identidad.

—He de llegar a la base de lanzamiento.

—Nadie tiene permitido ir más allá de este punto.

—Es una emergencia.

Uno de los hombres de las SS rio.

—¡Seguro! Si está intentando llegar al burdel, olvídelo.

El otro guardia, algo más comprensivo, dijo:

—Déjelo, doctor. No hay nada que pueda hacer.

De algún punto del bosque llegó una larga ráfaga de ametralladora, quince o veinte segundos. Los hombres de las SS se volvieron a mirar. Tras medio minuto de silencio se produjo otra ráfaga seguida de media docena de disparos sueltos.

Graf descansó la frente en el volante. Los guardias regresaron a su garita. Se quedó un rato así, sintiendo el ralentí del motor vibrando en el cráneo, antes de dar marcha atrás hasta la carretera principal y volver por donde había venido.

16

Kay se despertó, apagó la alarma, rodó sobre la espalda y echó un vistazo al otro lado de la cama. Estaba demasiado oscuro para distinguir si él todavía seguía allí. Introdujo el brazo por debajo de la manta y exploró el área con la mano. El colchón estaba frío. Debía de hacer rato que se había ido. No recordaba haberlo visto partir.

Salió desnuda de debajo de la manta y tanteó la pared buscando el interruptor de la luz. La habitación era un caos que hablaba por sí solo. Los zapatos, el abrigo y la guerrera estaban amontonados junto a la puerta; la camisa y la falda descansaban a los pies de la cama; la ropa interior y las medias se hallaban tiradas sobre la colcha junto con la corbata, la cual Arnaud había tenido problemas para desanudar y había sido la última prenda en abandonar su cuerpo. Caminó por la habitación recogiéndolo todo. En el cuarto de baño se lavó la cara y el cuello con el agua gélida y se miró en el espejo.

Arnaud había estado dulce, apasionado, inquieto. En una ocasión en que ella hizo ruido, él le tapó la boca con la mano y se detuvo para mirar hacia el techo, aguzando el oído. Los tablones de madera crujieron sobre sus cabezas. A Kay le entró la risa.

—Pobre Arnaud —susurró—, no le dejan que lleve una chica a casa.

—Mis padres son muy anticuados —susurró él a su vez—, muy religiosos. Les daría un ataque.

Kay sonrió mientras se cepillaba el pelo. Cuanto más nervioso se había puesto él, más osada se había vuelto ella. Qué manera de jugar.

Cuando se hubo vestido, inspeccionó la cama en busca de indicios delatores, estiró la sábana y remetió las mantas. Si alguna habilidad había aprendido en la WAAF, era la de hacer impecablemente una cama. Apagó la luz y salió del baño. Caminó sigilosa y a oscuras por el pasillo y se detuvo en el rellano. Todas las puertas estaban cerradas. Se preguntó cuál sería la habitación de Arnaud. ¿Estaría en ese piso o en el de arriba? Solo el tictac del reloj de pie del recibidor interrumpía el profundo y helado silencio.

Resultaba difícil bajar la vieja escalera de madera sin hacer ruido. Al llegar a la planta baja vio la luz débil y familiar brillando en la cocina, pero cuando entró, estaba desierta. Una tetera hervía en la estufa. La retiró y miró en derredor. En el fregadero descansaba una pila de platos sucios. Había una silla apartada de la mesa. La alacena estaba abierta y los estantes vacíos. No había ni rastro de la comida que había traído. La puerta de atrás tenía la llave en la cerradura, pero no necesitó girarla. Estaba abierta.

Cuando salió al patio creyó oler el humo de un cigarrillo. Se detuvo y llamó bajito:

—¿Arnaud?

Miró por encima de su hombro y tomó el sendero que rodeaba la casa. Se paró de nuevo en medio del jardín y, con más apremio esta vez, repitió:

—¿Arnaud?

Estaba segura de que podía sentir que la observaba. Cruzó la áspera hierba hasta llegar a la verja y salió a la calle. El cielo crepuscular proyectaba una luz grisácea sobre los adoquines. Arnaud tampoco estaba allí, advirtió consternada. Era como si se avergonzara de lo que había sucedido y estuviera intentando evitarla. Iba a tener que encontrar el camino ella sola.

La campana de la catedral anunció las siete, proporcionándole al menos un lugar hacia el que apuntar. Echó a andar por la acera y se adentró en las callejuelas. La ciudad estaba despertando lentamente. En algunas casas comenzaban a encenderse luces. Un perro ladró cuando Kay pasó junto a una de ellas. En un momento dado se detuvo y miró atrás, pero no parecía que estuvieran siguiéndola. Se dijo que no debía ser tan melodramática, hasta que recordó que Arnaud las había seguido el día anterior —él mismo lo había reconocido—, así que ¿por qué no podría estar haciendo lo mismo ahora? Aunque careciera de sentido, la idea de que alguien pudiera estar jugando con ella al gato y al ratón la inquietó y echó a andar de nuevo, más deprisa esta vez.

Atravesó el espacio vacío del mercado y tomó una calle sinuosa flanqueada de casas viejas. Al llegar al final de la misma reconoció dónde estaba: la calle de tiendas con el café cerrado, el puente sobre el río donde Arnaud la había dejado la mañana previa, la Puerta de Bruselas y el ancho bulevar de Koningin Astridlaan. Mientras se aproximaba al cuartel general británico imaginó que era un piloto al final de una misión peligrosa vislumbrando por fin el aeródromo.

El comedor de oficiales ya hervía de actividad. Los dos tenientes del Regimiento de Reconocimiento —Sandy, el guapo, y el hombre apagado de Yorkshire (¿cómo se llamaba? Bill, eso era)— estaban sentados a la misma mesa que la mañana previa. Sandy le hizo señas.

—¿Te has enterado de que ayer conseguimos rastrear a dos de esos cabrones? —le dijo jovialmente.

—Sí. Felicidades.

—¡Lo mismo digo! Dios, la velocidad que alcanzan esos cohetes. Un solo parpadeo y ya lo has perdido.

—¿Solo fueron esos dos o hubo más por la tarde?

—No, eso fue todo. No lanzaron ninguno más. Puede que

hayan decidido hacer las maletas y volver a casa. —Sandy la miró con más detenimiento—. ¿Estás bien?

—Sí.

—Parece que te falte el aire.

—Tengo una buena caminata hasta aquí y me daba miedo llegar tarde.

—¿Os apetece tomar algo luego? ¿Nosotros cuatro? —Señaló la mesa del rincón, donde Barbara estaba fumando un cigarrillo.

—Estaría bien. Se lo preguntaré. —Kay sonrió y se marchó—. Buenos días, Barbara.

—Me estaba preguntando dónde te habías metido. —La escudriñó a través del humo—. ¿Y bien?

—¿Y bien qué?

—Ya sabes a qué me refiero.

—Deja que por lo menos me sirva una taza de té.

Fue hasta la mesa dispuesta bajo la ventana. Junto al samovar había bandejas de latón con beicon, huevos revueltos y pan frito. No se había dado cuenta de lo hambrienta que estaba. «Será por el sexo», pensó. En ese momento decidió no contar ni una palabra de lo sucedido. Si Arnaud la estaba evitando, quizá fuera mejor olvidarlo, por lo menos hasta que supiera qué había representado para él. Se llenó el plato hasta arriba. Cuando regresó, Barbara dijo:

—Venga, desembucha. Sé que ha pasado algo, te lo veo en la mirada.

—No sé de qué me hablas. Caray, estoy famélica. —Kay atacó su desayuno. Los huevos estaban demasiado gomosos para no ser deshidratados, pero le dio igual. El efecto de la comida caliente en su estómago fue instantáneo. Notó que le subía el ánimo—. Pero no hablemos de mí. ¿Cómo fue tu paseo con Jens?

—Sumamente satisfactorio.

Kay la miró con el trozo de beicon suspendido en el aire. Pese a su propia conducta, estaba un tanto conmocionada.

—¿No habrás...?

—Estamos en guerra, cariño. —Barbara le dio una calada al cigarrillo—. Podrían matarnos en cualquier momento.

—¿Y piensas volver a verlo?

—Puede.

—¿Adónde fuisteis? No a casa de la anciana, supongo.

—No, fuimos a su piso.

—¡Santo Dios! —Kay meneó la cabeza y rio.

—Soy una zorra, cariño, qué puedo decir. —Barbara agitó el cigarrillo con desdén—. ¿Y tú? Dime que por lo menos lo intentó.

—Se portó como un perfecto caballero.

Barbará la miró con complicidad.

—O sea que intentó besarte. —Kay le sostuvo la mirada y bebió un sorbo de té—. ¡Mira que eres discreta! La vieja Sitwell estaría orgullosa de ti.

—No seas cruel. —Estaba deseando cambiar de tema. Miró su reloj de pulsera—. Hablando de Sitwell, deberíamos ponernos en marcha.

Llevó su vajilla sucia a la mesa y vació las sobras. Cuando regresó, Barbara estaba charlando con Sandy y Bill.

—Hemos quedado para tomar una copa a las seis. ¿Qué te parece?

—Bien. —Kay se obligó a sonreír. «Tú te irás con Sandy —pensó—, y yo tendré que aguantar a Bill».

Una vez más, el cuarteto cruzó la calle hasta el banco y enseñó sus documentos de identidad. Estaba empezando a convertirse en una rutina. Los hombres se dirigieron a las furgonetas radar con un alegre «Buena suerte, chicas» y las mujeres bajaron a la cámara acorazada. La viciada atmósfera olía a humo de tabaco y a demasiados cuerpos hacinados en un espacio demasiado pequeño sin ventilación. Las sargentos de la WAAF estaban repantingadas detrás de sus mesas, muertas de aburrimiento. Joan y Joyce tenían la cara demacrada y los ojos enrojecidos propios de los turnos de noche. Kay reconocía los síntomas. Era lo mismo en Medmenham.

—¿Ha pasado algo? —Se quitó el abrigo.

—No —dijo Joan—. No han dicho ni pío en toda la noche. —Su semblante, por lo general jovial, estaba serio y malhumorado—. Sospecho que se están reservando para vosotras.

Desprendiendo un fuerte olor a jabón carbólico, la oficial de vuelo Sitwell bajó las escaleras seguida de las sargentos de la WAAF del turno de mañana. Caminó hasta el frente de la sala y dejó caer una carpeta gruesa sobre la mesa. Limpió la pizarra hasta dejarla reluciente.

—Bien, señoritas, un nuevo día, un nuevo comienzo.

Kay ocupó su asiento, sacó punta al lápiz, ahuyentó las virutas con un soplido y se esforzó por no pensar en Arnaud.

17

El Gruppenführer Kammler estaba en ese momento llegando a Scheveningen.

Había salido de Hellendoorn a las cuatro de la mañana y realizado el trayecto de ciento ochenta kilómetros al abrigo de la noche para evitar las patrullas aéreas diurnas de los aliados. Nunca estaba quieto. Raras veces se le veía comer o dormir. El Torbellino, lo llamaban sus subordinados. Últimamente pasaba media vida en la carretera, sentado en el asiento del copiloto de su Mercedes blindado con su metralleta personalizada entre las piernas, viajando incansable entre los cinco regimientos del V2 —cuatro de la Wehrmacht y uno de las SS— que estaban bajo su mando. La División zV, había insistido en llamarla. Opinaba que sonaba bien: zV. *Zur Vergeltung*. Por la venganza.

Kammler el constructor, ¡el hombre a cargo de la revancha!

Graf vio su enorme coche doblar la esquina a toda velocidad y frenar delante del hotel Schmitt con un chirrido de neumáticos propio de una banda de gánsteres, lo vio abrir la portezuela y saltar a la acera con la cabeza descubierta seguido, desde los asientos de atrás, de sus dos oficiales subalternos. «Pum, pum, pum», retumbó en la apacible mañana la volea de puertas cerrándose. Kammler se detuvo a fin de ponerse la gorra y ajustarla minuciosamente —había vanidad hasta en la menor de sus acciones, observó Graf—, subió ágilmente los escalones y entró en el cuartel general. No había rastro de Von Braun.

Graf se subió el cuello del abrigo y siguió andando.

Un débil amanecer despuntaba sobre las ruinosas casas de huéspedes con sus balcones de madera pelada y sus porches acristalados manchados de sal. Y conforme la oscuridad reculaba fue revelando las cicatrices de la noche previa. Algunos edificios tenían las puertas derribadas. El fuerte viento del este zarandeaba las ventanas maltrechas. Pilas de cristales rotos cubrían la acera. Los hombres de los escuadrones de los cohetes trabajaban taciturnos y cabizbajos. Graf aguardó a que pasara un camión y cruzó la calle en dirección al depósito de máquinas.

Dentro estaban preparando los tres V2 defectuosos para su devolución en el siguiente tren a Nordhausen. Había resultado imposible repararlos *in situ*; los tres requerían ahora su propio expediente para explicar su particular disfunción a los ingenieros de Alemania. Como un autómata, iba de plataforma en plataforma estudiando las evaluaciones diagnósticas, intercambiando unas palabras con los técnicos, firmando los informes. Era un alivio poder centrar sus pensamientos en los detalles familiares de la presión de la bomba de alimentación y la resistencia eléctrica. Tenía la cabeza embotada. No había terminado aún cuando un oficial a las órdenes de Huber descorrió la puerta del depósito.

—Doctor Graf, se requiere de inmediato su presencia en el cuartel general.

—Estoy ocupado.

—El Gruppenführer Kammler desea hablar con usted.

—¿Qué demonios quiere de mí?

Su tono ofendió al oficial.

—Sin duda se lo comunicará él personalmente. Es una orden. Acompáñeme, por favor.

Graf salió con el teniente y cruzó de nuevo la calle en dirección al hotel Schmitt. Presentía algo desagradable, como solía ocurrir tratándose de Kammler. Durante más de un año lo había visto hacerse lentamente con el control del programa de cohetes y lo había estudiado con un terror resignado y desapegado, como un hombre mordido por una araña venenosa podría observar sus extremidades sucumbir poco a poco a la parálisis. Kammler no solo había construido la fábrica en Nordhausen; también le habían asignado la tarea de construir un nuevo recinto de pruebas para el V2 en el campo de pruebas que las SS tenían en Polonia, otro atento regalo de Himmler tras el bombardeo de Peenemünde que había sido imposible rechazar.

—¿Dónde en Polonia? —había preguntado Graf a Von Braun la primera vez que se debatió el plan.

—A unos doscientos cincuenta kilómetros al sur de Varsovia.

—¿Qué? ¿En el interior?

Desde la construcción de Max y Moritz en 1934, siempre habían lanzado sus cohetes hacia el mar para que al final de la prueba cayeran inofensivamente en el Báltico.

—Sí. Les señalé el riesgo de que se produjeran bajas civiles, pero por lo visto es inevitable. —Von Braun había levantado la mano para acallar las protestas de Graf—. Tiene que estar situado en un lugar fuera del alcance de la RAF.

Graf empezó a asistir a las pruebas en Polonia dos meses más tarde. Volaba desde Peenemünde y se quedaba dos o tres días. A los ingenieros los alojaban en vagones de tren en una vía muerta próxima al pueblo de Blizna. El recinto en su conjunto, llamado Heidelager, estaba vigilado por las SS. Era difícil no sentirse un prisionero. El general Dornberger seguía nominalmente al mando, pero Kammler no tardó en dejarse caer para presenciar los lanzamientos. Al principio le bastaba con observar, «en nombre del Reichsführer-SS», pero a medida que avanzaba el invierno comenzó a participar de forma más activa en las reuniones técnicas, en ocasiones llegando sin previo aviso cuando Dornberger no estaba presente. Se trataba de otro periodo en que el misil fallaba de modo reiterado. Conforme aumentaba el número de cohetes que volaban horizontalmente sobre sus cabezas o explotaban en el aire, el tono de Kammler fue ganando en sarcasmo. Incluso desafió a Von Braun.

—¡Tiene la cabeza en las nubes, profesor! Este proyecto hay que dirigirlo con determinación.

En una ocasión, al pasar junto a su despacho, Graf le oyó hablar por teléfono con Himmler lo bastante alto para que todo el mundo lo oyera.

—¡Sí, Reichsführer, otro fracaso! Estoy de acuerdo... Estoy de acuerdo... Unos completos irresponsables. Ahora que hemos tenido la oportunidad de observarlos más de cerca, empiezo a pensar que deberíamos arrestar a toda esa pandilla de malnacidos por traición.

Era evidente que el veneno estaba propagándose desde las extremidades hacia el corazón. Así y todo, cuando lo alcanzó cuatro meses después, la crudeza del desenlace cogió a Graf desprevenido. Debido a los bombardeos, había sido evacuado de su apartamento en el complejo de Trabajos Experimentales y estaba viviendo con los demás ingenieros en el Inselhof, un hotel de Zinnowitz con vistas a los juncales y al mar. Eran las dos de la mañana cuando lo despertaron unos golpes en la puerta. Cuando acudió a abrir, encontró a dos hombres con gabardina y sombrero negro.

—Tenemos órdenes de arrestarlo. Vístase y acompáñenos.

—Exijo hablar con el profesor Von Braun.

—A él también lo han detenido.

Podía oír a la Gestapo ir de habitación en habitación. Cuatro ingenieros fueron elegidos aquella noche, entre ellos Von Braun, y trasladados en un convoy de Peenemünde a Szczecin. No les permitían hablar entre ellos; cada preso en un coche distinto, en una celda distinta, en un interrogatorio distinto.

—La noche del domingo 17 de octubre de 1943, en una fiesta celebrada en la playa de Zinnowitz en compañía del profesor Von Braun, el doctor Helmut Gröttrup y el doctor Klaus

Riedel, ¿declaró o no declaró que la guerra estaba perdida, que el cohete no salvaría a Alemania y que su objetivo todo este tiempo había sido construir una nave espacial?

—Caballeros, no recuerdo haber dicho semejante cosa...

Por supuesto que lo recordaba, y con total claridad, al menos hasta el instante en que estuvo demasiado borracho para mantenerse en pie. Había sucedido justo después de su segunda visita a Nordhausen, cuando todavía estaba en estado de shock. Von Braun había asomado la cabeza por la puerta de Graf y anunciado que Fraulein Butzlaff, la dentista del pueblo, iba a ofrecer un cóctel en la playa y estaban todos invitados.

—Vamos, te animará.

Una noche cálida y tranquila de otoño. Farolillos chinos —rosas, amarillos, verdes— colgando sobre las dunas. Música de jazz norteamericana ilegal en el gramófono. Cócteles de vodka, comida en abundancia. Demasiados cócteles y demasiada comida, de hecho; en aquel momento Graf se dijo que era extraño que una dentista de un pueblo costero hubiera podido hacerse con semejante festín en tiempos de guerra. Pero ¿qué demonios? Quizá fuera el contraste con la fábrica de mano de obra forzada lo que los llevó a todos a emborracharse tanto y evocar estentóreamente los viejos tiempos en el Aeródromo para Cohetes.

GRAF: Quería construir una nave espacial, no un instrumento para matar.

RIEDEL: Lo bueno es que no es un instrumento para matar muy eficaz que digamos.

VON BRAUN: Cuando perdamos la guerra, nuestra labor consistirá en asegurarnos de que lo que hemos conseguido no sea destruido.

GRÖTTRUP: Peenemünde caerá en manos de los soviéticos, es solo cuestión de tiempo. El sistema comunista es nuestra mayor esperanza.

Cada palabra había sido anotada, ya fuera por la anfitriona o por algún invitado que actuaba de informante para la Sicherheitsdienst. Cuando le mostraron la transcripción en blanco y negro, Graf dio por sentado que todos ellos eran hombres muertos. Sin embargo, con el paso de los días, mientras el interrogatorio proseguía, cubriendo una y otra vez toda la historia del programa de cohetes, empezó a cambiar de opinión. Después de todo, si las SS lo habían sabido desde octubre, ¿por qué habían esperado a marzo para arrestarlos?

Al cabo de una semana los devolvieron a Zinnowitz y los liberaron. Al parecer Dornberger había hablado con Speer, y Speer había hablado con Hitler, y Himmler había accedido magnánimamente a soltarlos. ¿Por qué no? Eran mucho más útiles vivos que muertos. Sus palabras estaban archivadas. Himmler podía acabar con ellos cuando quisiera. Poco después, a Dornberger lo apartaron y Himmler recibió de manera formal el control pleno del programa de cohetes. Nombró a Kammler jefe de operaciones.

—En Alemania en la actualidad existen tres opciones —les dijo Kammler—. Que los fusilen las SS, que los encarcelen las SS o que trabajen para las SS.

Ahora estaba sentado en el despacho de Huber, recostado en la butaca de Huber con sus lustrosas botas sobre la mesa de Huber, como siempre hablando a voz en grito por teléfono. Sus dos subalternos se hallaban detrás, tiesos como lacayos en sus uniformes impecables.

—Sí... Sí... Entonces ¿cuento con su conformidad para proceder? —Reparó en Graf y le hizo una única seña con el dedo para que entrara. Huber, Drexler, Biwack, Klein y Seidel estaban de pie, a una distancia respetuosa, mirándolo—. ¡Excelente! —Pasó el auricular a uno de sus ayudantes, que lo devolvió a la horquilla—. ¿Doctor Graf? —Arrugó la frente y ladeó la cabeza, a la espera.

Graf alargó el brazo.

—Heil Hitler.

—No tendría que recordárselo, Huber. Es la ley. Asegúrese de que sus hombres saludan como es debido en todo momento.

—Sí, Gruppenführer. —Huber fulminó a Graf con la mirada.

Kammler bajó las botas de la mesa. Se acercó a la mesa de reuniones, donde había un mapa extendido.

—Bien, caballeros, hemos hecho algunos avances durante la noche. Parece que, después de todo, los cazas enemigos no han recibido su información de los lugareños. —Se inclinó sobre el mapa. Detrás de él tuvo lugar un arriesgado cruce de miradas entre los oficiales de la Wehrmacht. Seidel clavó la suya en Graf—. Nuestro departamento de inteligencia todavía tiene algunas fuentes operando en Bélgica, y una de ellas se puso en contacto con su intermediario anoche. Al parecer, los británicos han instalado unidades de radar avanzadas en Malinas. —Golpeteó la ciudad con el dedo—. Además de las tropas de reconocimiento, están utilizando a un grupo de mujeres —pronunció la palabra con sorna— para hacer cálculos matemáticos basados en los datos de los radares. —Se volvió hacia Graf—. Una pregunta técnica para usted, doctor. ¿Es posible para el enemigo determinar la ubicación de nuestras bases de lanzamiento empleando radares?

Las manos de Graf se habían cerrado en un puño; las uñas se le estaban clavando en las palmas. En su cabeza estaba oyendo las ráfagas del fuego de metralleta en el bosque. Miró a Kammler.

—Lo siento, Gruppenführer, ¿podría repetir la pregunta?

Kammler suspiró.

—¿Existe una manera de que el enemigo pueda determinar la ubicación de nuestras bases de lanzamiento empleando radares y un equipo de mujeres calculistas?

—¿Puedo ver la ubicación? —Graf señaló el mapa.

—Claro.

Kammler dio un paso atrás. Graf ocupó su lugar en la mesa. Buscó Malinas y la encontró, subió la vista hasta La Haya y volvió a bajarla. La ciudad estaba casi exactamente al sur de ellos, hecho significativo dado que el eje de la trayectoria del

V2 era de forma aproximada de este a oeste. Eso, además, acercaba considerablemente los radares, que se hallaban a menos de la mitad de distancia que las estaciones de la costa inglesa.

Graf era consciente de que Kammler y los demás estaban aguardando su veredicto. «Qué astutos —pensó—. Qué ingeniosos. ¿Por qué no se nos ocurrió?».

Enderezó la espalda.

—Como es obvio, no estoy cualificado para juzgar la sofisticación de los radares del enemigo. No obstante, eso los colocaría dentro de un alcance suficiente para detectar nuestros cohetes poco después del despegue; el terreno entre nosotros y ellos es completamente llano, por lo que nada obstaculizaría su visión.

—¿La distancia es importante?

—Sí, la distancia y, sobre todo, el hecho de estar al sur, porque eso les da una visión de costado. Si sus radares pueden ver lo bastante alto, es posible que sean capaces de recoger datos suficientes para seguir la trayectoria durante unos segundos. Entonces tendrían el punto de impacto en Inglaterra trescientos diez segundos después. Si unimos estas dos informaciones, debería ser posible calcular la curva parabólica, lo que proporcionaría una estimación aproximada del punto del lanzamiento.

Kammler dijo:

—¿Y podrían hacerlo con tiempo suficiente para dirigir sus bombarderos contra nosotros en los siguientes treinta minutos?

—En teoría, en el supuesto de que fueran lo bastante rápidos en hacer los cálculos. —Graf no pudo evitar añadir—: Al parecer, no hemos sido traicionados por las mujeres de los burdeles, sino por mujeres que emplean leyes matemáticas.

Kammler estaba ceñudo, preocupado; no pareció oírlo.

—Se trata de un grave fallo del programa de misiles. ¿Por qué no se nos advirtió de ello hasta ahora?

—Nunca pensamos en eso.

—¡Nunca pensaron en eso! ¡Los inteligentes tipos de Peenemünde no pensaron en eso!

—Supongo que nunca imaginamos que el cohete se lanzaría desde un lugar tan expuesto y con el enemigo rodeándonos por todas partes.

Kammler contempló el mapa y cruzó los brazos.

—Ahora debemos responder.

—¿Me permite proponer algo, Gruppenführer? —intervino Huber—. La solución más sencilla sería pasar todos los lanzamientos a las noches e ir cambiando de ubicación. De ese modo, aunque el enemigo averigüe nuestras posiciones y las ataque al día siguiente, ya será demasiado tarde para que la información resulte operativamente útil.

Kammler negó con la cabeza, todavía pensativo.

—Esa actitud es demasiado pasiva. Debemos responder a la ofensiva con otra ofensiva.

—¿Qué alternativa tenemos? ¿Está sugiriendo que pidamos a la Luftwaffe que bombardee Malinas?

—La Luftwaffe ya no es lo que era. Desde luego, no es una fuerza capaz de bombardear una ciudad en Bélgica. —Kammler levantó la vista, súbitamente inspirado—. Pero ¿quién la necesita? Tenemos el arma en nuestras manos. —Paseó la mirada—. ¿No es evidente, caballeros? ¡Deberíamos atacarlos con un cohete!

Seidel puso ojos como platos. Klein dirigió la mirada al suelo. Huber dijo:

—Con todos mis respetos, Gruppenführer, el V2 no está diseñado para utilizarse como un arma táctica. Le falta precisión.

—¡Estamos hablando de una ciudad, coronel, no de un puente! ¡Mire bien! —Señaló el mapa—. ¿Me está diciendo que no pueden atacar un objetivo del tamaño de una ciudad?

Huber dudó.

—Tal vez podamos atacar la ciudad, pero las probabilidades de derribar las unidades de radar son reducidas.

—¡Entonces lanzaremos dos misiles y duplicaremos nuestras probabilidades! —El Torbellino estaba girando ahora, imparable—. ¿Cuándo está previsto el próximo lanzamiento?

—Teníamos planeado esperar a después del funeral.

—¿Y eso significa a qué hora?

—Las once.

—¡Pero faltan dos horas y media! ¡Quiero que actuemos ahora mismo! ¿Qué mejor manera de honrar a nuestros muertos que asestarle un golpe al enemigo?

—No fue el enemigo quien los mató —señaló quedamente Graf.

Kammler se volvió hacia él.

—¡Son ustedes repugnantes! ¡Han sangrado al Reich para construir sus malditos cohetes y ahora nos dicen que no pueden atacar una ciudad que está a dos horas en coche! Quiero que se haga de inmediato, ¿queda claro?

Huber se puso firme.

—¡Sí, Gruppenführer!

Kammler asintió secamente.

—El nombre del objetivo debe mantenerse en secreto para los hombres. Necesitamos proteger a nuestra fuente. Pueden irse.

Los tres oficiales de la Wehrmacht abandonaron el despacho. Graf los siguió. En el pasillo, Huber dijo en un tono cansino:

—Ya han oído las órdenes. Seidel, que su escuadrón se prepare para el lanzamiento. Graf, será mejor que supervise el cambio de objetivo del misil. —Hundió los hombros. Parecía derrotado. «Lo despedirán antes de que acabe el día», pensó Graf.

Cruzaron el vestíbulo y salieron a la calle.

Graf estaba encorvado sobre un mapa en la carpa del equipo técnico, midiendo la distancia con un compás de puntas. Calculó que la trayectoria de vuelo de Scheveningen a Malinas era de ciento veintiún kilómetros. El transportador indicaba que en lugar de un rumbo de doscientos sesenta grados, el cohete necesitaría seguir un rumbo sur de ciento ochenta y tres grados.

El tiempo de paralización del motor debería reducirse de sesenta y cinco a veintiséis segundos para aplanar la trayectoria. Eso implicaría ignorar el acelerómetro a bordo y apagar el motor mediante radioseñal desde tierra. Los cálculos eran sumamente vagos, pero era lo mejor que podía hacer. Maldijo a Kammler entre dientes.

Abrió la solapa de la carpa. El misil yacía en su cuna de ruedas bajo los árboles, enganchado a un camión. El panel de control número 3 estaba abierto. Utilizó un destornillador y unos alicates para recablear el acelerómetro, hizo una señal al cabo y se apartó para que devolviera los paneles a su sitio. El cabo dio un golpe en el costado de la cabina del camión, el motor se puso en marcha y remolcaron el cohete lentamente hacia la sección de montaje de la ojiva, la cual pendía con su carga de amatol de una tonelada todavía alojada en su caja transportadora. Hicieron falta cinco hombres para bajar la ojiva, encararla y guiarla. Una vez atornillada al extremo del fuselaje, retiraron el envase. Cinco minutos después quedaron instalados los fusibles y el misil estuvo listo para partir.

Graf caminaba a su lado a un ritmo regular, como el director de una funeraria junto a un coche fúnebre, mientras el cohete avanzaba por la carretera del bosque. En el claro que se abría más adelante, bajo la amplia pasarela de la grúa móvil, aguardaba el Meillerwagen. El transportador se detuvo a su lado, alzaron el V2 y lo desplazaron con la ojiva asintiendo juiciosamente al viento. Detrás, tres hombres tiraban de cuerdas para mantenerlo estable. Una vez instalado sobre el Meillerwagen y fijado con abrazaderas en la proa y la popa, Graf se acercó a la cabina y abrió la puerta.

—¿Me lleva?

—Claro, suba.

Se dirigieron a la base de lanzamiento. Graf bajó la ventanilla y sacó la cabeza para sentir el aire fresco. Contempló los árboles que iban dejando atrás. Se preguntó si las palabras que había cruzado con Kammler lo enviarían de nuevo a una celda de la Gestapo y se dio cuenta de que no le importaba. Sentía un desapego inquietante. Ni siquiera le preocupaba demasiado que acabase de cambiar el rumbo de un misil balístico para atacar una ciudad belga. Británicos o belgas, ¿qué diferencia había? ¿A cuántos civiles había matado ya? Se pasó la mano por la cara. «Dios mío —pensó—, ¿qué soy?». ¿Era mejor que las SS? En cierto modo era peor. Por lo menos ellos tenían el valor de matar a sus víctimas de frente.

La plataforma de lanzamiento ya estaba instalada. En torno a ella aguardaba una docena de hombres. El camión remolcador se detuvo a quince metros de la misma; Graf bajó de un salto y observó cómo desenganchaban el Meillerwagen del camión. Los hombres conectaron cables de acero al chasis y dirigieron este a mano hasta quedar sobre la plataforma de lanzamiento. Fijaron los gatos y los pistones hidráulicos procedieron a levantar el misil. ¡Qué sencillo! Tras un par de minutos, el V2 alcanzó su posición vertical y el brazo del Meillerwagen lo mantuvo rígido unos centímetros por encima de la plataforma circular. Comprobaron la posición y, acto seguido, lo bajaron poco a poco. Una vez que descansó erguido, el Meillerwagen retrocedió un par de pasos. Los hombres bajaron el brazo hidráulico, le fijaron plataformas de verificación a diferentes alturas, lo subieron de nuevo y lo aproximaron al cohete. A continuación sometieron los cables a las pruebas técnicas.

Graf se acercó a un supervisor que estaba mirando por un teodolito para asegurarse de que el V2 estaba totalmente vertical.

—Para este lanzamiento tenemos un rumbo diferente.

El soldado parpadeó, sorprendido. Todos los misiles lanzados desde La Haya durante las últimas seis semanas habían tenido como objetivo Londres.

—¿Es una nueva orden?

—Ciento ochenta y tres. Pregunte al teniente, si lo desea. Él se lo confirmará.

Graf podía ver a Seidel arrimándose desde el vehículo de control de despegue. Le hizo señas.

—He calculado un rumbo de ciento ochenta y tres.

—Muy bien —dijo Seidel—. Ya ha oído al doctor Graf, soldado. Reoriente el cohete.

—¡Sí, teniente!

Un rugido de motores reveló la aproximación de los camiones cisterna: dos cargados con metanol, uno con oxígeno líquido y otro con peróxido de hidrógeno. Graf y Seidel se alejaron. Graf dijo:

—He inhabilitado el acelerómetro. Calculo que hemos de desconectar el motor por radioseñal después de veintitrés segundos.

—¿Qué pasa si la señal falla?

—Que caerá en Reims.

Seidel se detuvo en seco.

—¿Bromea?

—No. Lo he comprobado dos veces. Si el cohete vuela la distancia completa, es exactamente donde caerá.

—¡Dios mío, esto es una locura incluso para Kammler! ¿Lo sabe él?

—¿Por qué iba a importarle? No son más que franceses.

Seidel se alejó, negando con la cabeza, para supervisar el llenado de combustible y Graf ocupó su posición habitual, apoyando la espalda en el árbol, listo para acudir si necesitaban su ayuda. Observó a los hombres del combustible y al equipo del cohete hacerse cargo de la preparación del V2. Retiraron los conos protectores de las boquillas. Las aspas de carbono —demasiado frágiles para encajarlas hasta el último minuto— se fijaron debajo de las aletas. Las baterías, que se habían gastado durante las pruebas eléctricas, fueron retiradas del compartimento de control y reemplazadas. Los camiones cisterna rodearon el cohete y los hombres sacaron las mangueras.

Cada uno de esos procedimientos se había convertido en un acto rutinario. Los soldados no tenían ni la más remota idea de cuántos meses y años de esfuerzo se habían invertido en diseñar cada uno de ellos. «El trabajo de mi vida —pensó Graf—, y ha quedado reducido a esto: la posibilidad remota de impactar en una incauta ciudad belga». Introdujeron primero los seis mil litros de alcohol, lo que llevó diez minutos, seguidos de los seis mil setecientos cincuenta kilogramos de oxígeno líquido, lo que llevó ocho. Las mangueras brillaban bajo una capa de hielo. Nubes de condensación flotaban en el claro. Introdujeron el peróxido de hidrógeno en el generador de vapor. El permanganato sódico, que reaccionaba con el peróxido de hidrógeno para producir el vapor que impulsaba la turbina, se extrajo de su contenedor caldeado y se volcó en una abertura del conjunto de cola. Cerraron los compartimentos. Retiraron los camiones cisterna. Bajaron el brazo del Meillerwagen. Encajaron el ruptor. Finalmente, los supervisores avanzaron para girar el cohete sobre la plataforma de lanzamiento de manera que la aleta número uno estuviera exactamente alineada sobre un ángulo de ciento ochenta y tres grados.

Cuando sonó el claxon, Graf retiró su espalda del árbol y se encaminó al vehículo de control de despegue. Cerró la pesada puerta del carro blindado tras de sí. Seidel estaba mirando por la escotilla del techo. La cerró y bajó hasta su asiento. En la mano sostenía un cronómetro.

—Veintitrés segundos, ¿correcto?

—Correcto.

Descolgó el teléfono. La estación de radar de La Haya anunció que tenían vía libre para el despegue. Hizo una señal al sargento.

—Comience el procedimiento.

Graf se preparó mientras comenzaba la cuenta atrás. Por el grueso cristal vio el familiar espectáculo: la ducha de chispas, la expansión de la llama, la súbita ráfaga de estruendo y calor cuando el cohete alcanzó su máxima potencia. Seidel pulsó el cronómetro en el instante en que el misil despegó.

Habló por teléfono.

—Preparados para cortar motores. Veinte segundos..., quince segundos...

18

En Malinas sonó un teléfono. El sobresalto fue general. En el silencio de la reducida cámara acorazada, el timbre tronó como una alarma contraincendios.

Kay levantó la vista, esperanzada. Aguardar a que algo sucediera estaba acabando con sus nervios. Doce pares de ojos se volvieron hacia el cabo del Cuerpo de Retransmisiones mientras este levantaba el auricular.

Escuchó, alzó la mano.

—¡Han lanzado!

La campana sonó brevemente. Kay agarró el lápiz.

El cabo inició su cantinela:

—Ángulo de contacto, uno ocho tres; altitud, treinta y un mil; velocidad, tres dos dos cero pies por segundo…

—Un momento —murmuró Knowsley. Miró al cabo con cara de desconcierto.

—¿Uno ocho tres? No puede ser. —Cogió un transportador, se levantó y se acercó al mapa.

Kay seguía escribiendo.

—Ángulo de contacto, uno ocho tres —dijo el cabo—; altitud, cuarenta y siete mil, velocidad…

Knowsley le interrumpió.

—Solicite confirmación del ángulo.

—¿Pueden confirmar el ángulo, por favor? —El cabo aguardó—. Ángulo confirmado. —Escuchó la voz al otro lado del teléfono. Ahora también él parecía perplejo—. El misil está elevándose, pero no están detectando un recorrido.

—Eso es porque viene derecho hacia nosotros —declaró el comandante de ala con calma—. Active la alarma antiaérea. Pónganse a cubierto.

El V2, desconectado su motor por radioseñal, pasó sobre Róterdam en vuelo libre a dos veces la velocidad del sonido.

Todos los presentes en la cámara acorazada estaban agachándose para buscar refugio, excepto Kay. No podía creer que estuviera pasándole otra vez.

Barbara dijo:

—¡Kay, métete debajo de la mesa! —Tuvo que volver a gritar para captar su atención—. ¡Kay!

Kay se arrodilló y gateó hasta el apretado espacio. De la calle llegaba el aullido de la sirena antiaérea.

—Caray, qué emocionante —dijo Barbara.

Estaban tumbadas boca abajo, una al lado de la otra. Kay giró la cabeza para mirar a Barbara. Debajo de su mejilla, el parqué desprendía un olor dulzón a cera de abeja. Su compañera esbozó una sonrisa alentadora y le cogió la mano con fuerza. Kay se cubrió la cabeza con la otra mano para protegerla. «Como si fuera a servir de mucho», pensó. Cerró los ojos. «Santa María, madre de Dios, ruega por nosotros pecadores, ahora y en la hora de nuestra muerte...».

La sirena antiaérea calló.

El tiempo pareció alargarse y tensarse, estirarse hasta una distancia insoportable.

De repente, un cambio en la presión del aire —el mismo chasquido diminuto en los oídos, como el susurro de una premonición, que había experimentado en Londres—, seguido, un instante después, de un tremendo estallido por encima de sus cabezas. A continuación el ruido sordo de una explosión lejana, ahogado a su vez por el rugido del cohete entrante.

Kay yació muy quieta en el silencio que siguió. «He escuchado esta secuencia de tres partes en dos ocasiones —pensó—. No mucha gente puede decir lo mismo».

Al cabo de medio minuto, Barbara susurró:

—¿Ya está?

—Creo que sí. —Presa de un ataque de claustrofobia, Kay utilizó los codos para salir de debajo de la mesa. Los demás estaban haciendo lo propio desde otras mesas. Se levantó y se sacudió el polvo de la falda y la guerrera. El fin de la alerta sonó en la calle. Alguien empezó a llorar.

—Oh, cállese —le espetó Sitwell.

Abandonaron la cámara acorazada y se congregaron en la acera. Al otro lado de la calle, a la derecha, detrás de los chapiteles de la Puerta de Bruselas, se alzaba una columna de humo negro. Los transeúntes se habían detenido para contemplarla; exactamente como hacían en Londres, pensó Kay, conmocionada por lo que acababa de suceder, horrorizada al pensar quién podría estar debajo, aliviada de que no fuesen ellos.

—Me pregunto dónde ha caído —dijo Bárbara.

Kay contempló la torre de humo. El viento la estaba inclinando ligeramente.

—Parece que en la dirección de la casa donde me alojo.

—Dios, esperemos que Arnaud esté bien.

—Vamos —dijo Sitwell—, no se entretengan.

Kay mantuvo la vista fija en el humo mientras seguían al resto hasta el edificio del cuartel general.

Barbara dijo:

—¿Te has dado cuenta de que cada vez que besas a un hombre, los alemanes le tiran un cohete?

Arriba, en el comedor, Knowsley pidió que se cerraran las puertas y dio unas palmadas para captar la atención de los presentes. A su lado había un mayor del ejército, de mandíbula cuadrada y constitución fornida, que parecía estar observándolos uno por uno. Kay podía notar su mirada.

—Bien, escúchenme todos. Es importante que mantengamos la calma. La zona de Malinas ha sido atacada por dos V2 con anterioridad, pero procedían de bases de lanzamiento de Alemania e iban destinados, casi con certeza, a Amberes. Este salió de La Haya, donde las baterías solo están apuntando a Londres. Por tanto, a menos que de repente hayan cambiado de objetivo, debemos suponer que fue deliberado.

Dejó que los presentes asimilaran lo que implicaban sus palabras. Un murmullo nervioso recorrió el comedor.

—Necesito hablar con Stanmore y con nuestro jefe de seguridad. —Se volvió hacia el mayor y asintió—. Entretanto, será mejor que suspendamos este turno. Pueden esperar en el cuartel general o regresar a sus alojamientos. Nos reuniremos de nuevo aquí a las catorce horas. Y, por favor, recuerden, y no me cansaré de repetirlo, que no pueden contarle a nadie lo que acabo de decirles. Para la población local y el resto de nuestro personal, este solo ha sido otro cohete destinado a Amberes que se desvió de su rumbo. ¿Queda claro? Bien, pueden levantarse.

La estancia se dividió en conversaciones separadas. Barbara se volvió hacia Kay.

—¿Qué vas a hacer?

—Creo que debería volver y ver si la casa sigue en pie.

—¿Quieres que te acompañe?

—No es necesario.

El humo del V2 semejaba una ilusión óptica. Como un espíritu malévolo haciéndole señas para que se acercara, cuanto más avanzaba hacia él, más parecía recular. De tanto en tanto sonaba una alarma, pero solo débilmente y siempre a lo lejos. Para cuando llegó a la calle de los Vermeulen estaba claro que el cohete había caído fuera del centro, puede que incluso fuera de la ciudad.

Abrió la verja del jardín y caminó hasta la puerta, llamó al timbre y aguardó. Finalmente probó a abrir. Estaba cerrada con llave, por supuesto. Recordó que la noche previa Arnaud había sacado la llave del dintel. Se puso de puntillas y palpó la piedra lisa hasta que sus dedos tocaron el metal.

La casa estaba vacía y en silencio; sombría incluso en pleno día. Al detenerse en el rellano, con sus lóbregos adornos religiosos, se sintió nerviosa, como una ladrona. Entró en la cocina. Los platos estaban lavados y guardados; todo se veía limpio y ordenado. De regreso en el recibidor, barajó la posibilidad de echar un vistazo en el estudio del doctor Vermeulen, pero enseguida cambió de parecer: habría sido una invasión de su intimidad. Subió a su habitación.

Habían descorrido las cortinas. En la cama —su cama de la WAAF perfectamente hecha— había una ligera depresión, como si alguien se hubiese sentado en ella. Echó un vistazo a la ropa que guardaba en el armario, tomó asiento frente a su mesa y abrió el cajón. La regla de cálculo y las tablas logarítmicas estaban allí, y también las hojas con las operaciones que había practicado en su primera noche. Sin embargo, no estaban tal como las había dejado. Se hallaban ligeramente desordenadas. La mayoría de la gente no lo habría notado, pero ella había sido entrenada para detectar esas cosas.

Era como utilizar el estereoscopio en Medmenham. Examinabas una fotografía y la imagen era plana. Colocabas otra fotografía al lado, hecha una milésima de segundo después, y las imágenes brotaban en 3D. Mientras contemplaba el cajón del escritorio, todo lo que había sucedido en los últimos dos días adquirió un enfoque nuevo. Permaneció cerca de un minuto rememorando con calma cada pequeño detalle, incidentes que no habían significado nada por separado pero que, al juntarlos, creaban una imagen diferente. La reticencia de los Vermeulen a darle alojamiento. La fotografía del hijo muerto puesta boca abajo en la mesa del estudio. El saludo nazi en el bar de la ribera. Las nerviosas miradas de Arnaud al techo mientras hacían el amor. La alacena vacía. El olor a humo de cigarrillo que flotaba fuera, junto a la puerta de atrás, esa mañana.

Se levantó, salió del dormitorio, caminó hasta el rellano y empezó a subir las escaleras que llevaban al segundo piso. Dedujo que la habitación situada justo encima de la suya estaba en la parte de atrás, a la izquierda. La puerta se encontraba entornada. Dentro, las sábanas de la cama individual estaban hechas un revoltijo, como si alguien hubiera estado dando vueltas preso de la fiebre. Había un fuerte olor masculino a sudor y colillas viejas. Pilas de libros. Un botiquín con la tapa abierta que contenía vendas enrolladas, gasas, esparadrapo, un frasco de antiséptico. Sobre el tocador, una lata de carne curada Fray Bentos que había regalado a madame Vermeulen, vacía y con una cuchara relamida dentro. Abrió el cajón del tocador. Un pequeño documento de identidad gris, como un pasaporte, con el texto 3. SS PANZER DIVISION «WIKING» escrito en la tapa, y dentro una imagen de un joven que se parecía mucho a Arnaud, hecha a nombre de Guillaume Vermeulen, con su grupo sanguíneo, la firma de su comandante y un sello morado de la esvástica.

Aunque el corazón le latía con fuerza, Kay mantuvo la cabeza clara y fría. Guillaume no estaba muerto. Había luchado en el bando alemán. Estaba escondido y, a juzgar por el botiquín, malherido. No se atrevía a salir y dejarse ver. Por tanto, aunque los demás estuvieran fuera, él debía de seguir en la casa. Seguramente la había oído llamar a la puerta, entrar, asomarse a la cocina y subir.

Se volvió muy despacio, casi esperando encontrárselo de frente. Pero en el hueco de la puerta no había nadie, tampoco en el rellano y la escalera. Bajó al primer piso y se asomó por la barandilla al recibidor. El suelo de losetas blancas y negras estaba desierto. No era probable que Guillaume estuviera en alguno de los demás dormitorios, de modo que o estaba en la sala o, teniendo en cuenta lo fría y fuera de uso que parecía esta, en el estudio de su padre, seguramente escuchando. Calculó la distancia hasta la puerta de la calle. Podría correr hasta ella, pero quizá eso lo empujara a salir para cortarle el paso. Mejor caminar con naturalidad. Buscó con la mirada algo que pudiera utilizar como arma, pero no vio nada. «Vale». Enderezó los hombros. «En marcha».

Bajó las escaleras, cruzó el rellano, abrió la puerta y salió. La llave seguía en la cerradura. Cerró la puerta y devolvió la llave al dintel. La ventana del estudio daba al jardín. Las cortinas estaban corridas. Se imaginó a Guillaume tras ellas, con la pesada tela ligeramente separada, observándola. Contuvo el impulso de echar a correr y caminó despacio por la hierba. Estaba a punto de alcanzar la verja cuando esta se abrió y el doctor y madame Vermeulen entraron con Arnaud.

Se detuvieron, sorprendidos. Kay avanzó hacia ellos.

—Gracias a Dios, están sanos y salvos —dijo.

El doctor Vermeulen le preguntó en un tono frío:

—¿Qué hace aquí?

—Vine a ver si estaban bien. —La voz de Kay sonaba ahogada, aguda y falsa, de modo que añadió con exagerada jovialidad—: ¿Saben dónde cayó el cohete?

Arnaud estaba mirándola fijamente.

—Fuimos a verlo, pero no pudimos acercarnos. Parece que ha caído en un campo.

—Menos mal. —Kay acertó a sonreírle—. En fin, me alegro de que estén bien. Los veré esta noche.

Estaban en medio del camino. Hizo ademán de partir y por un momento pensó que Arnaud iba a detenerla. Parecía que estuviera evaluándola.

—Hasta luego, entonces —dijo.

Se hizo a un lado y Kay cruzó la verja y se alejó calle abajo.

En la plaza próxima a la catedral detuvo un jeep del ejército británico en el que viajaban un cabo y dos soldados rasos. El jeep viró sobre los adoquines y frenó. El cabo dijo:

—¿Sí, señora? ¿Algún problema?

—Creo que hay un soldado alemán escondido en una casa cerca de aquí.

19

En el corazón de la zona de lanzamiento del regimiento, situado a medio camino entre Scheveningen y Wassenaar, en el llano paisaje de bosques y dunas a unos dos kilómetros del mar, se hallaba el circuito de Duindigt, una pista ovalada de ocho estadios, dotado de tres gradas, construido antes de la Gran Guerra. Dicho circuito era el lugar donde iba a celebrarse el funeral en honor al escuadrón de lanzamiento del teniente Stock.

Graf habría preferido no asistir. Cuatro días después del ataque aéreo sobre Peenemünde, en un cementerio excavado a toda prisa junto a las vías de tren, más de cien ataúdes habían sido bajados hasta la fosa común; él ni siquiera había sabido cuál de las sencillas cajas de madera era la de Karin. Pero ¿cómo podía utilizar eso de excusa, especialmente consigo mismo? Él era tan responsable de la muerte de esos hombres como los demás. Era su deber rendirles honor. Así pues, una vez que el V2 hubo despegado hacia Malinas, y una vez que el equipo de lanzamiento hubo despejado la zona, se descubrió subiendo al asiento delantero del Kübelwagen de Seidel, con el sargento Schenk y un cabo en la parte de atrás, y partiendo hacia el circuito.

Cuando llegaron, las deterioradas gradas, con la pintura descascarada y la madera podrida, ya estaban casi llenas. Mil hombres habían acudido a la ceremonia, voluntariamente o no: las tropas del cuartel general, que administraban el regimiento;

las tropas técnicas, que descargaban los misiles de los trenes y los preparaban para el vuelo; las tropas a cargo del cohete y del combustible; las tropas de lanzamiento; y los demás auxiliares —conductores, personal de mantenimiento, controladores del tráfico, cocineros, hombres del fuego antiaéreo, bomberos, operadores de radio— que habían sido enviados a esta franja de costa desierta para lanzar cohetes a los ingleses. Estaban sentados con expresión sombría, escuchando la selección de himnos interpretada por la banda del regimiento.

El cielo, alto y gris, aparecía despejado sin la presencia de la RAF. En la pista arenosa invadida por la grama, dispuestos sobre una tarima baja, había un micrófono y media docena de sillas. Un pastor protestante y un sacerdote católico estaban sentados juntos. Alineados delante de la tarima había doce ataúdes envueltos con la bandera de la esvástica y con la gorra del fallecido en lo alto. Una guardia de honor permanecía en posición de firmes a su lado. La visión de las solitarias gorras, junto con la música fúnebre, tuvo un efecto desconsolador en Graf. El mismo que había experimentado en Peenemünde. Se quitó el sombrero y se secó los ojos con las mangas.

Seidel lo miró preocupado.

—¿Está bien, Graf?

—Sí.

Subieron los escalones de la grada y encontraron los últimos asientos libres. Los hombres se levantaron para dejarlos pasar. Mientras se sentaban, el Mercedes de Kammler hizo su entrada en el circuito. Avanzó despacio delante de las gradas y se detuvo frente a los ataúdes. La portezuela del copiloto se abrió y Kammler bajó. De la parte de atrás se apearon el coronel Huber y otro oficial de las SS de elevada estatura. Los recién llegados se colocaron ante los ataúdes, de espaldas a los espectadores, extendieron el brazo en el saludo nazi, subieron a la tarima y ocuparon sus asientos. En señal de respeto a los fallecidos, se quitaron la gorra. El viento del este que soplaba desde el alba levantó las orillas de las banderas y alborotó la mata de pelo rubio del segundo oficial de las SS. Levantó la mano para llevársela hacia atrás, y Graf enseguida lo reconoció por ese único gesto, pues lo había visto miles de veces en el pasado: en el ventoso descampado del Aeródromo para Cohetes de Berlín, en los campos de pruebas de Kummersdorf, en las playas de Borkum del mar del Norte, en la costa báltica de Peenemünde, en la planicie polaca de Blizna...

Tronó un retumbar de tambores. Todo el mundo se puso en pie. La banda empezó a tocar «Ich hatt' einen Kameraden», el lamento de los soldados. Mil voces se sumaron a los versos:

Una vez tuve un camarada
No encontrarás uno mejor
El tambor llamaba a la batalla
Él a mi lado marchaba
Al mismo ritmo que yo...

Von Braun cantaba con el resto, pero su mirada recorría inquieta las gradas —de lado a lado, de arriba abajo, de lado a lado— hasta que finalmente se posó en Graf.

Graf apartó la vista.

Después de eso apenas reparó en la ceremonia: los himnos, los píos sermones de los dos clérigos, el panegírico de Huber («Murieron sirviendo a la patria, dando su vida por nuestra causa sagrada...»). Por la mente de Graf cruzó un desfile de fantasmas: Karin en la playa aquella última tarde, la chica del burdel cernida sobre él con el cuchillo, Wahmke sosteniendo la lata de queroseno justo antes de morir, los restos humanos esparcidos por el cráter abierto por el cohete, las sombras de los trabajadores forzados recorriendo los túneles de Nordhausen. Solo cuando oyó la voz de Kammler —ese tono áspero, seco, más metalizado aún por la amplificación— hizo un esfuerzo deliberado por volver al presente.

El general de las SS estaba de pie frente al micrófono, sujetando una hoja de papel. Graf intentó concentrarse, pescó algunas palabras: «cruzada por la civilización occidental..., destino histórico del Führer..., victoria final asegurada...».

Kammler blandió el papel.

—¡Hombres de la División de la Venganza! Deseo compartir con vosotros el siguiente comunicado del Ministerio del Reich para la Ilustración Pública y Propaganda. «Hasta el momento, el V2 ha destruido tres puentes sobre el Támesis en Londres. El Parlamento ha sido seriamente dañado. No queda un edificio en pie quinientos metros a la redonda de Leicester Square. También Piccadilly Circus ha sido arrasado. La Torre de Londres ha sufrido considerables daños por las explosiones». Dejemos que ese sea su epitafio.

Dobló la hoja y la devolvió a su bolsillo interior.

—¡Nuestros camaradas no han muerto en vano! ¡Vosotros no servís en vano! ¡Cada cohete que lanzáis es un golpe devastador contra el enemigo! ¡Somos la División de la Venganza! ¡Venceremos! ¡Heil Hitler!

El silencio con que fueron recibidas sus palabras pareció desconcertarlo. Dejó caer el brazo y se apartó del micrófono. Miró a Von Braun y, seguidamente, a Huber, que hizo una señal con la cabeza al comandante de la guardia de honor.

—¡Listos para disparar!

Los hombres apuntaron al cielo con sus fusiles.

—¡Fuego!

Los disparos retumbaron en el circuito. Los soldados volvieron a cargar.

—¡Fuego!

Cargaron de nuevo.

—¡Fuego!

Cuando el eco de la última descarga se hubo apagado, Graf se puso en pie. Había tomado una decisión y quería marcharse antes de que Von Braun tuviera la oportunidad de hablar con él.

Seidel lo agarró del brazo.

—¿A qué viene tanta prisa?

—Tenemos un misil que lanzar, ¿recuerda?

—Aun así, creo que necesita descansar.

—Primero prepararé el cohete y luego descansaré. Se lo prometo.

El V2 lo esperaba en su cuna bajo los árboles. Graf pidió al cabo que abriera el compartimento de control número 2.

El hombre lo miró desconcertado.

—Esta mañana fue el número tres.

—Y ahora es el número dos.

El soldado obedeció. Todos conocían al doctor Graf y confiaban en él. Llegar a la pieza era complicado. Graf tuvo que tumbarse boca arriba debajo del cohete, introducir las manos y trabajar a ciegas. Tanteó la plataforma de madera contrachapada en busca del mecanismo de relojería —un dispositivo pequeño, no más grande que su mano— y desmontó los cables.

Salió de debajo del fuselaje.

—Todo correcto. Puede cerrar el compartimento.

Una vez más caminó junto al cohete mientras lo remolcaban hasta la grúa. Observó cómo lo trasladaban al Meillerwagen. No pidió que lo llevaran en coche a la base de lanzamiento. Tenía tiempo de sobra. Caminó sin prisa por la carretera, entre los árboles, encontró un buen lugar, extendió el abrigo y se sentó. Fumó un par de cigarrillos mientras escuchaba los sonidos del bosque. Por primera vez en muchas semanas se sentía en paz. Tenía la cabeza agradablemente vacía. Permaneció sentado casi una hora y se puso de nuevo en marcha.

El cohete estaba en la plataforma de lanzamiento con los depósitos llenos. Se habían llevado a cabo las pruebas eléctricas y los cables estaban desconectados. Los hombres estaban preparándose para retirar del brazo vertical del Meillerwagen las plataformas de comprobación. Observándolos con su libreta abierta estaba el Sturmscharführer Biwack.

—Veo que sigue recogiendo información —comentó un animado Graf.

—¿No le parece un hecho digno de resaltar? Un misil lanzado directamente contra una unidad del ejército británico por segunda vez en la historia.

—Es una manera de describirlo, sí. —Luego, a nadie en particular, Graf dijo—: Me gustaría revisar el transformador una última vez.

—No es necesario, doctor —dijo el soldado—. Hemos hecho todas las comprobaciones y funciona correctamente.

—Aun así. Hemos tenido muchos fallos. ¿Recuerda lo que le pasó al teniente Stock? Serán solo cinco minutos.

Antes de que el soldado pudiera protestar, Graf empezó a subir.

«¡Qué grande es! —pensó—. ¡Qué poderoso!». Podía notar la energía latente a través de la fina membrana de metal. Sin duda habían creado una criatura formidable. Se merecía un propósito mejor. Continuó su ascenso hasta que alcanzó la plataforma superior. Se sacó el destornillador del bolsillo y abrió la puerta del compartimento de control número 3. Dentro, junto a la cúpula metálica que alojaba el giroscopio de balanceo y guiñada, había un receptor de radio. Introdujo los alicates y cortó la conexión eléctrica. Cerró la puerta, la atornilló e inició el descenso.

De regreso en el suelo, dijo:

—Tenía razón, todo correcto. Disfrute del lanzamiento, Biwack.

Saludó con la mano al vehículo de control de despegue y alzó el pulgar. El brazo hidráulico se desacopló del cohete y el Meillerwagen retrocedió.

Graf se alejó doscientos metros por la carretera, se detuvo y se dio la vuelta. El claxon sonó. Sacó los prismáticos. El cohete estaba solo salvo por el delgado mástil metálico y el cable umbilical. De los orificios del depósito del oxígeno líquido emergía la habitual nube de vapor. Reinaba el silencio. Todo iba bien. Las luciérnagas empezaron a danzar alrededor de la base. Las chispas se convirtieron en un sólido chorro naranja. El mástil cayó y el cable se soltó. El ruido y la onda explosiva del motor a plena potencia le hicieron recular, pero mantuvo los prismáticos fijos en el V2 mientras despegaba.

Un segundo de vuelo..., dos..., tres..., cuatro...

¡Ahora!

El cohete no se inclinó. En el compartimento de control, el mecanismo de relojería se activó en vano. Con los dos giroscopios manteniendo un rumbo estable, el V2 se elevaba en un ángulo de noventa grados —vertical, perfecta, gloriosamente— hacia los cielos.

Toque de alarma del claxon. Una voz por el altavoz:

—¡Programa de inclinación fallido! ¡Inicien corte de motor!

Graf podía imaginar el pánico en el vehículo de control mientras intentaban enviar la señal de radio.

—¡Corte de motor fallido!

Instantes después, los hombres del escuadrón de despegue, Biwack entre ellos, emergieron del sotobosque y echaron a correr por la carretera en dirección a Graf. Al pasar por su lado le gritaron que se alejara del lugar. Biwack le lanzó una mirada ceñuda. Graf no se movió de donde estaba.

Podía ver la llama del escape con bastante claridad a través de los prismáticos. Aquel verano en Peenemünde habían lanzado un cohete de prueba exactamente de esa manera para observar el retorno. Habían registrado una altitud máxima de 176 kilómetros antes de que la gravedad lo reclamara. El cohete seguiría elevándose imparable a través de las capas de la atmósfera —troposfera, estratosfera, mesosfera— hasta penetrar en el calor asfixiante de la termosfera; entonces flaquearía, empezaría a volcarse, daría la vuelta y caería con la precisión de un dardo.

El punto rojo del cohete menguó y desapareció en la base de nubes. Graf guardó los prismáticos y caminó con determinación hacia el desierto claro.

20

Kay estaba en el comedor de oficiales, sentada a solas en una mesa apartada. Eran poco más de las cuatro y media, la hora del ocaso; no porque hubiera visto el sol en todo el día. Las lámparas estaban encendidas. De pie frente a la barra, un par de capitanes del ejército bebían y se contaban chistes verdes. Le habían preguntado si quería acompañarlos.

—No, pero gracias.

No había nadie más en el comedor. De vez en cuando, uno de los capitanes soltaba una carcajada y golpeaba el mostrador con el vaso. Kay tenía la maleta junto a la silla con el abrigo encima. En algún lugar del edificio se estaba decidiendo su destino.

Había conducido a la patrulla hasta la casa de los Vermeulen. Dentro del jeep, en la calle, les explicó la distribución de la misma. Los soldados la escuchaban con patente escepticismo, sospechando que no era más que una histérica. El cabo preguntó:

—¿Y ese alemán está armado?

—Ya le he dicho que no es alemán. Es un belga que luchó con los alemanes. Ignoro si está armado.

—Resulta un poco inverosímil, si no le importa que se lo diga.

—Luchó con la tercera división SS Panzer, si eso les dice algo.

La actitud de los soldados cambió de golpe.

—Joder —dijo uno de ellos—. ¿No deberíamos pedir refuerzos?

—No —repuso el cabo, agarrando su fusil—. Podemos solos.

Cruzaron la verja. Uno de los soldados se apostó en el jardín con el fusil apuntando hacia la casa. El otro avanzó con sigilo por el sendero lateral hasta la puerta de atrás. El cabo se detuvo en la puerta con Kay. Le indicó que llamara al timbre.

Pasó medio minuto sin que nada ocurriera. Luego oyeron que la llave giraba y los cerrojos se descorrían. La puerta se abrió y allí estaba el doctor Vermeulen con su chaqueta de lana verde botella.

Kay dijo:

—Lo siento, doctor Vermeulen, tenemos que registrar la casa.

El cuerpo del doctor se desmadejó ligeramente. Apoyó la cabeza en la jamba de la puerta y dio la impresión de que iba a decir algo, pero al final claudicó.

—Guillaume está en la cocina. Síganme.

Hasta ese momento, Kay había esperado que todo fuera fruto de su imaginación, un embarazoso malentendido que exigiría una disculpa por su parte a todos los implicados. Pero allí, sentados a la mesa de la cocina, estaban Arnaud, su madre y un hombre joven, apenas un muchacho, sumamente pálido y con el pelo largo y descuidado. Vestía un desaliñado jersey azul. Llevaba vendada la mano izquierda. Levantaron la vista y no se movieron de donde estaban, como si llevaran tiempo esperando ese momento.

El cabo dijo a Kay:

—¿Quién de ellos es?

—El de azul.

—¿Ese? —preguntó el cabo, como si no pudiera creerlo. Le

apuntó con el fusil e hizo un gesto con el cañón. Guillaume se puso en pie y levantó las manos—. Salga. —Señaló la puerta con el mentón.

Una vez que se hubieron marchado, Kay se quedó en la cocina, incómoda, a solas con la familia. Miró a Arnaud y extendió las manos.

—Lo siento mucho.

Él la miró a su vez con una terrible expresión llena de acusación y traición. Kay jamás la olvidaría. Acto seguido la puerta de atrás se abrió y entró el soldado. Apuntó con su rifle a los Vermeulen y se volvió hacia Kay.

—Dígales que cojan sus abrigos y nos acompañen.

El doctor Vermeulen dijo en un tono cansado:

—No se preocupe, lo entendemos.

—Y ella va y dice: «¡Tranquilo, que no soy virgen!». —El capitán se rio de su propio chiste. Su compañero aporreó la barra con el vaso.

—¿Oficial de sección Caton-Walsh?

Kay levantó la vista.

Un joven teniente se había detenido en la puerta.

—¿Sí?

—Acompáñeme, por favor.

Kay recogió el abrigo y la maleta y lo siguió por la escalera principal hasta la segunda planta. Al otro lado de una puerta cerrada sonó un teléfono. Un cabo cruzó el pasillo cargado con una pila de carpetas. El teniente llamó a la puerta situada al final del pasillo y abrió. Se hizo a un lado y la invitó a pasar.

El mayor de mandíbula cuadrada estaba sentado a una mesa con una carpeta abierta frente a él. El comandante de ala Knowsley ocupaba una silla a un lado. Kay saludó. El mayor dijo:

—Siéntese, oficial de sección.

Kay obedeció. Tenía el cuerpo entumecido. El mayor colocó

dos puños carnosos sobre la mesa, uno a cada lado de la carpeta. Kay se fijó en el vello negro; eran como zarpas, pensó.

—Menudo asunto en el que se vio envuelta.

—Sí, señor.

—¿Desea decir algo al respecto?

—Solo que lo siento, señor.

Los dos hombres cruzaron una mirada.

Knowsley dijo:

—¿Qué siente exactamente?

—No debí dejar muestras de mi trabajo en mi habitación, fue una distracción inaceptable. —Titubeó—. Y no debí permitirme mantener ningún tipo de relación con alguien de la población local.

—¿He de suponer que se refiere al otro hijo?

—Sí, señor.

—¿Le desveló detalles de nuestra misión?

—No, señor, ni uno solo.

—Pero ¿intentó averiguar qué estaba haciendo?

—Me hizo algunas preguntas. No le conté nada, pero atraje su atención. —Kay se estremeció al recordar su insensatez—. En mi defensa, ignoraba que la familia era simpatizante de los alemanes.

El mayor dijo:

—En su defensa, no creo que sean simpatizantes de los alemanes. El hijo menor está claro que lo era, pero creemos que los otros tres solo intentaban protegerlo. —Contempló la carpeta—. Se unió voluntariamente a los alemanes en 1941, poco después de que invadieran la Unión Soviética. Miles de hombres jóvenes de la Europa ocupada lo hicieron. Se tragaron el cuento de que estaban sumándose a una cruzada para salvar la civilización cristiana. El muchacho tenía diecisiete años. Su unidad quedó arrasada este año en el frente oriental y la retiraron de la primera línea. Por lo visto, el muchacho desertó y regresó corriendo a casa de papá y mamá antes de que nosotros llegáramos a Bélgica.

Kay sopesó la información. No era en absoluto la que esperaba.

—¿Puedo hacerle una pregunta, señor?

—Adelante.

—Si era un desertor y estaba ocultándose, ¿cómo se las arregló para informar a los alemanes de lo que estábamos haciendo?

—Bueno, está claro que no lo hizo él.

Años después, siempre que Kay dejaba que su mente regresara a Arnaud —lo que sucedía raras veces— recordaba este momento como el peor de todos.

El mayor prosiguió.

—En torno a la una de esta madrugada, el Servicio de Seguridad de Radio interceptó una transmisión de onda corta de Malinas a Berlín y pudo seguir la pista hasta un bloque de pisos en la ciudad. Se acordonó el edificio, detuvieron e interrogaron a los residentes y registraron todos los apartamentos. Encontraron un radiotransmisor en casa de un maestro local. Según nuestros amigos de la resistencia, llevaban tiempo sospechando que era un colaborador, pero carecían de pruebas y al final lo dejaron tranquilo. Creo que ya sabe lo que voy a decirle a continuación.

Kay asintió.

—Sí, señor.

—La oficial de sección Colville pasó parte de la noche en el piso de ese hombre. Ella insiste en que no le contó nada sobre su trabajo y él se niega a hablar, aunque es casi seguro que lo ahorcarán por espía. No obstante... —El mayor puso los ojos en blanco con incredulidad y abrió uno de sus puños de zarpa—. Digamos que el texto de la transmisión por radio sugiere lo contrario.

Knowsley dijo:

—Ha sido sumamente indiscreta, por desgracia.

—Dios mío —dijo Kay—, pobre Barbara.

—En efecto, pobre Barbara.

—¿Qué le pasará?

—Ahora mismo está regresando a Inglaterra —explicó el mayor—. Entre nosotros, no creo que la procesen. No disponemos de pruebas que ofrecer en el juicio.

—No obstante —añadió Knowsley—, puedo predecir que perderá su cargo y será transferida a otras funciones.

—¿Y los Vermeulen?

El mayor se encogió de hombros.

—Ese es un tema que atañe a los belgas. La cárcel, diría yo. No se respira mucho perdón en el ambiente, como probablemente habrá advertido.

—No, señor.

—Lo que nos lleva a usted, oficial de sección. —Knowsley se inclinó hacia delante y la escudriñó—. ¿Quiere regresar a Medmenham o quedarse aquí? No puedo garantizarle que los alemanes no nos arrojen otro cohete, pero ya deben de saber que no servirá de nada. Y si lo hacen, será un cohete menos sobre Londres, supongo.

Kay lo miró sorprendida. Había subido esperando el despido y ahora le estaban dando a elegir. Recordó la euforia del día previo, la sensación de que por fin estaba viviendo realmente la guerra, asestando un golpe directamente al enemigo. En realidad, no tenía que elegir.

—Me quedo, señor. Gracias.

—Bien. Informaré de ello a la oficial de vuelo Sitwell. Esta noche puede ocupar el alojamiento de Colville. La veré en el trabajo mañana por la mañana.

Kay se levantó y, tras cuadrarse, cogió la maleta y el abrigo.

—¿Puedo preguntarle, señor, si el enemigo ha lanzado hoy más cohetes V2?

—Solo uno —respondió Knowsley—, pero al parecer falló. No voló hacia ningún objetivo, que nosotros sepamos. —Hizo un gesto hacia arriba con la palma de la mano—. Se elevó directamente hacia el espacio.

21

Graf estaba junto a la plataforma de lanzamiento con el rostro dirigido al cielo y los brazos abiertos, invocando su propia destrucción.

«¡Vamos, cabrón! ¡Ven con papá!».

Era puro histrionismo. Lo sabía. O el viento del este que llevaba todo el día soplando o los vientos de la estratosfera, los cuales podían alcanzar los doscientos kilómetros por hora, afectarían al descenso del cohete. De ahí que fueran absurdos los esfuerzos de los británicos por calcular las posiciones de lanzamiento extrapolando la curva parabólica. Los giroscopios y los timones batallarían contra la naturaleza para intentar mantenerlo en el rumbo, pero sin orientación electrónica por radioseñal, el cohete jamás podría volar completamente nivelado.

Después de cinco minutos oteando las nubes, dejó caer los brazos. Probablemente había estallado en el mar.

Giró sobre sus talones y regresó a Scheveningen por el bosque todavía vacío. Estaba preparado para lo que pudiera venir a continuación.

Cuando llegó a su hotel una hora más tarde, encontró a media docena de soldados del regimiento de artillería haciendo guardia en la entrada. Se apartaron en silencio para dejarlo pasar. Arriba, la puerta de su habitación tenía el marco arrancado y dentro había dos hombres de la Gestapo. La cama y el colchón estaban volcados. Biwack ya había abierto la maleta y se encontraba frente a la ventana, sosteniendo una de las tiras de microfilme contra la luz crepuscular con expresión ceñuda.

—¿Qué es esto?

—No lo sé.

—¿Espera que nos lo creamos?

—Me da igual lo que crea. Ignoro qué contiene.

—¿Por qué lo tiene en su habitación?

—Me pidieron que lo guardara.

—¿Quién?

—El profesor Von Braun. Puede preguntárselo a él, si quiere.

—Oh, lo haremos, no se preocupe. Y tengo muchas más preguntas que hacerle.

Lo bajaron a la calle, donde aguardaba un coche, y recorrieron las calles anochecidas hasta la casa grande y moderna, situada no lejos del centro de la ciudad, que la Gestapo utilizaba como cuartel general; un lugar curioso y siniestro de tejados altos, con mucho más ladrillo que ventanas y la forma de una capucha de monje.

En la sala de interrogatorios de la planta baja, su expediente ya estaba sobre la mesa. Tenía diez centímetros de grosor. Seguramente lo habían solicitado hacía tiempo, pensó Graf, o a la oficina regional de Stettin o, lo que era más probable, al cuartel general nacional de la Prinz-Albrecht-Strasse de Berlín. Con razón Biwack había sabido tantas cosas sobre él desde el principio.

Fue Biwack quien ocupó la silla situada frente a él.

—Es usted un saboteador.

—No.

—Hace tres días saboteó un misil que provocó la muerte de doce hombres, y esta tarde ha saboteado otro.

—No. —De haber tenido delante a cualquier otra persona que no fuera el oficial de Liderazgo Nacionalsocialista, quizá habría estado tentado de contar la verdad simplemente para acabar con todo eso. Pero no iba a darle esa satisfacción a Biwack—. El misil era defectuoso. Usted sabe que el diez por ciento de los misiles lo son. ¿O piensa que soy responsable de cada lanzamiento que sale mal?

—Un soldado del equipo técnico dice que usted le pidió que abriera el compartimento de control número dos en lugar del número tres.

—Se equivoca.

—Poco antes del lanzamiento subió al cohete y desactivó el receptor de radio.

—No. Como dije entonces, quería comprobar el estado del transformador. Me ha visto hacerlo otras veces.

—¿Por qué miente, Graf? Ya solo su comportamiento después de fallar el cohete determina su culpabilidad.

—Si me está preguntando por qué no eché a correr con el resto, ¿por qué hubiera debido hacerlo? Las probabilidades de que el cohete aterrizara en el punto exacto del que despegó son de una entre un millón.

Biwack empezaba a impacientarse. Miró a los dos hombres de la Gestapo, que estaban apoyados en la pared, observando la escena con los brazos cruzados.

—¡Escuchen sus mentiras!

Uno de ellos dijo:

—¿Quiere que nos hagamos cargo?

—Sí, por favor. No soporto seguir mirando a este malnacido. Voy a averiguar qué hay en esos microfilmes.

Biwack se levantó y abandonó la sala. Los dos hombres de la Gestapo se sentaron delante de Graf. El segundo abrió el expediente. No había comenzado aún y ya parecía cansado.

—Le arrestaron por primera vez el 22 de marzo de este año…

Graf estaba tumbado en el delgado colchón de una celda sin ventanas del sótano. La bombilla desnuda de baja potencia proyectaba una luz amarillenta. Hacía frío. Le habían quitado el cinturón y los cordones de los zapatos, pero no el abrigo, el cual se había echado sobre el cuerpo a modo de manta. El lugar tenía una reputación aterradora. Las manchas marrones de sangre vieja en el colchón parecían confirmarlo. Prefería no mirarlas y fijar la vista en el cielo de cemento.

¿Qué iba a echar de menos? A decir verdad, no mucho. A sus padres, naturalmente: hacía un año que no los veía. A algunos compañeros de Peenemünde. Iba a echar de menos los días soleados en el Báltico, el juego de la luz sobre el agua y el olor a pino por la noche tras un día de calor. Pero Karin estaba muerta, y no iba a echar de menos el cohete. Se había acabado para él. Y con el cohete desaparecía el propósito principal de su vida.

Transcurrida una hora, escuchó pasos en el pasillo. La puerta se abrió. Dos hombres cabezones y musculosos, como porteros de un club nocturno, entraron y lo levantaron. «Ahora empieza la parte desagradable», pensó. Lo sacaron al pasillo y le ordenaron que caminara deprisa. Pero era difícil sin los cordones de los zapatos. Arrastrando los pies, avanzó como mejor pudo. Uno de los hombres le propinó un empujón en la espalda que lo tiró al suelo y, seguidamente, le dio un puntapié en el trasero. Subió las escaleras a trompicones y volvió a caer. Lo auparon y lo llevaron por el pasillo hasta una puerta, llamaron con los nudillos y la abrieron.

Los mismos dos oficiales de la Gestapo, pero una habitación diferente. Biwack estaba sentado a la mesa pasando un rollo de película de 35 mm en un voluminoso lector de microfilmes. Las palabras TOP SECRET aparecieron brevemente en la pantalla, seguidas de un revoltijo de operaciones matemáticas y varios diagramas complejos. Biwack se detuvo en uno de ellos y ajustó el foco. Lo escrutó con la mirada.

—¿Qué es esto?

Graf se inclinó hacia la pantalla.

—Un depósito de vacío..., un compensador..., un difusor fijo..., una boquilla Laval..., un panal...

—Sí, pero ¿qué es?

—No puedo decírselo. Es información confidencial.

Biwack lo golpeó en la cara. Graf se tambaleó hacia atrás. La cabeza empezó a pitarle. Se llevó la mano a la nariz y palpó sangre.

—Este por impertinente. El próximo será por negarse a cooperar. Se lo pregunto de nuevo: ¿qué es?

Graf se miró los dedos. La nariz le dolía de una manera que jamás habría creído posible. Y solo era el principio.

—No estoy autorizado a compartir material clasificado con nadie sin una autorización.

Biwack echó el puño hacia atrás. Graf cerró los ojos y se preparó para el impacto. Al ver que no llegaba, los abrió de nuevo. El puño de Biwack seguía en alto, pero su cabeza miraba hacia otro lado, distraída. A través del zumbido en sus oídos, Graf distinguió de forma vaga una discusión al otro lado de la puerta. Esta se abrió con brusquedad y un oficial de las SS irrumpió en la habitación. En el cuello de la guerrera lucía los cuatro cuadrados plateados de un Sturmbannführer. Biwack y los dos hombres de la Gestapo se pusieron firmes al instante.

—¡Heil Hitler!

Von Braun les devolvió el saludo.

—¿Qué ocurre aquí? —Contempló la pantalla—. ¡Apague eso de inmediato! —Biwack pulsó rápidamente el interruptor y la pantalla se oscureció—. Necesitaré los nombres de todos los presentes en esta habitación.

—Permítame que le explique la situación, profesor Von Braun —dijo Biwack—. Al doctor Graf lo han arrestado por sabotaje. En su habitación encontramos ciento siete rollos de microfilme. Estaba pidiéndole una explicación.

—¿Pidiéndole? ¡Santo Dios! ¿A eso le llama usted pedir? —Von Braun sacó un pañuelo blanco de su bolsillo y se lo tendió a Graf—. ¿Está bien?

—Creo que sí. —Se limpió la nariz. La sentía floja, blanda, dolorida.

Von Braun se volvió hacia Biwack.

—¿Cómo se atreve a maltratar de este modo a un miembro superior de mi personal? ¿El Gruppenführer Kammler ha autorizado este arresto?

Biwack lo miró incómodo.

—No. Intenté ponerme en contacto con él, pero ya había partido hacia Hellendoorn.

—O sea, un arresto no autorizado —dijo Von Braun. Trasladó la mirada a los dos hombres de la Gestapo. Su porte autoritario era imponente—. Le diré lo que va a hacer, Sturmscharführer —prosiguió sin dignarse a mirarlo—. Sacará ese microfilme de la máquina, sin encender la pantalla a menos que quiera ser procesado, y me lo devolverá junto con los demás rollos que confié al doctor Graf para su custodia. Hecho esto, el doctor Graf regresará conmigo a Peenemünde, donde estará disponible para ser interrogado si desea seguir adelante con esta absurda acusación de sabotaje. ¿Queda claro?

—Con todos mis respetos, tengo la autoridad de la Oficina de Liderazgo Nacionalsocialista...

Von Braun lo ignoró y se dirigió a los otros dos.

—¿Queda claro?

Los hombres de la Gestapo cruzaron una mirada y asintieron.

Una vez fuera, Von Braun entregó la maleta a su chófer. Graf se acuclilló para atarse los cordones de los zapatos.

—Hazlo en el coche —dijo Von Braun—. No tentemos a la suerte.

Graf se instaló a su lado en el asiento de atrás. El Mercedes salió a la calzada y giró a la izquierda. El chófer miró por el retrovisor.

—¿Adónde, profesor?

—A Peenemünde. Pararemos a repostar en Bremen.

El coche ganó velocidad.

Graf tenía la cabeza ladeada y el pañuelo apretado contra la nariz.

—No quiero volver a Peenemünde.

—No digas tonterías. No puedes quedarte aquí.

—Qué más da. Estoy acabado.

Von Braun dejó ir un suspiro. Se inclinó hacia delante.

—Salga de la ciudad —le dijo al chófer— y luego busque un lugar para parar.

Había oscurecido y empezaba a llover. Los limpiaparabrisas se movían a un lado y otro. Graf ignoraba dónde estaban. Condujeron otros quince minutos. Pasado un cruce, abandonaron la carretera y se detuvieron en un tramo de tierra herbosa. El chófer encendió la luz del interior del vehículo.

—Vamos —dijo Von Braun.

Se alejaron del coche. La lluvia era suave y tranquilizadora. Graf alzó el rostro hacia ella y se palpó la nariz. Podía oír el mar a lo lejos, las olas rompiendo en la orilla. Buscaron cobijo bajo un árbol. Von Braun encendió un cigarrillo, se lo pasó a Graf y sacó otro para él. Embutido en su uniforme negro, su rostro brilló incorpóreo con la breve luz de la llama del encendedor.

—Ni tú ni yo estamos acabados —dijo—. Alemania sí lo está, sin duda, pero esa es otra cuestión.

—No quiero oírlo.

—Escúchame. Hay un plan. Llevo meses concibiéndolo con Dornberger y otros dos, y queremos que te unas a nosotros. Hemos microfilmado por duplicado todas las especificaciones, los diseños y los resultados de las pruebas, y hemos repartido los microfilmes para su custodia: el motor del cohete, el sistema de turbinas, el mecanismo de guía; todo. Por eso te di los planos de los túneles aerodinámicos. Pueden alcanzar una velocidad de mach 8. ¡No hay nada parecido en el mundo! A lo largo de los próximos dos meses empezaremos a reunirlo todo en un solo archivo de incalculable valor.

—¿Para qué?

—Para ofrecérselo a los americanos, junto con nosotros, en cuanto termine la guerra.

Graf lo miró de hito en hito. A la sombra del árbol apenas podía adivinar su rostro, tan solo el punto rojo de su cigarrillo cabeceando en la oscuridad.

—Estás loco.

—En absoluto. Después de la guerra les propondremos continuar con el programa, y será como si nada hubiese ocurrido. Ya lo verás.

—Entonces ¿construiremos misiles para los americanos?

—Misiles para empezar —la punta del cigarrillo dibujó un amplio arco en la húmeda negrura—, pero después volveremos al que siempre ha sido nuestro objetivo: ¡una nave espacial!

—¡Una nave espacial! —Graf empezó a reír. Le dolía terriblemente la nariz, pero no podía parar.

—¿Crees que bromeo? —Von Braun sonaba ofendido—. Si pude convencer a Adolf Hitler para que invirtiera cinco mil millones de marcos en la construcción del cohete, ¿crees que no puedo convencer al presidente americano para que vayamos a la luna?

Graf volvió el rostro hacia la carretera y se preguntó si debería regresar a Scheveningen a pie, pero la lluvia había arreciado y estaba exhausto. Se dejaría llevar por la corriente, a ver qué pasaba.

—Lo que tú digas. —Tiró el cigarrillo—. Volvamos al coche.

22

Martes, 4 de septiembre de 1945

—Es todo una cuestión geográfica —dijo el hombre del Ministerio de Suministros—. Los rusos se quedaron con Peenemünde, los americanos con Nordhausen, y me temo que nosotros hemos acabado con muy poco.

—Aparte de los cráteres —señaló el comodoro del aire.

Todos los presentes rieron. Kay se miró las manos. Era la primera vez que veía a Mike desde noviembre del año previo. Se encontraban en la misma sala de reuniones donde se había aprobado la operación de Malinas y él estaba en su elemento, rodeado de los mandamases del ejército y de la RAF.

—Exacto —dijo el hombre del Ministerio de Suministros, de nombre sir Marley Rook—. También contamos con los cuatro misiles intactos en Cuxhaven y los escuadrones técnicos que capturamos. Tenemos planeado lanzar los cohetes el mes que viene. Aun así, lo nuestro son solo migajas. Los americanos tienen un centenar de misiles V2, de modo que hemos de aprovechar al máximo el día de hoy.

—¿A qué hora llegaron?

—Aterrizaron en Northolt procedentes de Múnich anoche. El Ministerio de la Guerra los hospedó en un lugar que tiene en Wimbledon. Los americanos los quieren de regreso en Alemania mañana.

—¿Sabemos qué les están ofreciendo?

—Una vida nueva en Estados Unidos para ellos y para sus esposas e hijos, restricción de movimiento al principio, pero ciudadanía plena a su debido tiempo.

—Es difícil competir con eso.

—Lo sabemos, y está claro que el dinero no será un problema para ellos. —Rook tenía el semblante grave—. Por otro lado, tendrán que vivir en White Sands, Nuevo México, nada menos que en la base de pruebas de la bomba atómica, mientras que aquí por lo menos estarán más cerca de casa. En cualquier caso, merece la pena intentarlo.

—¿Quién vendrá?

—Von Braun, que es el jefe; Steinhoff, que estaba a cargo de los sistemas de guía y control; y Schilling y Graf, que dirigían la propulsión del cohete. Parece ser que Von Braun y Graf hablan inglés, pero tenemos un traductor a mano por si la cosa se pone muy técnica.

—Bien —dijo Mike. Consultó la hora—. No tardarán en llegar. ¿Por qué no hablamos con ellos aquí? He pedido que nos sirvan cerveza y sándwiches en el descanso. ¿Oficial de vuelo Caton-Walsh? —Consiguió mirarla directamente a la cara sin, de hecho, poner el foco en ella.

—¿Sí, señor?

—¿Por qué no espera con sus cosas en el despacho que hay al final del pasillo? La llamaremos si disponemos de tiempo suficiente.

—Sí, señor. Gracias, señor. —Kay se levantó y saludó. Había temido el momento de volver a verlo, pero no había sido tan terrible, después de todo. Ya no sentía nada por él.

Los cuatro alemanes viajaban en el mismo coche, un Austin 12, el más grande que podía proporcionar el Ministerio del Aire. Von Braun iba delante, junto al chófer; los otros tres se apretujaban detrás. Los seguía un coche más pequeño repleto de policía militar.

Era un día tormentoso, el coche apestaba a cuero caliente y humo de cigarrillo. Los barrios periféricos del sur de Londres parecían no tener fin. Graf dijo:

—¿A alguien le importa que abra la ventanilla?

Nadie respondió. Todos estaban contemplando una calle dañada por los bombardeos. Bajó el cristal. Las casas adosadas de la parte central habían sido demolidas, dejando imágenes espectrales de su antiguo ser impresas en las paredes vecinas: parches de pintura y papel desteñido, suelos desprendidos, marcas dentadas de escaleras desaparecidas.

Von Braun preguntó al chófer:

—¿En qué barrio estamos?

—En Wandsworth.

—¿Le cayó un V2?

—Sí —contestó el hombre con pesar—. Más de una vez. —Se detuvieron en un semáforo junto a un inesperado paisaje de escombros y hierbajos. Graf reparó en un cochecito de bebé sin ruedas tumbado de costado—. Ya que lo menciona, eso lo hizo un V2 el pasado noviembre. Destruyó nueve casas. Treinta y cuatro muertos.

«Noviembre —pensó Graf—. Puede que lo lanzara yo».

Von Braun alargó el cuello para verlo mejor.

—Han despejado el terreno. —Parecía decepcionado—. No es posible ver qué daños causó.

Cruzaron un puente y siguieron camino junto al Támesis. El ancho río estaba gris y picado, como el mar del Norte. Más adelante apareció el Parlamento con una gran bandera de la Unión ondeando en lo alto, colorida contra el cielo parduzco. Graf preguntó:

—¿No nos dijo Kammler que lo habían destruido? —Se inclinó hacia adelante para hablar con el conductor. Su inglés había mejorado después de tres meses de interrogatorios por parte de los americanos—. ¿Es cierto que Piccadilly Circus está arrasado?

—Esta mañana seguía allí.

—¿Leicester Square? ¿La Torre de Londres? ¿Tres de los puentes? ¿No fue todo eso derribado?

El chófer lo miró por el retrovisor.

—Alguien le ha gastado una broma.

Como profesional, Steinhoff parecía agraviado por lo intacto que estaba el barrio gubernamental.

—¿Qué dice el hombre?

—Está dando a entender que solo hemos derribado casas.

—No le creo. Lanzamos más de mil cohetes sobre Londres, todos dirigidos al centro.

—Relájese, Steinhoff —dijo Von Braun—. La guerra ha terminado. Es mejor así. ¿Cree que serían tan cordiales con nosotros si hubiésemos derribado el palacio de Buckingham y matado al rey?

El coche se detuvo delante de un edificio enorme situado en la esquina de una amplia calle curva.

—Hemos llegado, caballeros —anunció el conductor—. El Ministerio del Aire. —Por lo bajo, añadió—: Pueden irse ustedes a la mierda.

Kay estaba en el pasillo cuando subieron las escaleras, escoltados por el ayudante de Mike, cuatro hombres con trajes civiles un tanto gastados. Dos de ellos llevaban el sombrero en la mano y estaban retorciendo nerviosamente el ala, cruzando miradas como si no acabaran de creerse dónde estaban. Hasta tal punto los científicos de Peenemünde habían sido el centro de su vida durante los dos últimos años, adquiriendo un estatus casi mítico en su imaginación, que se le hacía extraño verlos ahora, tan ordinarios. El teniente de vuelo llamó con los nudillos, abrió la puerta de la sala de reuniones y los invitó a pasar. El último hombre se volvió hacia ella justo antes de entrar y la miró —un destello de conexión humana en la deprimente luz— antes de desaparecer. Kay recorrió el pasillo un par de veces escuchando el murmullo de voces masculinas. De vez en cuando se oían risas. Daba la impresión de que estaban congeniando. Regresó al despacho y dispuso sobre la mesa las fotografías, los mapas y los planos, así como el visor del estereoscopio que se había traído de Medmenham esa misma mañana, y se sentó a esperar.

Von Braun dominó la reunión. Estaba de pie junto a la pizarra, la mano izquierda colgando del bolsillo de la americana, la derecha sujetando una tiza. Hablaba sin apuntes. De tanto en tanto se volvía hacia la pizarra y escribía una fórmula química o dibujaba un diagrama, y los técnicos británicos tomaban notas diligentemente. En la sala hacía cada vez más calor. Tantos cuerpos masculinos transpirando bajo gruesas sargas caquis y azules, los funcionarios embutidos en su particular uniforme de americana negra y pantalón milrayas. Hacia el final de la mañana abrieron las ventanas, dejando entrar el sonido del tráfico.

Graf observaba a Von Braun de manera desapasionada, sin prestar atención a sus palabras. Casi con seguridad, le debía la vida. A finales de febrero, Von Braun se había puesto una vez más su uniforme de las SS y los había sacado de Peenemünde en un convoy de coches y camiones en dirección sur, hacia Nordhausen, y de ahí hasta los Alpes bávaros, siempre atento a la posición del frente americano. Estaban en un hotel alpino de la frontera austriaca cuando se enteraron del suicidio de Hitler, al que siguió el de Kammler: había ordenado a su chófer que parara el coche, se había alejado por la carretera y se había pegado un tiro. Una semana después los ingenieros se entregaron a los americanos y Von Braun les dijo a sus captores dónde estaba el archivo de Peenemünde, el cual había escondido en una mina. Las negociaciones transcurrieron sin contratiempos y llegaron a un acuerdo. Los americanos ofrecieron a más de un centenar de científicos, entre los que se encontraba Graf, una nueva vida en Estados Unidos. Pronto, el primer contingente viajaría en un barco de La Haya a Nueva York y continuaría hasta Nuevo México. Esta presentación para los británicos no era más que una pantomima, aunque nadie lo habría dicho viendo ahora a Von Braun. Los estaba seduciendo a la manera de un donjuán. Estaba completamente metido en su papel.

Pararon para comer. Graf bebió una cerveza caliente y desbravada y permaneció en un recodo respondiendo preguntas técnicas.

—Hablen libremente —les había instruido Von Braun la noche previa, de pie en el jardín para evitar los micrófonos de los británicos—. Díganles todo lo que quieran saber, salvo el hecho de que nos vamos a Estados Unidos. No queremos que nos detengan aquí por falsas acusaciones de crímenes de guerra.

Veinte mil personas habían muerto en Nordhausen fabricando los V2, cuatro veces más de las que habían matado los cohetes. El asunto estaba siendo investigado por la comisión de crímenes de guerra de los aliados. Razón de más para alcanzar lo antes posible la seguridad de Estados Unidos, antes de que los hechos se hicieran demasiado públicos.

A media tarde, Von Braun hizo señas a Graf para que se acercara. Estaba hablando con un comodoro del aire, quien cambió ligeramente de postura mientras Graf se aproximaba para tratar de impedir que interrumpiera la conversación.

—El gobierno de Su Majestad estaría encantado —estaba diciendo en voz baja el oficial— de que usted y sus colegas consideraran la posibilidad de trabajar con nosotros, en calidad de socios europeos, para desarrollar nuestra tecnología.

—Una idea muy interesante. —Von Braun asintió y miró por encima del hombro del oficial—. Ah, Graf, al comodoro del aire le gustaría que uno de nosotros respondiera algunas preguntas sobre Peenemünde. ¿Serías tan amable?

Kay estaba frente a la ventana cuando él entró. Había empezado a pensar que su viaje a la ciudad había sido en vano. El teniente de vuelo dijo:

—Le presento al doctor Graf. Doctor Graf, le presento a la oficial de vuelo Caton-Walsh, de nuestra Unidad Central de Interpretación. ¿Quiere que me quede?

—No es necesario —dijo Kay—. No nos llevará mucho tiempo. —Cuando la puerta se hubo cerrado, preguntó—: ¿Habla inglés? —Graf estaba mirando las fotografías de Peenemünde desplegadas sobre la mesa—. Yo apenas hablo alemán, me temo. —Él parecía no haberla oído. Kay señaló la puerta—. Puedo llamar a un intérprete...

—Sí. —Graf la miró por primera vez. Tenía unos ojos azules muy claros (Kay se había fijado en ellos en el pasillo), el pelo moreno, las uñas mordidas—. Hablo inglés.

—Como puede ver, tenemos un extenso reconocimiento fotográfico de las instalaciones de Peenemünde. Pero, por desgracia, los rusos no nos dejan acceder a ellas y parece que los americanos no son capaces de hacerse con los planos necesarios. Por tanto, nos preguntábamos si usted podría llenar algunas lagunas.

—Por supuesto.

—Tome asiento, por favor. ¿Ha utilizado antes un visor estereoscópico? Es muy sencillo. —Kay se inclinó sobre Graf—. Se coloca una imagen aquí y luego se pone la otra al lado.

—Dios mío. —Graf apartó la cabeza—. Adquiere vida.

—Todo el mundo tiene esa reacción.

Graf miró de nuevo por el visor.

—Esta es la plataforma de pruebas número siete.

Kay se sentó frente a él y procedió a tomar notas.

—¿Y esos enormes anillos ovalados que la rodean?, ¿son muros antiexplosiones hechos de tierra?

—De arena en su mayor parte.

—¿Cuánto tiempo se tardaría en someter un misil a la plataforma de pruebas?

—¿Al principio? Ocho días como mínimo.

—¿Y el edificio grande que hay al lado? ¿Qué altura tiene?

—Treinta metros. Tenía que ser alto. Almacenábamos los cohetes en posición vertical.

—En el centro de la plataforma de pruebas hay una especie de brazo...

—El conducto para la salida de gases. Siete metros de ancho.

Transcurridos diez minutos, Kay deslizó otro par de imágenes por la mesa.

—Quizá podríamos pasar a estas.

Trabajaron durante más de una hora, fotografía tras fotografía. Al principio Graf sintió curiosidad, luego nostalgia y, por último, aflicción. Su vida estaba expuesta frente a él en el punto en que por fin había podido decir que era realmente feliz. Todo era perfecto. Allí estaba el laboratorio de propulsión, donde trabajaba con Thiel. Y el túnel aerodinámico. Y su edificio de apartamentos. Y la base de lanzamiento. Y el viejo hotel donde vivía Karin y la playa donde él nadó aquella última tarde.

Se recostó en la silla y se frotó los ojos.

—¿Está cansado? —preguntó la joven inglesa—. ¿Quiere tomarse un descanso?

—¿Cuándo se hicieron exactamente?

Kay cogió una fotografía y le dio la vuelta.

—El 21 de junio de 1943. A las dos de la tarde.

Se la tendió. Graf la acercó a la luz.

—Recuerdo haber visto un avión ese mes de junio, o más bien su estela, volando muy alto. Tal vez fuera el avión que hizo esta foto.

—Podría ser. Esa semana hubo tres incursiones de reconocimiento sobre Peenemünde.

—¿Con el fin de bombardearnos?

—En efecto. ¿Estaba usted allí?

Graf asintió.

—Si pudiera ampliar esta fotografía lo suficiente, me encontraría justo aquí. —Dio unos golpecitos con el dedo—. En la carretera que lleva al complejo de Trabajos Experimentales, en la linde del bosque, contemplando el cielo. —Le devolvió la fotografía, se reclinó en la silla y la estudió con detenimiento. Era bonita, con su pelo moreno y su uniforme azul. Su ángel registrador—. ¿Ese era su trabajo? ¿Observarnos?

—Uno de mis trabajos. Primero en análisis fotográfico y luego en radares.

—¿Radares? —Eso captó la atención de Graf—. ¿Era usted una de las mujeres de Malinas?

Kay no sabía muy bien qué responder, ni siquiera si debía hacerlo.

—Creo que ya hemos terminado, gracias —dijo abruptamente—. Ha sido usted de gran ayuda.

Procedió a reunir las fotografías. Era consciente de que él la estaba observando.

—En una ocasión lancé un cohete sobre Malinas —comentó despreocupado.

—¿No me diga? Pues me temo que no me dio.

—Y usted no me dio a mí cuando bombardeó Peenemünde.

—Pues me alegro por los dos. —Kay rio y meneó la cabeza—. Esta conversación es absurda.

Graf la ayudó a recoger las fotografías.

—Fue una idea muy ingeniosa intentar calcular la curva. Nunca se nos ocurrió esa posibilidad. Aunque no sirvió de nada, claro.

—Yo no estaría tan segura. Estuve en Malinas hasta finales de marzo. Destruimos varias bases de lanzamiento.

—Lamento tener que decirle esto, pero no destruyeron ni una.

Graf le tendió las fotografías. Kay lo miró fijamente, tratando de averiguar si mentía, pero era evidente que estaba diciendo la verdad. Los alemanes habían seguido lanzando cohetes V2 contra Londres desde la costa holandesa hasta seis semanas antes del fin de la guerra. El último había matado a ciento cuarenta personas en Whitechapel. Así pues, sabía que no habían alcanzado todos los lanzamisiles. Pero ¿ni uno siquiera?

Llamaron a la puerta y el teniente de vuelo asomó la cabeza.

—Los demás se marchan ya.

—Gracias. Me temo que se nos ha acabado el tiempo, doctor Graf. —A Kay le sorprendió lo mucho que lamentaba de repente verlo partir. Eran tantas las preguntas que le habría gustado hacerle. Le tendió la mano—. En fin, adiós.

Él la estrechó, sonrió y miró a Kay, dentro de ella, a través de ella.

—*Auf Wiedersehen.*

Al llegar a la puerta, se dio la vuelta.

—Nos engañaron a los dos —dijo.

Caminó pensativo por el pasillo y bajó las escaleras. Von Braun le precedía bromeando con el comodoro del aire. Sus anchos hombros temblaban por la risa que le causaba su propio sentido del humor. Steinhoff y Schilling iban detrás.

Al llegar al vestíbulo el comodoro del aire les estrechó la mano.

—Ha sido un día fascinante —dijo—. Llevábamos tiempo deseando conocerlos. Les deseo un buen vuelo de regreso a Alemania. Y, por favor, tengan presente nuestra oferta.

Von Braun dijo:

—Nos pondremos en contacto con usted la semana que viene. Espero de corazón que podamos trabajar juntos.

El comodoro del aire se marchó. Un policía militar les abrió la puerta. Graf se quedó atrás. Von Braun se detuvo en el umbral, su alta figura enmarcada por la luz de finales de verano, y le tendió la mano.

—¿Vienes, Graf?

Graf sabía que si lo seguía hasta la calle, acabaría en White Sands, Nuevo México, construyendo misiles para los americanos, y no habría vuelta atrás. Por allá la luna, por aquí la tierra.

—¿Graf?

Giró sobre sus talones y contempló el vestíbulo de mármol. Se preguntó si podría recordar el camino hasta el despacho de la mujer inglesa. Se dijo que sí. Estaba seguro de que sería capaz de encontrarla de nuevo.

Nota del autor

Esta historia transcurre a lo largo de cinco días de finales de noviembre de 1944. El telón de fondo es fáctico. Los ataques de los V2 sobre Londres sucedieron con los resultados y en el orden descritos. Los alemanes lanzaban los misiles desde los bosques que circundan Scheveningen, localidad situada en la costa holandesa. Como respuesta, los británicos organizaron una contraoperación que incluía la participación de un equipo de la WAAF, la Fuerza Aérea Auxiliar Femenina. También he procurado que la historia del programa de cohetes y la labor de los intérpretes de reconocimiento fotográfico de la RAF de Medmenham sean todo lo precisas que pueden ser en una obra de ficción.

Pero esto es una novela. Con excepción de figuras históricas tan conocidas como Wernher von Braun y el general de las SS Hans Kammler, mis personajes y sus particulares peripecias son puramente imaginarios. Para aquellos lectores que deseen saber más sobre la historia del V2, he añadido una lista de libros de referencia en la sección de agradecimientos.

ROBERT HARRIS
Julio de 2020

Agradecimientos

Buena parte de esta novela fue escrita durante el confinamiento impuesto por la pandemia de la COVID-19. Cuatro horas cada mañana, siete días a la semana durante catorce semanas, me recluía en mi estudio y cerraba la puerta —un confinamiento dentro de un confinamiento—, de modo que me gustaría expresar mi amor y gratitud a mi esposa, Gill Hornby, y a nuestros dos hijos menores y compañeros de aislamiento, Matilda y Sam, por su buena compañía y su alegre paciencia durante este paréntesis surrealista.

Mi editora, Jocasta Hamilton, de Hutchinson, leyó el manuscrito en entregas semanales y me hizo innumerables y muy acertadas sugerencias. Le agradezco enormemente el gran placer que ha sido para mí trabajar con ella, no solo en este libro, sino en los cinco que lo preceden.

Llevo treinta años con la misma editorial en Reino Unido y me gustaría dar las gracias en particular a Gail Rebuck, presidente de Penguin Random House, por su amistad y sabiduría a lo largo de todo este tiempo, y a Susan Sandon, directora ejecutiva de Cornerstone, por su incansable aliento. El equipo de lanzamiento que ha trabajado con *V2* —Rebecca Ikin, Mathew Watterson, Glenn O'Neill, Sam Rees-Williams, Laura Brooke, Selina Walker y Joanna Taylor, por nombrar solo a unos pocos— ha sido brillante.

Sonny Mehta, jefe de redacción de Alfred A. Knopf, que estaba a cargo de la novela en Estados Unidos, no vivió para verla terminada. Como muchas otras personas que conocían a Sonny, añoro sobremanera su buen criterio y su amistad; con el permiso de Gita, su viuda, *V2* está dedicada a su memoria. Gracias Edward Kastenmeier por llenar ese vacío y supervisar la publicación en Estados Unidos.

Nicki Kennedy, Sam Edenborough y sus colegas de ILA también han formado parte de mi vida profesional desde el principio, y les agradezco todo lo que han hecho por este libro y por muchos otros. Patrick Niemeyer, Tilo Eckardt, Doris Schuck y mis otros amigos de Heyne Verlag en Múnich han sido un gran apoyo, al igual que —como siempre— mi traductor alemán, Wolfgang Müller. Gracias a Donatella Minuto, de Mondadori, y a Marjolein Schurink y Chris Kooi, de mi editorial holandesa De Bezige Bij. Una mañana lluviosa de un sábado de noviembre de 2019 —un día parecido a aquel con el que arranca esta novela—, Roel Janssen nos llevó a Chris y a mí a visitar las viejas bases de lanzamiento de Scheveningen y compartió amablemente sus conocimientos sobre el lugar.

Ralph Erskine, experto en detección de señales, respondió con generosidad a mis preguntas y me puso en contacto con Mike Dean, experto en historia del radar. Ellos no son, por descontado, responsables de mis errores. Resulta difícil establecer qué sucedió exactamente en Malinas durante el invierno de 1944-1945, por lo que he tenido que echar mano de conjeturas y cierta licencia artística.

El origen de esta novela fue una necrológica publicada en *The Times* el 5 de septiembre de 2016 de Eileen Younghusband, una mujer de noventa y cinco años que describía su trabajo como oficial de la WAAF en Malinas. Posteriormente leí los dos tomos de sus memorias, *Not an Ordinary Life* (2009) y *One Woman's War* (2011). Mi oficial de la WAAF ficticia no guarda parecido con la señora Younghusband, ni en el carácter ni en la carrera, y tampoco los demás miembros de mi (enteramente inventada) unidad. En sus memorias, las cuales ofrecen una vívida descripción de la vida durante la guerra, afirma que durante su primer turno destruyeron dos bases de lanzamiento. Supongo que fue lo que le dijeron a ella y a sus colegas. Por desgracia, no fue el caso. Así y todo, yo jamás habría escrito *V2* de no ser por su revelación de la existencia de la operación de Malinas. Siempre le estaré agradecido por ser mi fuente de inspiración.

A continuación presento una lista completa de libros publicados sobre el tema. Me gustaría destacar cinco obras en particular. Michael J. Neufeld, del Museo Nacional del Aire y del Espacio del Instituto Smithsoniano, es el mayor experto del mundo en la historia del V2, y sus dos volúmenes —*The Rocket and the Reich* (1995) y *Von Braum: Dreamer of Space, Engineer of War* (2007)— fueron de inestimable ayuda.

Igual de fundamental fue *Hitler's Rocket Soldiers: The Men Who Fired the V2s Against England* (2011), de Murray R. Barber y Michael Keuer, libro que contiene el testimonio de aproximadamente una docena de hombres que pertenecieron a los regimientos de artillería destinados en La Haya. Que yo sepa, ningún otro historiador ha llevado a cabo una recopilación de testimonios tan completa, y dado que los veteranos supervivientes deben de rondar ahora los cien años, resulta del todo improbable que algún día sea superada.

Murray R. Barber también escribió *V2: The A4 Rocket from Peenemünde to Redstone* (2017), obra que expone con admirable claridad, y magníficas ilustraciones, el funcionamiento del V2.

Women of Intelligence: Winning the Second World War with Air Photos, de Christine Halsall (2012), contribuyó a dar vida a las personas y al trabajo de la RAF en Medmenham.

Otros libros que me permitieron escribir esta novela son:

Evidence in Camera: The Story of Photographic Intelligence in World War II, de Constance Babington Smith (1958).

A4/V2 Rocket Instruction Manual, traducción al inglés de John A. Bitzer y Ted A. Woerner (2012).

Operation Big Ben: The Anti-V2 Spitfire Missions 1944-5, de Craig Cabell y Gordon A. Thomas (2004).

V2, del comandante-general Walter Dornberger (1954).

Spies in the Sky: The Secret Battle for Aerial Intelligence During World War II, de Taylor Downing (2011).

V2: A Combat History of the First Ballistic Missile, de T. D. Dungan (2005).

From Peenemünde to Canaveral, de Dieter Huzel (1962).

The Peenemünde Raid, de Martin Middlebrook (1982).

Hitler's Rockets: The Story of the V2s, de Norman Longmate (1985).

Dora, de Jean Michel (1979).

The Eye of Intelligence, de Ursula Powys-Lybbe (1983).

The Hidden Nazi: The Untold Story of America's Deal with the Devil, de Dean Reuter, Colm Lowery y Keith Chester (2019).

Spitfire Dive-Bombers Versus the V2, de Bill Simpson (2007).

Britain and Ballistic Missile Defence 1942-2002, de Jeremy Stocker (2004).

The Peenemünde Wind Tunnels, de Peter P. Wegener (1996).

Operation Crossbow: The Untold Story of Photographic Intelligence and the Search for Hitler's V Weapons, de Allan Williams (2013).

Alrededor de veinte mil trabajadores esclavos murieron construyendo el V2. El cohete mató aproximadamente a dos mil setecientas personas en Londres e hirió a seis mil quinientas; dejó mil setecientas víctimas mortales en Amberes e hirió a cuatro mil quinientas. Alrededor de veinte mil casas del Gran Londres quedaron destruidas y quinientas ochenta mil dañadas. En palabras del historiador social Norman Longmate, el V2 «contribuyó sobremanera a provocar la escasez de vivienda que se convertiría en el principal problema social de los años de la posguerra».

Daniel Todman, en *Britain's War* (2020), describe el programa de armas de represalia —el cual costó a la economía alemana más de lo que Estados Unidos se gastó en el Proyecto Manhattan— como «de lejos, el mayor despilfarro de recursos por parte de un país combatiente en una guerra absolutamente despilfarradora».

Queremos compartir más momentos contigo.

Únete a la comunidad de PenguinLibros
y encuentra tu siguiente lectura.

¡Únete hoy!

Penguin
Random House
Grupo Editorial